让日常阅读成为砍向我们内心冰封大海的斧头。

MY YEAR OF REST
AND RELAXATION

[美]奥特莎·莫什费格
Ottessa Moshfegh
著

# 我想睡上一整年

娲蔷 译

国文出版社
·北京·

献给卢克
我的真爱

如果你精明、富有或运气好
也许你能突破人类的法则
但内在的精神法则
和外在的自然法则
没人能够突破
是的，没人能够突破
——
**琼妮·米歇尔**
**《生活在林齐的狼》**

# 一

  每次醒来,不管是白天还是黑夜,我都会拖着沉重的脚步,步履艰难地穿过楼里铺了大理石的明亮门厅,顺着这个街区往北走,拐过街角,来到那家从不打烊的杂货店。我会点两大杯咖啡,每一杯都加了奶油和六块糖,在返回公寓的电梯里"咕咚咕咚"地喝下第一杯,然后在看电影的时候,一边吃着动物形状的饼干,服用助眠药曲拉唑酮、安必恩(唑吡坦)、宁眠泰尔,一边慢慢地啜饮第二杯,直到再次入睡。就这样,我睡得忘记了今夕何夕。日子一天天、一周周过去了,几个月一晃而过,当我意识到时间时,我就从街对面的泰式餐厅点一份外卖,或者从第一大道的那家小餐馆要一份金枪鱼沙拉拼盘。醒来后,我会发现美容院或水疗中心在我手机上留下语音信息,以确认我在昏昏沉沉中所做的预约。我总是打电话回去取消预约,我讨厌这么做,因为我讨厌与别人说话。刚进入这种状态时,我会让人取走脏衣服,洗干净后再送回来,每周一次。听到穿堂风从起居室的窗户刮进来,吹得那些被撕破的塑料袋窸窣作响,我感到安心。在沙发上昏昏欲睡时,我喜欢闻到刚洗好的衣服散发出的微微香气。但没过多久,我就发现,收拾脏衣服再把它们塞进洗衣袋里太麻烦。如果用我自己的洗衣机和烘干机,它们的噪声又会干扰我的睡眠。于是我把穿脏的内裤一扔了之。反正所有旧内裤都会让我想起特雷弗。有一阵子，内衣品牌维多利亚的秘密不断寄来俗气的女式内衣——紫红色和青橙绿的蕾丝丁字裤、女式连衫衬裤和吊带睡裙等，每件都被我用一个透明的小塑料袋密封起来。我将那些小袋子塞进衣橱，干脆不穿内裤。偶尔，也会有来自巴尼百货或萨克斯百货的包裹，为我提供男式睡衣裤和其他东西——细羊毛短袜、印有图案的俗气T恤衫、带有设计师标志的牛仔裤——我都不记得自己订购过它们。

我每周顶多冲一次澡。我停止用镊子拔毛，停止做美白，停止用蜡去除腿毛，停止梳头发。不再给皮肤做保湿或去角质。不再刮腋毛。我很少离开公寓。所有的账单都通过自动支付处理。我已经为自己的公寓，也为已故的父母在州北部留下的老房子，提前缴纳了一年的不动产税。每个月，那所房子的租客们都会直接把租金存入我的活期存款账户。只要我每周拨打那个自动服务电话，并在机器人问我是否认真找过工作后，摁一下表示"是"的"1"键，失业救济金就会源源而来。那笔钱足以付清我所有处方药的分摊付款额，[1] 以及我在那家杂货店里购买的任何东西。另外，我还有一些投资。父亲生前的财务顾问会留意所有投资的收益情况，每个季度都寄来账单，但我从来不看。我的储蓄账户上也有足够的钱——只要我不大肆挥霍，就足够我生活好几年的。

---

[1] 美国医疗保险中的一个专有名词，指在门诊就医和取药时，由保险受益人分摊的费用。（本书中注释除特殊说明外均为译注。）

最重要的是，我的维萨信用卡还有很高的信贷额度。我不用为钱操心。

从二〇〇〇年六月中旬起，我就开始尽可能地"休眠"了。当时我二十六岁。透过百叶窗上一块断裂的板条，我目睹了夏天消逝，秋日转凉，色彩渐暗。我的肌肉变得枯槁。尽管我往往在电视机前的沙发上沉沉入睡，床单被罩却日渐发黄。那张沙发是从陶瓷谷仓家具公司买的，带有蓝白相间的条纹，沙发垫已经松弛下陷，沾满咖啡和汗水留下的污渍。

醒着的时候，除了看电影，我也没做什么。一些常规的电视节目让我无法忍受，刚开始尤其如此，电视唤起了我心里的太多东西，握着遥控器，我会不由自主地摁来摁去，不管看到什么都会嘲弄一通，搞得自己焦躁不安。我没法应付这事。只有在那家杂货店里，看到本地日报上那些耸人听闻的大字标题，我才能够读下去。当我付钱买咖啡时，我会朝它们飞快地瞥上几眼：布什和戈尔竞选总统，某个重要人物去世了，一名儿童遭到绑架，有个参议员贪污公款，一个著名运动员在妻子怀孕期间与人通奸。纽约城里总有各种事情发生——总是如此——但我对这些全都无动于衷。这正是睡眠的美妙之处——现实变得有些遥远，就像电影或梦境一般随意地出现在我脑海中。我很容易忽略那些与我无关的事情：地铁工人发动罢工，一场飓风袭来又散去。这都无关紧要。就算外星人入侵地球，蝗虫聚集成群，我会注意到这些事，却不会为此忧心。

当我需要更多药片时，我会冒险前往三个街区之外的来德爱药店。那样的旅程总是很痛苦。顺着第一大道走去，一切都让我感到战战兢兢。我就像一个即将出生的婴儿——空气刺痛我的肌肤，光线刺痛我的眼睛，事无巨细，人间的一切都显得俗气刺眼，充满敌意。只有在需要出去买药的日子，我才会依靠酒精壮胆，在出门走过那些小酒店、咖啡馆和商店之前，先喝上一杯伏特加。我以前经常光顾这些地方，装模作样地过日子。除了买药之外，我会尽量把自己的活动范围限制在公寓周围一个街区之内。

　　在那家杂货店工作的男人全是年轻的埃及人。除了我的心理医生塔特尔、我的朋友雷娃和公寓大楼的几个门卫，我经常见到的只有这些埃及人。他们长得比较帅，有几个更是帅得出众。他们长着方正的下巴和阳刚之气十足的额头、粗粗的卧蚕眉，而且看起来全都像描过眼线似的。这些埃及人得有半打左右——估计彼此都是兄弟或表亲堂亲。他们的打扮让我望而生畏：身穿足球衫和赛车皮夹克，脖子上戴着缀有十字架的金链子，喜欢玩电子游戏，而且毫无幽默感。在我刚搬到附近住时，他们一度向我调情，甚至让我觉得有点儿恼人。不过，随着我开始偶尔挂着眼屎跟跟跄跄闯入店内，嘴角还沾着食物残渣，他们便不再试图赢得我的爱慕了。

　　"你脸上沾着东西。"有天早上，站在柜台后面的那个小伙子伸出长长的棕色手指头，指着自己的下巴向我示意说。我不以为意地挥挥手，后来才发现自己脸上到处沾着变硬的牙膏。

在我邋邋遢遢、睡眼惺忪地光顾这家小店几个月之后，那些埃及人开始称我"老板"，如果我要求来一支单支出售的香烟——我经常这样——他们会欣然接受我给的五十美分硬币。本来我也可以去其他很多地方喝咖啡，不过我喜欢这家小店。它离我很近，咖啡一直很难喝，而且，我不会碰到那种点一份奶油蛋卷或无泡沫拿铁的人。这里没有流着鼻涕的小孩或换工住宿的瑞典留学生，没有干净得一尘不染的专业人士，没有约会的情侣。这家杂货店的咖啡适合工薪阶层——门卫、快递员、杂务工、餐馆杂工和女管家。店里弥漫着廉价清洁剂和霉菌的气味。我倚靠着那台污迹斑斑的冰柜，冰柜里塞满了冰激凌、冰棍和装在塑料杯里的冰块。柜台上面，镶着树脂玻璃的透明货柜里摆满了口香糖和糖果。杂货店里面的东西从来都不变：摆放得整整齐齐的香烟、一卷卷的刮刮乐，十二种不同牌子的瓶装水，以及啤酒、三明治面包、一盒没人买的肉和奶酪、一盘发臭的葡式餐包、一筐裹着保鲜膜的水果，以及占据了一整面墙壁、我故意视而不见的杂志，除了报纸上的新闻标题，我什么都不想读。对于任何有可能扰乱理智或者令人嫉妒或忧心的东西，我一概敬而远之。我总是保持低调。

三不五时地，雷娃会带着一瓶葡萄酒出现在我的公寓里，坚持要跟我做伴。她母亲身患癌症，生命垂危。这也是我不想见她的众多理由之一。

"你忘记了我要过来？"雷娃问我，说着就从我旁边挤进起居室，"啪"的一下把灯打开，"我们昨晚聊过，还记得吗？"

我喜欢在安必恩、苯巴比妥或别的什么助眠药开始产生作用时给雷娃打电话。据她说，我只想聊哈里森·福特或乌比·戈德堡，她说这倒也没啥。"昨晚你复述了《亡命夜巴黎》的整个情节，还表演了他们吸着可卡因驾车的场景，没完没了。"

"伊曼纽尔·塞尼耶在那部片子里演得很棒。"

"昨晚你就是这么说的。"

雷娃的出现既让我如释重负，又让我恼火不已，就跟那种在自杀过程中被人打断的感觉差不多。我倒不打算自杀。其实，我想做的事情恰恰相反。我的"休眠"是自我保护，我觉得它会救我一命。

"现在你去冲个澡，"雷娃说着朝厨房走去，"我去把垃圾扔了。"

我爱雷娃，但我不再喜欢她。我们从大学起就是朋友，这段友谊如此漫长。如今我们拥有的共同之处只有我们共处的历史，以及由憎恶、回忆、嫉妒、否认和我借给雷娃的几件衣服构成的复杂循环。她曾经许诺把衣服干洗后还给我，但从未践行这个诺言。她在市中心一家保险代理公司担任行政助理，是家里的独生女，热爱健身，脖子上有一块带斑点的红色胎记，形状像佛罗里达州地图。咀嚼口香糖的习惯让她得了颞下颌关节炎，在她嘴里留下一股肉桂和青苹果糖果的气味。她喜欢跑到我这里来，在扶手椅上为自己清理出一个座位，对我公寓的状态大放厥词，说我看起来瘦了不少，并抱怨自己的工作。在此期间，她每喝一口葡萄酒都会把自己的酒杯重新斟满。

"人们不理解我的处境。"她说,"他们想当然地以为我会一直快快乐乐的。与此同时,这些王八蛋却觉得自己可以视所有下级如粪土。难道我就应该'咯咯'地傻笑、打扮得漂漂亮亮,给他们发传真?去他大爷的。让他们全都变成秃头,在地狱里被火烧。"

雷娃跟她的老板肯偷情,那是一个有老婆孩子的中年男人。她对自己迷上老板毫不讳言,却试图隐藏他们之间的性关系。她曾经给我看他在一份公司小册子里的照片——身材高大,肩膀宽阔,穿着一件扣角领白衬衣,打着蓝色的领带,有一张毫无特色、单调乏味的面孔,简直就像照着模子用塑料压成的。雷娃跟我一样,对年长男性情有独钟。雷娃说,跟我们年纪相仿的男人平淡无聊,过分热情,一贫如洗。我能够理解她的厌恶,不过我从没遇见过那样的男人。我遇到的男人不管老少,全都冷漠超然且很不友好。

"你是个冷漠的人,那就是原因所在。"雷娃解释说,"这叫物以类聚。"

作为朋友,雷娃倒真是平淡无聊、过分热情且一贫如洗,但她也能做到守口如瓶,偶尔还对我爱护有加。她无法或者**压根儿就不愿**[1]理解我为何成天睡觉,而且总是站在道德制高点上对我横加指责,告诉我要对自己当时染上的所有坏习惯"承担后果"。在我开始成天睡觉的那个夏天,雷娃责备我"浪费了自己的比基

---

[1] 原文用斜体来表示对某些词语或短句的强调,本书用的是粗体。——编者注

尼身材""**抽烟害死人**""你应该经常出去走走""你是否在饮食中摄入了足够的蛋白质？"等。

"我又不是小婴儿，雷娃。"

"我只是为你担心。因为我关心你，因为**我爱你**。"她会说。

我们是在大三时认识的，从那时起，雷娃就无法冷静地承认任何略带粗俗的欲望。但她并不完美，就像我母亲曾经说过的那样："她并非纯洁如百合。"多年前我就已经知道，雷娃有性饥渴。我知道她用一个电子脖颈按摩器自慰，因为她觉得从一家情趣用品商店购买正规的振动器有失体面。我知道她从大学时代就负债累累，多年来总是刷爆信用卡，而且在她光顾自己位于上西区那套公寓附近的保健食品商店时，会从美容用品部顺手牵羊一些试用品。我在她随身携带的巨大化妆包里见过各种各样的唇膏试用品。她是名利与地位的奴隶，在曼哈顿这样一个地方，这倒也稀松平常，但我发现她这种不顾一切的冒险特别令人不安。这让我很难怀着尊重之心看待她的聪明。她沉迷于追逐名牌，总是墨守成规，说要"适应社会"。她会定期到唐人街购买最新的山寨名牌手袋。有一次，她送我一只唐尼·伯克牌钱包作为圣诞节礼物，还给我们俩买了两个配对的山寨寇驰钥匙链。

讽刺的是，她追求时髦的欲望恰恰证明她属于低下阶层，这一直让她如芒在背。"矫揉造作的优雅并非真正的优雅，"我曾经试图向她解释，"魅力不像发型，你要么生来就有，要么生来就没有。越是赶时髦，就越显得俗气。"再没有什么比我这种天生的美貌更让雷娃受伤的了。有一天，当我们观看《爱在黎明破晓前》的录像带时，她说："你知道朱莉·德尔佩是个女权主义者吗？我想知道她身材不够苗条是否就是因为这个。如果她是美国人，他们绝不会选她扮演这个角色。看到她的胳膊有多软没？这里没人受得了肌肉松弛的胳膊。胳膊肌肉松弛是道坎，就像 SAT 考试[1]一样，如果达不到一千四百分，你就没戏了。"

"朱莉·德尔佩胳膊肌肉松弛，这是不是让你感觉很幸福？"我问她。

"才不呢，"她在稍加思索后回答，"我不会把这称为'幸福'，这更像是一种**满足**。"

对于嫉妒，雷娃似乎觉得没必要向我掩饰。自从我们成为朋友以来，如果我告诉她什么好消息，她就会抱怨"不公平"。她如此频繁地使用这句话，结果它成了她的口头禅，她会在不经意间脱口而出，语气干脆。当我获得好成绩、一款新色号的唇膏、最后一支冰棍或者做了一次价格不菲的美发时，她都会不由自主地说："不公平。"我会举起手摆出十字的形状，挡在我们俩中间，仿佛是为了保护自己不被她的嫉妒和愤怒伤害。有一次我问她，她的嫉妒是否跟她的少数族裔的身份有关，她是否认为，我能更轻易地得到一些东西，是因为我不同于她的身份？

---

[1] SAT 是美国一项广泛应用于大学入学的标准化考试，其成绩是申请大学入学的重要参考指标之一。——编者注

"并非因为我的少数族裔身份。"我记得她是这么回答的。当时正值我们的大学毕业季,虽然我在大四翘掉了一半以上的课,却依然被列入优秀学生名单,而雷娃却把 GRE[1] 考砸了。"这是因为我长得胖。"其实她一点儿都不胖。实际上,她长得相当漂亮。

"我希望你更好地照顾自己。"有一次,她在我处于迷迷糊糊的状态时造访我的公寓,"你知道,我没法照顾你。你怎么就那么喜欢乌比·戈德堡呢?她甚至连有趣都算不上。你需要看一些让你振作起来的电影,就像《王牌大贱谍》,或者朱莉娅·罗伯茨和休·格兰特演的那一部。突然之间,你就会变得跟《移魂女郎》里的薇诺娜·瑞德一样了。不过你看起来更像安吉丽娜·朱莉,她在那部片子里是个金发女郎。"

她就这样表达自己对我健康的关心。她也不喜欢我在"嗑药"这个事实。

"你真的不应该把酒跟你的那些药混在一起下肚。"说着,她一口喝完手里的葡萄酒。我让雷娃独自喝掉了那瓶酒。在大学时代,她把泡酒吧称为"去做治疗"。她能够一口喝掉一杯威士忌酸酒,还在喝酒的间隙飞快地吃几片布洛芬。她说这能让自己保持酒量。她很可能算得上酒鬼。不过她对我的评价是对的。我**的确**是在"嗑药",每天要服用的药片多达一打。但我认为这些全都是

---

[1] GRE 是美国教育考试服务中心主办的标准化考试,其成绩是很多英语国家研究生录取的标准之一。——编者注

按标准服用的，完全是光明正大的事情。我不过是想一直睡觉罢了，我有自己的计划。

"我可不是吸毒者或诸如此类的人。"我为自己辩护说，"我在休假。今年我要好好休息、放松一下。"

"你真走运，"雷娃说，"如果我能放下工作休休假，四处游荡，看看电影，整天呼呼大睡，那么我也不会介意的。不过我这么说可不是抱怨。我只是不能像你那样奢侈。"一旦喝醉了，她就会把双脚放到咖啡桌上，将我那堆脏衣服和没有打开的邮件蹬到地板上，喋喋不休地说起肯来，跟我讲述他们主演的这部肥皂剧"办公室之恋"的最新剧情，再对周末要做的所有趣事大肆吹嘘一通，抱怨说她最近的这次节食半途而废，为了做出弥补，她不得不在健身房里加班加点地锻炼。最后，她会为自己的母亲痛哭流涕："我真的没法像过去那样跟她说话。我伤心欲绝，觉得自己被抛弃了。我觉得自己非常非常孤独。"

"我们所有人都是孤独的，雷娃。"我告诉她。这是大实话：我很孤独，她很孤独。这是我能带给她的最大安慰。

"我知道自己不得不为我妈做好最坏的打算，她手术效果不佳。我甚至觉得自己都不了解她是怎么得的癌症。这些让我感觉走投无路。你知道吗？我真希望有人抱抱我。我是不是很惨？"

"你需要帮助。"我说，"你听着有些沮丧。"

"然后还有肯。我就是无法忍受。我宁愿自杀也不想这样孤孤单单。"她说。

"至少你还有选择。"

如果我愿意，我们就会从那家泰式餐厅要几份沙拉，在付费频道上看电影。我更喜欢自己那些家用录像系统的带子，不过雷娃总想看那些"新潮""热门""据说不错"的电影。她为自己更了解这段时期的流行文化而自豪。她知道所有最新的名人八卦，追随最新的时尚潮流。而我对那些东西不屑一顾。雷娃却会研究《时尚》杂志，观看电视剧《欲望都市》。她在美貌和"人生智慧"方面很有竞争力。她的嫉妒非常自以为是。跟我相比，她是"弱势群体"。在她看来，她这么觉得一点儿没错：我看起来像个模特，拥有不劳而获的财产，穿真正由名家设计的服装，专攻艺术史，因此我是个"有修养的人"。而雷娃来自长岛，如果以十分为满分，她的相貌可以打八分，但她自称"在纽约只能算三分"。她的专业为经济学，也就是她所谓"亚裔书呆子的专业"。

雷娃的公寓位于这座城市的另一端，在三楼，没有电梯，里面有股健身房服装的汗臭味儿，夹杂着炸薯条、来苏尔消毒剂和汤米·希尔费格牌女士香水的气味。尽管她刚搬进去就把公寓的备用钥匙给了我一套，但在五年时间里，我只去过那里两次。她更喜欢来我的住处。我想她很享受被门卫认出来的感觉，喜欢乘坐带有金色按钮的时髦电梯，以及看着我浪费自己的奢侈品。我不知道雷娃的情况如何。我无法摆脱她。她崇拜我，但她也恨我。看到我在痛苦中挣扎，她觉得那是我以残酷的方式对她自身不幸所做的拙劣模仿。我的孤独和漫无目标都是自己的选择，而雷娃虽然努力工作，却总是无法心想事成——没有丈夫和孩子，也没有一份光鲜的职业。因此，当我开始成天睡觉时，雷娃望着我崩溃成一事无成的懒汉——正是她希望我变成的样子——我觉得她感到满足。我根本没兴趣跟她竞争，但我还是按照自己的原则憎恨她，因此我们确实会吵架。在我想象中，有个姐妹就会这样，她会因为非常爱你而指出你的所有不足。即使到了周末，如果她在我这里待到很晚，她也拒绝在这里过夜。再说我也不希望她留下来过夜，不过她总是对此小题大做，就仿佛她肩负着我永远无法理解的责任。

有天晚上，我给她拍了一张宝丽来照片，并把它贴在起居室的一面镜子的镜框里。雷娃觉得那是爱的表示，但我挂那张照片的真实用意，不过是在我以后受药物影响而想给她打电话时，用它来提醒自己：我是多么厌恶她的陪伴。

"我会把我那套激发自信心的 CD 借给你的。"如果我提到任何关切或担忧的事情，她会这么说。

雷娃偏爱励志书和研习会，它们以教年轻女性"如何发挥自己的全部潜能"为幌子，通常将一些新的节食方式跟职业发展和培养亲密关系的技巧结合起来。每过几周，她都会学到一套全新的生活式样，而我不得不听她对此夸夸其谈。"要善于了解自己何时感到疲惫，"她曾经建议我说，"如今有太多的女性把自己磨得失去了耐心。"而来自《女士们，请尽享生活》文章里的生活方式小贴士，则包括在周日晚上预先计划好下周上班穿什么衣服。

"这样你就不会在早上为自己穿什么而犹豫不决了。"

我真的讨厌她那么说。

"跟我一起到圣徒酒吧去吧。今晚是女士特惠专场,在十一点之前,姑娘们都可以免费获取饮料。这会让你的自我感觉大大改善的。"她善于将千篇一律的建议跟任何让自己喝得酩酊大醉的借口结合起来。

"我不想出去,雷娃。"我说。

她低头看着自己的手,摆弄她的戒指,挠挠脖子,然后注视着地板。

"我想念你。"她说,嗓音有点嘶哑。也许她以为这句话能打动我。我一整天都在服用宁眠泰尔。

"也许我们不应该成为朋友,"我在沙发上舒展开身体说,"我一直在想这件事,我看不出任何继续下去的理由。"

雷娃就那么坐着,用手在自己的大腿上揉捏。沉默了一两分钟后,她抬头看着我,把一根手指头放在鼻子下面——这是她开始哭泣之前的动作,就像是模仿阿道夫·希特勒鼻子下面那道胡须。当她语无伦次、哼哼唧唧地试图让自己镇定下来时,我把自己的毛衣拉上去罩着脑袋,咬着牙,强忍住笑。

"我是你最好的朋友,"她哀怨地说,"你不能把我拒之门外。那简直就是自我毁灭。"

我从脑袋上把毛衣重新拉下来,吸了一大口烟。她挥手拂去面前的烟雾,假装咳嗽了几下。然后她转身对着我,试图通过直视对手的眼睛来给自己壮胆。我能够看到她眼中的恐惧，就仿佛她正凝视着一个可能会让她坠入其中的黑洞。

"至少我在努力改变，而且追求自己想要的东西。"她说，"可是你呢？除了睡觉，你对生活还有什么诉求？"

我决定忽略她的挖苦。

"我想成为艺术家，但我缺少天赋。"我告诉她。

"你真的需要天赋？"

那或许是雷娃对我说过的最巧妙的一句话。

"**是的**。"我回答道。

她起身朝门口走去，高跟鞋"咔嗒咔嗒"地敲击着地板，然后她轻轻关上身后的房门。我服用了几片阿普唑仑，吃了几块动物形状的饼干，注视着那把皱巴巴的空扶手椅，站起来把《锡杯》放进录像播放器，心不在焉地看着电影，在沙发上昏昏欲睡。

半个小时后，雷娃打来电话，留下一条语音信息，说她已经原谅我伤害她的感情，她为我的健康担忧，她爱我，"不管怎样"都不会放弃我。听着这条信息，我松开了下巴，就仿佛我已经咬紧牙关好几天，也许我确实是这样。然后我想象她抽抽搭搭地穿过一家连锁超市，挑出她要吃掉再呕吐出来的食物。她的忠诚荒谬可笑。这正是我们的关系持续至今的原因。

"你会没事的。"当雷娃说她母亲即将开始第三轮化疗时，我这么告诉她。

"别傻了。"当她母亲的癌细胞扩散到大脑时，我说。

我没法指出具体是哪件事让我做出"休眠"的决定。最初，我只是需要一些镇静剂来盖过脑子里的各种念头和评判，因为这不间断的评判让我无法不去憎恨每个人、每件事。我觉得，如果我的大脑在谴责周围的世界时反应慢一些，生活或许会更容易忍受。我在二〇〇〇年一月开始找塔特尔医生看病。起初一切都很单纯：我为一些困境、焦虑和企图逃离身心牢狱的愿望而苦恼。塔特尔医生认定这没有什么异常。她并不是个好医生，我是在电话簿上找到她名字的。

"你挑的时机正好，"她在接到我的第一个电话时说，"我刚洗完盘子。你是从哪里找到我的电话号码的？"

"从黄页上。"

我自以为是随机找到塔特尔医生的，我们的关系有命中注定的因素，有那么点神圣的意味。但实际上，我找到她是因为，她是唯一在周二晚上十一点接电话的心理医生。等塔特尔医生拿起电话时，我已经在多个医生的电话应答机上留下一堆信息。

"如今大脑面临的最大威胁来自所有微波炉，"那天晚上塔特尔医生在电话上解释说，"微波、无线电波，现在又有手机信号塔，天知道它们用什么频率的电波轰炸我们。不过那不是我研究的专业。我的专长是治疗精神疾病。你为警察工作吗？"她问我。

"没有啊，我为一个艺术经纪人工作，在切尔西[1]的一家画

---

[1] 切尔西（Chelsea）是伦敦西部的一个区域，为文艺界人士的聚居地。

廊里。"

"你是联邦调查局的吗?"

"不是。"

"中央情报局的?"

"不是的,为什么问这个?"

"这些都是我必须问的问题。你是缉毒局、食品药品监督管理局、国家保险犯罪局、国家医疗保险反欺诈协会的雇员吗?你是不是某个私人或政府机构雇用的个人调查员?你是否为某家医疗保险公司工作?你是毒品贩子吗?你是否吸毒?你是临床医师吗?你是不是医学专业的学生?你是否为一个有虐待倾向的男友或雇主获取药物?你是美国航空航天局的吗?"

"我觉得自己患上了失眠症。这就是我的主要问题。"

"你很可能也对咖啡因上瘾,对吧?"

"我不知道。"

"你最好继续喝咖啡。如果现在就停喝,你只会疯掉。真正的失眠症患者会产生幻觉,失去时间意识,而且往往记忆力差。它会把你的生活搞得一团混乱。你觉得自己有这些症状吗?"

"有时我感觉自己好像死掉了,"我告诉她,"而且我痛恨所有人。这个症状也算吗?"

"哦,算啊。这当然算。我确信自己能够帮助你。不过我强烈要求新患者到诊所来做十五分钟的咨询,确保我们彼此适合对方。这是免费的。而且我建议你养成记笔记的习惯,提醒自己不要忘记我们的预约。我实行提前二十四小时取消预约的政策。你知道报事贴吗？给自己弄一些报事贴。我需要你签订一些协议，一些合同。你现在把这个写下来。"

塔特尔医生让我第二天早上九点去诊所。

她的家庭诊所在一座公寓大楼里，位于联合广场附近的第十三街。候诊室是一间装饰着木头镶板的阴暗会客室，里面摆满仿维多利亚式家具、猫咪玩具、一盆盆的百花香、紫色蜡烛、用紫色干花编的花环，以及一摞摞旧的《国家地理》杂志。洗手间里塞满了人造植物盆栽和孔雀羽毛。洗手池上方，在一大块破裂的淡紫色肥皂旁边，摆着一个装着花生的木碗，放在一个鲍鱼壳里面。这让我感到困惑。她把自己的所有个人洗漱用品都藏在洗手池下面的橱柜里，装在一个巨大的柳条筐内。她使用几种抗菌粉末、一种处方类固醇面霜、带有薰衣草和紫罗兰香味的洗发露、肥皂和洗液，以及茴香牙膏，她的漱口水是医用的，我尝了一下，有股海水的味道。

第一次与塔特尔医生见面时，她因为遭遇"出租车车祸"，还戴着一个泡沫颈托。她抱着一只肥胖的虎斑猫，介绍说这是"我最老的猫"。她指指候诊室里的那些黄色小信封说："你进来的时候，把你的名字写在一个信封上，将折叠好的支票放到里面。现金付款放在这里。"她敲着办公室书桌上的木头盒子说，就是教堂里那种用来接收蜡烛捐款的盒子。她办公室里的贵妃椅上沾着猫毛，一头堆满古旧小玩偶，脸是用碎陶瓷做的。书桌上放着些吃掉一半的格兰诺拉燕麦卷，还有一摞装葡萄和西瓜片的特百惠塑料盘、一台巨大的旧式电脑和很多的《国家地理》杂志。

"是什么把你带到这里来的？"她问，"抑郁症吗？"她已经取出自己的处方簿。

我打算向她撒谎，我已经仔细考虑过了。我告诉她，在过去的六个月里，我一直夜不能寐，然后抱怨说自己在社交环境中感到绝望和紧张。不过，当我向她复述这番经过练习的说辞时，我意识到它在某种程度上是真实的。我并非失眠症患者，但我痛苦可怜。向塔特尔医生抱怨诉说，让我产生一种奇怪的解脱感。

"我需要镇静剂，这点我是知道的。"我直截了当地说，"我还需要一种药来抑制我想要人陪伴的念头。我已经山穷水尽了。"我说，"除此之外，我还是个孤儿。我很可能患有创伤后应激障碍。我母亲自杀了。"

"怎么自杀的？"塔特尔医生问。

"割腕。"我撒谎说。

"谢谢告知。"

塔特尔医生有一头红色的鬈发。她戴在脖子上的泡沫颈托表面像是有些咖啡和食物污迹，还把脖子上的皮肤朝下巴挤压。她的脸活像一只寻血猎犬，皱皱巴巴，松软下垂，凹陷的眼睛隐藏在一副很小的金丝眼镜下，镜片的颜色像可口可乐瓶子。我从未仔细看过她的眼睛。我怀疑那双眼睛又黑又亮，目光疯狂，就像乌鸦的眼睛。她用的笔是紫色的，很长，末端有一片紫色的羽毛。

"在我上大学时,我的父母都去世了。"我继续说道,"那不过是几年前的事。"

她似乎审视了我片刻,面无表情,屏住呼吸。然后她扭过头去,重新看着那本小小的处方簿。

"我跟保险公司关系良好。"她用一种就事论事的语气说,"我知道怎样从他们那套游戏中占便宜。你是不是**完全**睡不着觉?"

"睡眠很少。"我说。

"做梦吗?"

"只做噩梦。"

"我认为,睡眠是关键。大多数人需要十四个小时左右的睡眠。现代社会迫使我们过一种很不自然的生活。忙碌,忙碌,忙碌。赶快,赶快,赶快。你很可能是过度劳累了。"她在处方簿上涂写了一会儿。"'欢乐'。"塔特尔医生说,"我喜欢这个词甚于'快乐'。我认为这里不适合用'幸福'。这个词很吸引人,'幸福'。你应该了解,我喜欢对人类经历的微妙之处加以鉴别。当然,好好休息是前提。你知道'欢乐'这个词是什么意思吗?"

"知道。就是《欢乐之家》(*The House of Mirth*)里面那个词。"我说。

"一个忧伤的故事。"塔特尔医生说。

"我没读过。"

"幸亏你没读。"

"我读过《纯真年代》。"

"这么说你受过良好教育。"

"我在哥伦比亚大学上的学。"

"很高兴知道这个,不过这对你目前的处境没有多少帮助。既然上过哥伦比亚大学,你或许知道,受教育程度跟焦虑程度是成正比的。你的饮食如何?是否稳定?有饮食限制吗?当你走进诊所的时候,我联想到了费拉·弗赛特和费·唐娜薇。你跟她们有什么关系吗?我不得不说,你可能比理想的身体质量指数轻了十八斤左右。"

"我觉得,如果我能够好好睡觉,就会有胃口。"我说。这是谎言。当时我每天的睡眠时间已经多达十二小时,从晚上八点睡到早上八点。我希望弄些药来,让我直接睡过整个周末。

"有证据表明,每天做冥想可治愈大鼠的失眠症。我不是个信仰虔诚的人,不过你可以试试到基督教或犹太教教堂去寻求有关内心安宁的建议。教友派[1]信徒看起来似乎比较理性。不过你要警惕那些邪教。它们往往只是奴役年轻女性的陷阱。你的性生活活跃吗?"

"不太活跃。"我告诉她。

"住处附近是否有核电站?或者高压设备?"

"我住在上东区。"

---

[1] 又称贵格会(Quakers),是一个基督教教派。没有成文的信经、教义,最初也没有专职的牧师。他们相信内在之光的力量,并努力促进和平和非暴力。——编者注

"坐地铁吗？"

当时，我每天坐地铁上班。

"很多精神疾病都容易在封闭的公共空间中传播。我感觉你的大脑过于疏松。你有什么业余爱好吗？"

"我喜欢看电影。"

"有趣的爱好。"

"他们怎么让大鼠冥想呢？"我问她。

"你见过啮齿动物在圈养环境中繁殖吗？父母会吃掉它们的幼崽。不过，我们不能将它们妖魔化。它们这么做是出于怜悯，是为了整个物种的利益。你有过敏史吗？"

"对草莓过敏。"

问到这里，塔特尔医生放下笔，望着空中，似乎陷入沉思。

"**有些**大鼠，"她过了一会儿才说，"或许应该被妖魔化。某些大鼠个体。"她重新提起笔，挥舞了一下那片紫色的羽毛。"在开始做出概括的那一刻，我们也就放弃了自我控制的权利。我希望你能明白我的意思。大鼠对地球这颗行星非常忠诚。试试这些药。"说着，她递给我一摞处方，"别一下子把所有药都配上。我们需要错开时间配药，以免出现什么危险信号。"她僵硬地站起身来，打开一个装满药物样品的木头橱子，将一袋袋样品轻轻扔到桌子上。"为谨慎起见，我会给你一个纸袋，"她说，"先开碳酸锂片和氟哌丁苯这两种强效抗焦虑处方药。这对成功处理你的病情有好处。那样一来，如果以后我们需要尝试一些更古怪的药，你的保险公司就不会感到意外了。"

我不能因塔特尔医生这个可怕的建议而责怪她,毕竟,成为她的患者是我的决定。我跟她要什么她就给什么,对此我很感激。我确信别处也有她这样的医生,不过,我那么轻松就找到她,而且她开的药立刻给我带来安慰,这一切让我觉得自己仿佛发现了一个药剂学萨满巫师、魔法师、魔术师或智者。有时我甚至怀疑塔特尔医生是否真有其人。如果她是我想象出的虚构人物,那么,我选择她而非某个看起来更像我想象中的主人公的人——例如乌比·戈德堡——就很有意思了。

"如果发生了什么糟糕的事情,请立即拨打911。"塔特尔医生告诉我,"如果可以,尽可能保持理性。我们无法知道这些药会对你产生怎样的影响。"

一开始,我会在网上搜索她给我开的每种新药,试图弄清自己在特定的日子会睡上多长时间。但阅读药品的说明书会削弱其魔力,它使睡眠显得陈腐无趣,这不过是身体的另一个无意识的机能,就像打呼噜、上厕所或弯曲关节一样。网上有关药物的"副作用与警告"令人气馁,由此产生的焦虑会将我的胡思乱想放大,这跟我希望那些药品产生的作用恰恰相反。于是我拿着处方去开了诸如"神经普乐新片""美西双芬""复迪诺"和"塞仑西"[1]之类的东西,不时将它们扔进那堆杂七杂八的药里,不过大

---

[1] 这几种药均为作者杜撰,后文中的"因服迷多"也是如此。

多数时候我会服用大剂量的安眠药,并在自己烦躁时辅之以速可眠(司可巴比妥)或宁眠泰尔,在我怀疑自己忧伤时补充安定或利眠宁(氯氨),在我怀疑自己孤独时加上乙氯维诺、水合氯醛或眠尔通(甲丙氨脂)。

几周之内,我就积累了数量可观的精神类药物库。每个标签上都带有一只昏昏欲睡的眼睛、头骨和交叉腿骨的标志,以及"孕妇禁用""与食物或牛奶同服""保存于干燥处""可能引起嗜睡""可能导致眩晕""不可与阿司匹林一起服用""禁止碾碎服用""请勿嚼服"之类的警告。任何正常人都会担忧这些药物对健康的危害。我对其潜在危险并非完全无知。我的父亲活生生地被癌细胞吞噬,我见过我母亲脑死亡后在医院里插满管子的样子。我失去了童年时代的一个朋友,她在上高中时因为同时服用扑热息痛(对乙酰氨基酚)和另外一种感冒片而死于肝衰竭。生命十分脆弱,转瞬即逝,我们必须谨小慎微,这是肯定的;不过,如果这意味着我能够睡上一整天,并且脱胎换骨,变成一个全新的人,我也愿意冒这个生命危险。我觉得自己足够聪明,会预先知道这些药会不会要了我的小命。在发生这种事之前,在我心脏衰竭、大脑爆炸、大出血或把自己从我位于七楼的窗户推出去之前,噩梦中会出现前兆。我相信,只要我能够睡上一整天,那么一切都会平安无事。

我于一九九六年搬入这套位于东八十四街的公寓,就在我从哥伦比亚大学毕业一年后。到二〇〇〇年夏天，我仍然没跟任何邻居说过一句话——差不多整整四年，我在电梯里都默不作声，每一次乘坐电梯的尴尬旅程都像表演被催眠后的迷迷糊糊状态。我的邻居大多数是四十多岁的已婚人士，没有孩子。每个人都是一身整洁的职业装束，很多都穿驼绒外套，拎着黑色的真皮手提箱，围着博柏利围巾，戴着珍珠耳坠。时不时地，我会看见少数和我年纪差不多的单身女性，拿着手机喋喋不休地大声说话，遛她们的茶杯贵宾犬。她们让我想起雷娃，不过我猜她们更有钱，也不像她那么自我厌恶。这里是约克维尔，是纽约市上东区。人们极端保守。当我穿着睡衣和拖鞋穿过大厅前往那家杂货店时，我感觉自己仿佛在犯罪，但我不在乎。除我之外，周围只有那些出租廉价公寓的犹太老人才这么不修边幅。但我是个又高又瘦、年轻漂亮的金发女郎。即使我状态再差，我也知道自己看起来仍然不错。

  我住的大楼有八层高，是带有勃艮第式遮阳篷的混凝土建筑，外表平淡无奇。除这座大楼外，我所在的街区排列着一栋栋质朴的城市住宅，每一栋都贴着警示牌，提醒人们别让狗在门廊上撒尿，因为那会破坏房屋的赤褐色砂岩。"让我们对前辈与后代都予以同样的尊重。"一个牌子上这样写着。男人们驾驶租来的车子到市区上班，女人们打肉毒杆菌，做隆胸手术和阴道"小手术"，为了丈夫和私人教练而保持阴道紧实，至少雷娃是这么告诉我的。我还以为上东区会让我避开自己过去在切尔西"上班"时的艺术区，避开那里炫耀美貌和争风吃醋的氛围。不过，在我刚搬来这里时，居住在非中心区的生活也让我感染了它特有的病毒。我试图成为那些穿着氨纶衣衫、在滨海散步大道上匆匆来往的金发女郎之一，像某个狂妄自大的白痴那样戴着蓝牙耳机打电话。打给谁——雷娃？

　　起初，一到周末，我也跟纽约那些与我相似的年轻女子一样，去做大肠水疗、面部护理和头发挑染，在一家收费超高的健身房锻炼，躺在蒸汽浴室里直到自己变得两眼模糊，晚上穿着硌脚的鞋子外出，让自己患上坐骨神经痛。我不时在画廊里遇到一些有趣的男人，在冲动之下到处跟人睡觉，一开始经常出去娱乐，然后就不那么频繁地外出了。我没有遇到过真正的"爱情"。雷娃经常说起"成家立业"。在我听来，那好比要我去死。

　　"宁愿单身也不愿成为任何人的居家妓女。"我跟雷娃说。

　　不过，在跟前男友特雷弗分分合合的这些年中，我仍会不时冒出一股罗曼蒂克的冲动，他是我的初恋，也是我的唯一男友。当我们在炮台公园附近一个阁楼的万圣节派对上相遇时，我还是个只有十八岁的大一新生。我是跟一群女生联谊会的姑娘一起去的，当时我正争取加入这个组织。我打扮成妓女模样，就像大多数万圣节服装一样，我那身装扮不过是为了找个借口出去四处游荡。我穿着里佐利侦探的西装，那是乌比·戈德堡在《暴力扫荡》里扮演的角色。在影片的第一幕场景中，她是个假扮成妓女的密探。为了模仿她，我披散着头发，穿着紧身连衣裙和高跟鞋，外面是一件镶嵌着金色金属片的夹克,还戴着白色眼镜框的猫眼太阳镜。特雷弗则装扮成安迪·沃霍尔:戴着梳成马尾辫的金色假发和厚厚的墨镜,穿着带有条纹的紧身衬衫。他留给我的第一印象是,他是个具有自由精神的人,聪明而又风趣。事实证明,这种印象极不准确。我们一起离开派对,四处逛了几个小时,互相撒着谎谈论自己幸福的生活,午夜时就去吃比萨,来来回回地乘坐斯塔滕岛渡轮,观看日出。我把自己的宿舍电话号码给了他。等到他在两周后终于给我打电话时,我已经被他迷得神魂颠倒了。凭借昂贵的餐饮及偶尔观看歌剧或芭蕾舞剧,他牢牢地控制了我几个月。到了情人节那天,他在佛蒙特州的一间滑雪小屋里夺去了我的童贞。那不是一次愉快的经历,不过我相信他比我更了解性,因此,当他滚完床单说出那句"真是太棒了"时,我相信了。当时他三十三岁,在世贸中心的富士银行上班,身穿剪裁考究的西装,会叫车到宿舍来接我;我读大二时,他会去女生联谊会的房子接我出去,用美酒佳肴款待我,在他用公款叫的出租车后排座椅上,毫无廉耻地要求我为他口交。我把这些当成了他的男子气概。我的"姐妹们"全都认为他"温文尔雅"。他喜欢谈论自己的情感,给我留下了深刻印象,我从没见过男人这样。他说:"我妈成了个瘾君子,所以我才如此忧郁。"他经常到东京出差,到旧金山看望他的孪生妹妹。我怀疑是她劝阻特雷弗跟我约会。

他第一次跟我分手是在我大一的时候,原因是我"太年轻,不成熟"。"我不是那个能够帮你从自己的遗弃恐惧问题中成长起来的人,"他解释说,"这个责任太沉重了。你应该找一个能够真正支持你情感发展的人。"于是我就在位于州北部的家中与父母度过那一年的夏天,与一个还在上高中的男孩保持性关系,他远比特雷弗更淫荡,关于阴蒂怎样"产生作用"方面,他也比特雷弗更感兴趣,但没有足够的耐心来与我的欲望成功互动。不过这对我还是有所帮助。因为我对那个男孩没什么感觉,只是纯粹利用他,以此获得部分尊严。等到我在劳动节搬进德尔塔—伽玛宿舍大楼时,特雷弗和我已经重归于好。

  在接下来的五年里,特雷弗在与更加年长的女人——也就是与他年龄相当的女人——保持关系时,会周期性地耗尽他的自尊,然后回到我身边来重启我们之间的关系。我一直是自由之身,虽然不时与人约会,但再没有其他真正的男朋友,除非我能把特雷弗算作一个。他可不赞成这个名头。当我们闹翻脸的时候,我在大学里有不少的一夜情,却没有一个值得一提。在我毕业并闯入成人世界后——当时我已经父母双亡——我在绝望之中变得更加厚颜无耻,经常请求特雷弗跟我复合。每次我打电话求他过来抱着我时,我都能在电话里听到他的身体起反应了。他都会说:"我得看看能否挤出时间。"然后他就会来到我这里,而我就在他怀里哆嗦,就仿佛我还是个小孩子,为得到他的赏识而感激不尽、心花怒放,欣赏躺在身边的他在床上留下的重量,就仿佛他是某个神使、我的灵魂伴侣、我的救世主之类的。特雷弗很乐意在我位于东八十四街的公寓里过上一夜,赢回他在上一次风流韵事中失去的所有装腔作势。我痛恨在他身上看到那一套。有一次他说他害怕"过于热情"地跟我做爱，因为他不想让我心碎。于是他就高效而自私地跟我做爱，完事后就穿上衣服，检查自己的传呼机，梳好头发，吻吻我的额头，然后扬长而去。

我曾经问过特雷弗："如果在余生的性爱中，你只能在口交和阴道性交中选择一样，你会选哪一个？"

"口交。"他回答。

"那就跟同性恋差不多，不是吗？"我说，"对嘴比对阴道更有兴趣。"

为此他好几个星期不跟我说话。

特雷弗身高一米九。他干干净净、身体健康、信心十足。就算让我选择一百万次，我也宁愿要他，而不是我在城里或画廊周围见到的那些嬉皮书呆子。在大学里，艺术史系充斥着那类年轻男性。跟大学生联合会的普通男孩及那些中规中矩的医学预科生相比，他们算是异类。这些乳臭未干的家伙博学而聪明，却毫无魅力，在更有创造性的院系占据了优势。作为艺术史专业的学生，我无法避开他们。"书呆子们"在地铁里阅读尼采，阅读普鲁斯特，阅读戴维·福斯特·华莱士，将他们那些才华横溢的想法草草记录在一个黑色的魔力斯奇那口袋笔记本上。他们长着啤酒肚和瘦削的腿，穿着拉链连帽衫，穿海军蓝的厚呢短大衣或陆军绿的派克大衣，脚踏新百伦运动鞋，头戴针织帽，背着帆布背包，双手小巧，指关节多毛，或许软塌塌的二头肌上还有一只鹿头的文身。他们自己卷烟卷，牙齿老有种没刷干净的感觉，每周在咖啡上面花掉一百美元。他们会跟年龄比自己小的女友参观达克特画廊，也就是我最终找到工作的那家画廊。"找亚裔女友意味着那家伙'能力'不行。"雷娃曾经说过。我听过他们对艺术夸夸其谈，废话连篇。他们为别人的成功感到悲痛，认为他们应该因为自己的天赋而受到爱慕，成为影响力非凡的名人，认为自己理应受到崇拜。但他们都不敢照镜子。我猜他们全都嗑氯硝安定（氯硝西泮）。他们大多数住在布鲁克林，这是我乐意住在上东区的另一个原因。那里没人听"发霉桃子"乐队的音乐，没人理睬"反讽法""道格玛95"电影运动或演员克劳斯·金斯基。

最糟糕的是，那些家伙把自己缺乏安全感说成是"敏感"，而且这办法还真有效。他们将成为那些管理博物馆和杂志的人，只有在觉得我会跟他们发生关系的情况下才会雇用我。不过，当我跟他们一起参加派对或者泡酒吧时，他们却对我视而不见。他们是如此一本正经地专注于和那些气味相投的同伴之间的交谈，你会以为他们在为一个攸关生死的决定而争论，就仿佛一不小心世界就会爆炸一般。他们让我相信，他们不会为女阴而分心。而实际上，他们很可能只是害怕阴道，害怕自己无法理解跟我那里一样漂亮、粉红的私处，为他们在肉欲上的无能而羞耻，害怕自己的阴茎，害怕他们自己。于是他们便专注于抽象概念，逐渐变得酗酒无度，来掩饰其自我厌恶，他们更倾向于称之为"存在主义厌倦"。不难想象，那些家伙会对着谁自慰，科洛·塞维尼、塞尔玛·布莱尔、莉莉·索博斯基或者是薇诺娜·瑞德[1]。

特雷弗很可能会对着布兰妮·斯皮尔斯自慰，或者是詹妮丝·乔普琳。我永远无法理解他的口是心非。而且特雷弗永远不想为我"服务"。我用一只手就能数出特雷弗为我"服务"的次数。就算他尝试，也不知道该怎么做，却表现得像是被他自己的慷慨和激情逼得不得不做，仿佛不急着让我为他"服务"是特下流、特胆大的一件事儿，需要巨大的勇气，他自己都吓了一跳似的。他的亲吻风格咄咄逼人，富有节奏感，简直好像研究过一份这方面的指南。他的下颌骨狭窄而笨拙，而下巴像是事后添加的蹩脚零件。他的皮肤色泽均匀，做过很好的保湿，甚至比我的皮肤还光滑。他几乎不用刮胡须。他身上总有股百货商店的气味。如果我现在和他相遇，我会以为他是同性恋。

但至少特雷弗有真诚的傲慢来支撑他的虚张声势。他不会像那些赶时髦的家伙一般，在自己的野心面前畏缩。而且他知道怎么操纵我——不管我为此多么痛恨他，也不得不为此敬他三分。

当我进入"休眠"的时候，特雷弗都不和我说话。一开始，我很可能在安必恩的作用下给他打过电话，但我不知道他是否接过电话。我可以毫不费力地想象他投入一个四十多岁女人的怀抱里，却像你在食品杂货店里从货架上的一盒盒芝士通心粉或棉花

---

[1] 这四位均为有文艺气质的美国女演员。

软糖旁走过一样，对我不屑一顾。我是小孩子的玩具。我无关紧要。我不值得他消耗自己的卡路里。他说他更喜欢黑褐色头发的女人。"她们给我保持自我的空间，"他告诉我，"金发女郎却让人心猿意马。把你的美貌想象成阿喀琉斯之踵。你太肤浅了。我这么说不是有意冒犯你，只是实话实说而已。人们很难忽视你的美貌。"

自从青少年时代以来，我就对自己的外表迟疑不决，既想露出自己的本色，也就是一个备受宠溺的盎格鲁-撒克逊裔美国白人，又希望追随自己的感觉，做个游手好闲的人，如果我还有点勇气，就应该是这么一个人。我在波道夫百货、巴尼百货和位于东村的高端特色精品店购物，结果就是坐拥一个令人叹为观止的衣柜，大学刚毕业时，那也是我的主要职业资产。我轻轻松松地在达克特画廊谋得一份工作，那是西二十一街上的诸多艺术画廊之一。我没有什么成为策展人的宏图大愿，也没有顺着社会阶梯一步步往上爬的勃勃野心。我不过是想打发时间罢了。我觉得，如果我想过得普通一点，譬如说，只是保住一份工作，那就能把自己对一切都愤世嫉俗的那一面慢慢磨掉。如果我是个男人，我可能已经踏上犯罪之路。可我看起来像个下班后的模特，要过随意挥洒人生、漫无目标的日子真是太容易了。特雷弗说得对，美貌的确是我的阿喀琉斯之踵，它不过是把我困在一个重视外表甚于其他一切的世界里罢了。

我所在的达克特画廊的老板娜塔莎三十刚出头。在我毕业那年夏天，当我去画廊面试时，她当场就雇用了我。那时我二十二岁。我几乎记不得我们的谈话了，不过我记得自己当时穿着一件乳白色的丝绸宽松上衣，黑色的紧身牛仔裤，以及一双平跟鞋——万一我比娜塔莎更高的话（确实高了一厘米以上），也不会太明显——戴着一串巨大的绿色玻璃项链，它重重地撞击着我的胸脯，当我顺着地铁台阶往下跑时，它都把我的皮肤撞得瘀青了。我知道自己不能穿连衣裙，也不能让自己显得过于一本正经或女性化。那只会让别人觉得我自以为高人一等而藐视我。娜塔莎每天都穿同样类型的服装——一件圣罗兰牌运动夹克和一条紧身皮裤，不化妆。她是那种几乎能够轻松融入任何国家的神秘少数族裔女人，有可能来自伊斯坦布尔、巴黎、摩洛哥、莫斯科、纽约或圣胡安，在某种情况下，甚至有可能来自金边，具体取决于她怎样选择自己的发型。她能够流利地说四种语言，曾嫁给一个意大利贵族，某个男爵或伯爵，至少我是这么听人说的。

达克特画廊的艺术品应该具有颠覆性，带有几分挖苦，令人震惊，但它们不过是些千篇一律的反主流文化垃圾，"废物，但值钱"，与其买它们，还不如绕过街角，从川久保玲服装专卖店买一套不合身的衣服。娜塔莎给我派的角色是一个愚钝的下属，一般来说，我在工作中稍加努力就足够了。我是一个时髦的花瓶，新潮的装饰品。我是那个坐在柜台后面的贱女人，在你走进这家画廊时对你爱理不理，一个噘着嘴的绝代佳人，穿着一身难以辨认但又很酷的前卫服装。他们告诉我，如果有人问我问题，我就装傻。回避，回避。千万别把价目表递过去。娜塔莎每年只给我两万两千美元的薪水。如果没有那笔遗产，我就得被迫找一份收入更高的工作，而且很可能不得不住在布鲁克林，跟别人合租。能拥有已故双亲的财产，我知道自己很幸运，但这也令人沮丧。

娜塔莎的明星艺术家是徐平，一个二十三岁的年轻人，看着像是还在青春期，来自加州的戴蒙德巴。她认为他是一项不错的投资，因为他是亚裔美国人，曾经因为在自己画室里开枪而被加州艺术学院开除。他会给画廊加上某种优越的标志。"我想让画廊变得更**理性**，"她解释说，"市场正在逐渐偏离情感。现在到处都是有关过程、想法和品牌营销的东西。如今正是男子气概热门的时候。"徐平的作品第一次在达克特画廊展出，是作为一个被称为"物质之躯"的集体展览的一部分，他的作品包括若干"滴画"，模仿杰克逊·波洛克[1]，是用他自己的体液制作的。他给这些抽象绘画作品所起的标题，就仿佛每一幅都有深奥而阴暗的政治含义：《血潮》《胡志明市之冬》《狙击手小巷上方的夕阳》《被斩首的巴勒斯坦儿童》《投弹完毕，内罗毕》。这全都是无稽之谈，可人们就是喜欢它们。

娜塔莎尤其为"物质之躯"展览感到自豪，因为参展的所有艺术家都不到二十五岁，而且是她亲自发掘的。她觉得这证明她

---

[1] 杰克逊·波洛克（Jackson Pollock），美国画家，抽象表现主义绘画大师。首创"滴画法"：把巨大的画布平铺于地面，用钻有小孔的罐子、棍子或画笔把颜料滴溅在画布上。

有成为伯乐的天赋。在那次展览中，我喜欢的作品只有一件，由艾伊拉·玛华兹创作，这个十九岁的年轻人在普拉特艺术学院上学。那是一块巨大的白色地毯，是从箱桶之家家居店购买的，上面有一些血色脚印和一条宽宽的血色条纹留下的污迹。据说，应该把它看作一具鲜血淋漓的尸体从上面拖过的痕迹。娜塔莎告诉我，地毯上的血是人血，不过她没有把这个写进新闻稿里面。"显然，你能够从网上购买任何东西。牙齿、骨头。"那张沾有血迹的地毯定价七万五千美元。

　　安妮·平克的"保鲜膜"系列包括一块块包裹着莎伦保鲜膜的小物件。其中一件由小块蛋白杏仁糖果和兔脚钥匙链组成，一件由一些干花和安全套组成。有一件是卷起来的旧丁字裤衬垫和橡皮子弹。有一件是麦当劳的"巨无霸"汉堡包、薯条和廉价的塑料念珠。有一件是这位艺术家的乳牙——至少她是这么说的——和带有圣诞节色彩的M&M豆。这些便宜的跨界艺术品每件两万五千美元。还有几张穿着肉色织物的人体模型的大幅照片，由马克斯·韦尔奇创作。他是一个彻头彻尾的白痴，我怀疑他跟娜塔莎睡过。在角落里一个低矮的基座上，放着一件由布雷哈姆斯兄弟创作的小型雕塑——一对用人类体毛做的玩具猴子。每只猴子都有一根勃起的生殖器从它的皮毛里露出来，用白色的钛做成，里面放着摄像头，用来拍摄观看者的胯部照片。这些影像可以从一个网站上下载，而登录网站观看那些胯部照片需要特定的密码，购买这样的密码就得一百美元。这对猴子本身的售价是二十五万美元。

　　上班期间,我会在午餐休息时到楼梯下的储藏间里打一个小时的盹儿。"打盹儿"是一个非常孩子气的词,不过实情如此。我夜间睡眠的色调更丰富多变,通常都不可预测。不过,每次在那个储藏间里躺下,我都会直接进入黑暗的虚空,无边无际的虚无空间。在那个空间里,我既不惊恐也不兴奋。我什么都看不见,什么都不想。如果我产生了一个本能的想法,我会听到,而它的声音会不断地回响、回响,直到它被黑暗吞没、消失。这里没有必不可少的回应,没有毫无意义的自言自语。周围一片寂静。储藏间里的一个通风口释放出一股稳定的新鲜空气,沾染上了隔壁那家酒店洗衣房的气味。这里没有工作要做,没有我不得不抵制或弥补的东西,因为那里压根儿什么都没有,就是这样。但我又能意识到那种虚无。不知何故,我在睡眠中保持了清醒。我感觉很好,近乎幸福。

　　可是从那种睡眠中醒来却极为痛苦。我的整个生命都以糟得不能再糟的方式从我眼前一闪而过,我的脑子里重新装满了我所有的残缺记忆,每一件小事都让我来到如今所在之处。我试图记起别的事情——更美好的版本,也许是一个幸福的故事,或者只是一种同样残缺不全但又不一样的生活,至少在它脱轨时令人耳目一新——但我永远想不起来。我仍然是我,自始至终都是如此。有时我泪流满面地醒来。实际上,只有当我从那种虚无中被拉扯出来,我手机上的闹铃声响起时,我才会哭泣。然后,我就不得不拖着沉重的步伐爬上那段楼梯,从小厨房里端来咖啡,擦掉眼睛里的眼屎。我总是要过上一会儿才能重新适应画廊里刺眼的荧光灯光线。

在大约一年的时间里,我跟娜塔莎似乎一直相处得不错。她让我感到最委屈的事跟我买错了笔有关。

"我们为什么有这些'咔嗒咔嗒'响的廉价伸缩笔?每次摁它们都会发出那么响的声音。你听不到吗?"她站在那里,对着我摁一支笔。

"抱歉,娜塔莎,"我说,"我以后订购响声轻一点儿的笔。"

"联邦快递到了吗?"

我简直不知道该怎么回答这个问题。

自从我开始找塔特尔医生治疗以来,每个工作日的晚上我都要睡十四五个小时的觉,外加午餐时那额外的一个小时。到了周末,我每天只有几个小时是醒着的。而且,当我醒来的时候,我也并没有完全清醒,而是处于半梦半醒的迷迷瞪瞪状态。上班时,我变得马虎而懒惰,更加阴郁,更加空虚,更加心不在焉。这种状态让我很愉快,但我又不得不**做事情**,这就很成问题了。当别人说话时,我不得不在脑子里把他们说的话重复一遍才能理解。我告诉塔特尔医生说我很难集中注意力。她说这很可能是"脑雾"造成的。

"你睡眠充足吗?"每个星期我去找塔特尔医生时她都这么问我。

"只是勉强够而已。"我总是这么回答,"那些药根本无法平息我的焦虑。"

"吃一罐鹰嘴豆,"她说,"又名埃及豆。然后试试**这些药**。"她在处方簿上涂写着。我积攒的那堆药物已经多到令人望而生畏了。塔特尔医生解释说,为了将医疗保险的覆盖面最大化,开处方时不妨针对药物的副作用,而不是直接针对那些以减轻我的症状为主要目的的药,我的症状是"因情感脆弱外加失眠症而产生的衰弱性疲乏,导致轻微的精神错乱和好战性"。她告诉我,她打算在笔记本上这么写。她把自己开处方的方法称为"生态处方",还说她在写一篇相关的论文,很快就会发表,"在一本汉堡的期刊上"。于是她就给我开了一些针对偏头痛、防止痉挛、治疗不宁腿综合征[1]、预防听力丧失的药。据说这些药能够让我放松下来,这样我就能获得自己"迫切需要的休息"了。

二〇〇〇年三月的一天,在我造访过储藏间里那个无穷无尽的迷宫后,我回到自己在达克特画廊的办公桌前,发现了一张写着"请**夜里**睡觉,这里是工作场所"的便签,它为我照亮了通往

---

[1] 不宁腿综合征是一种感觉运动障碍性疾病,临床表现为强烈地、强迫性地想要动腿的欲望。——编者注

最终被解雇的道路。便签是娜塔莎写的，我不能责怪她想炒我鱿鱼。到那时，我上班打盹儿已经差不多有一年。在最后的几个月里，我已经不再为工作而打扮。就那么穿着一件连帽运动衫坐在办公桌后，三天没洗脸，眼睛周围沾着变硬的眼屎。我丢三落四，糊里糊涂，工作效率低下，本来计划做什么事，结果却发现自己做得恰恰相反，把事情弄得一团混乱。实习生们的争吵把我拉回自己的工作，让我想起自己曾给他们安排过什么事情。"接下来做什么？"

　　接下来做什么？我无法想象。

　　娜塔莎开始留意我。我的蒙眬睡意导致我粗暴地对待那些来画廊参观的人，却无助于签收包裹或注意到是否有人带狗进来并在地板上到处留下爪印。这样的事情发生了好几次。有几次我把拿铁弄洒了。艺术硕士生有时会触碰展品，有一次甚至重组了一件由破碎的 CD 盒子构成的装置艺术品，是贾罗德·哈维创作的，他用它们拼写出 "HACK" 这个词。当我发现之后，我只是把那些塑料碎片胡乱丢到一旁。人非圣贤，孰能无过。不过，有一天下午，一个无家可归的女人在里屋安顿下来后，被娜塔莎发现了。我都不知道那个女人在屋里待了多久。也许参观者以为她是那些艺术品的一部分。最终，为了让她离开，我不得不从办公室的小额备用金里拿出五十美元给她。娜塔莎对此怒不可遏。

　　"当人们来到这里时，你要代表我给他们留下一个好印象。你知道亚瑟·希林上周来这里了吗？我刚接到一个电话。"我敢肯定,她以为我在"嗑药"。

"谁?"

"我的天。你仔细看一下花名册,仔细看看每个人的照片。"她说,"厄尔的装箱清单在哪儿?"诸如此类……

那年春天,画廊举办了徐平的第一次个展——"汪汪汪"——娜塔莎随时准备对每个微小的细节吹毛求疵。要不是忙得顾不上,她很可能会早一点儿炒我鱿鱼。

每当娜塔莎谈论徐平的"狗儿作品",我都试图装出一副兴趣盎然的样子来掩盖我的恐惧。徐平剥制了各种纯种狗的标本:一只狮子狗,一只博美犬,一只苏格兰㹴,还有黑色拉布拉多犬、腊肠犬,甚至还有一只哈士奇幼犬。他已经为此工作了很长时间。由于他那些精液画卖得很好,他和娜塔莎的关系已经变得亲密起来。

布展时,我在不经意间听到其中一名实习生对电工耳语。

"有传言说,这位艺术家在这些狗狗还是幼崽时就把它们弄来,养着它们,等它们长到他需要的大小时,就把它们杀掉。他把狗关在一个工业冰柜里,因为在不损害它们外表的前提下,那是最人道的安乐死方式。等到它们尸体上的冰融化后,他就能把它们摆弄成他想要的姿势了。"

"他干吗不干脆把它们毒死,或者扭断它们的脖子?"

我觉得那些传言是真的。

当把那些狗安置好之后,他们就把电线连接上,所有电线都插上插座，娜塔莎关掉展厅的灯，把每只狗身上的灯打开。红色的激光从它们的眼睛里照出来。当工人们清扫掉落的狗毛时，我抚摸着那只黑色拉布拉多犬。它毛茸茸的脸冷冰冰的。

"请不要抚摸。"徐平突然在黑暗中说。

娜塔莎挽着他的胳膊，滔滔不绝，她说已经准备好应付善待动物组织的愤怒，可能会有一两次抗议，然后在《纽约时报》上做一个评论版，很快就会一炮而红。徐平面无表情地点点头。

展览开幕那天我打电话请了病假。娜塔莎似乎根本不在乎。她让安杰莉卡填补了我在前台的位置。安杰莉卡是个有厌食症的"哥特女孩"，在纽约大学念大四。那场展览是一次"残忍的成功"，一位批评家这么评价它，"有一种残酷的趣味性"。另一位批评家说徐平"终结了艺术的神圣性。这个被宠坏的小鬼对当权派大肆嘲讽。有人向他喝彩，说他是下一位马塞尔·杜尚。可是，他配得上这昭彰恶名吗？"

我不知道自己为何不辞职了事。我不需要那笔薪水。到了六月，当娜塔莎终于从瑞士打电话把我炒掉后，我感觉如释重负。显然，我搞乱了一批巴塞尔艺术展的媒体宣传资料。

"好奇地问一句，你到底在**搞什么鬼**？"她想知道。

"我只是真的觉得疲惫。"

"你是不是生病了？"

"不是。"我说。我本来可以撒谎的，我可以告诉她我患上了单核白细胞增多症，或者某种睡眠紊乱症，癌症也有可能。人人都可能得癌症。不过自我辩护是没用的。我没什么过得去的理由，为保住自己的工作而奋斗。"你是想让我走人吗？"

"如果你能等到我回去，并利用这段时间教安杰莉卡熟悉你的工作，那个文件归类系统，以及你在电脑上做的那些事情，我会很高兴地让你走。"我挂断电话，服用了一把苯那君（苯拉海明），然后走到储藏间里，倒头大睡。

除了呼呼大睡，再没有什么能带给我如此的愉悦，如此的自由，以及感知、运动、思考和想象的能力，让我彻底地避开意识清醒时的痛苦。我并不是嗜眠症患者——我从不会在自己不想睡觉的时候睡过去。我更像是多眠症患者，一个睡美人综合征患者。我一直喜欢睡觉。在我小时候，这就是我和我母亲喜欢一起做的事情。她不是那种坐在那里看我画画，为我读书，陪我玩游戏、到公园里散步或给我烤果仁巧克力饼的人。在酣然入睡时，我们相处得最好。

我上三年级时，我的父母发生了某种未曾言明的冲突，于是母亲就让我跟她一起睡在他们那张床上。她说，这样一来，需要叫醒我时，她就不用从床上爬起来并穿过大厅，对她而言更方便。那一年我总共迟到三十七次，旷课二十四次。有三十七次，我母亲和我一起在早上七点醒来，睡眼惺忪，有气无力，试图从床上爬起来，却重新倒在床上继续睡觉，与此同时，她床头柜上的小电视上还在播放卡通片。我们在几个小时后醒来——窗帘还没有拉开,粗糙的淡棕色小地毯上乱七八糟地扔着几个不用的枕头——恍恍惚惚地穿上衣服,趔趔趄趄地出门钻进轿车。我记得她用一只手撑开一只眼睛,另一只手掌握方向盘。我常常怀疑,那一年**她**是不是服用了什么药物,是不是也让我沾染了一些。还有二十四次,我们在闹钟的铃声中睡过了点,到午后的某一刻才醒来,于是彻底放弃了上学的念头。我会吃着麦片,全天阅读或看电视。我母亲则吸着烟,打电话跟人聊天,躲开那名管家,带着一瓶葡萄酒钻进主卧,洗一次泡泡浴,阅读丹尼尔·斯蒂尔的浪漫小说或《美好住宅与庭院》杂志。

那一年,我父亲睡在书房的沙发上。我记得他厚厚的眼镜放在橡木茶几上,油腻腻的镜片放大了木头的暗色纹理。他摘下眼镜后,我几乎认不出他来。他是个普通得难以形容的人——稀疏的棕色头发,松弛的双下巴,额头上因为焦虑而刻着一条深深的皱纹。那条皱纹让他显得永远那么困惑而又消极,就仿佛他被困在了自己的眼睛后面。我觉得,他多少是个无足轻重的人,如同陌生人一般,和两个他永远都别指望可以理解的古怪女性待在家里,像木偶一样鲁钝地轻轻熬过生命中的一个个日子。每天晚上,他都把一片复方阿司匹林扔进一杯水里。我站在旁边望着它溶解,还记得自己听到药片发出的"嗞嗞"声,与此同时,他默默地从沙发上挪走那些垫子,把它们堆到角落里,而他那件可怜巴巴的苍白睡衣从地板上缓缓拖过。也许他就是从那时开始患上癌症的,因为在起居室里没有睡好,就形成了几个怪异的细胞。

我父亲既不会跟谁结盟，也不会成为谁的心腹知己。不过在我看来，当这个辛辛苦苦工作的男人被驱赶到沙发上，而我懒惰的母亲却霸占了那张巨大的床时，这未免有些乾坤颠倒。我为此而痛恨她，但她似乎不受内疚或羞耻感的困扰。我觉得她是因为自己长相漂亮才侥幸获得这么多好处的。如果李·米勒[1]是个成天待在卧室里的醉鬼，那么我母亲就跟米勒挺像的。我猜她责怪我父亲毁掉了她的生活——她在上大学时怀孕了，只好辍学与他结婚。当然，她并不是非得如此不可。我出生于一九七三年八月，就在"罗伊诉韦德案"[2]发生七个月后。她的家庭是乡村俱乐部型的南方浸信会教徒，喜欢酗酒——父母双方一方是密西西比州的伐木工，另一方是路易斯安那州的石油商——如果不是出于这个因素，我猜她可能会把我打掉。我父亲比我母亲年长十二岁。他们结婚时，她才刚刚十九岁，却已有四个月的身孕。我在刚学会做算术的时候就琢磨出了这一点。长长的妊娠纹、松弛的皮肤、肚子上的几道伤疤，她说自己看起来就像"被一只浣熊开膛破肚"了似的，同时瞪着我，仿佛我是故意把脐带缠到了自己脖子上的。

---

[1] 李·米勒（Lee Miller），美国著名模特和摄影师，因在二战期间担任战地摄影师的经历，她曾一度陷入抑郁，沉迷于酗酒。

[2] 1969 年，一名化名简·罗伊的女子声称自己因被强奸而怀孕，而得州刑法规定禁止妇女堕胎，她于是将执行得州禁止堕胎法律的达拉斯县检察长亨利·韦德告上法庭。这一案例获得社会各界广泛关注，也引发美国社会对"生命权"和"选择权"的全面论争。最终，在两轮庭审之后，1973 年 1 月 22 日，联邦最高法院以 7∶2 做出判决，支持罗伊一方，判决得州立即废止禁止堕胎的法律。

也许我确实是故意的。"当他们切开我的肚子,把你拉出来的时候,你的皮肤都发青了。在我受了那么多罪之后,结果就只得到你父亲,却失去了肚子里的孩子?这就像刚把一块馅饼从烤炉里取出来,却让它掉到了地上。"

我母亲所做的唯一的智力训练就是玩填字游戏。有时她晚上会从卧室里出来,要我父亲给她一点儿提示。"别告诉我答案,只需要告诉我那个词**听起来**像什么就行了。"她说。作为教授,我父亲很擅长引导别人得出自己的结论。他平心静气,绷着脸,有时甚至有点儿暗带讥讽。在这方面我随他。我母亲有一次确实说我们父女俩是"铁石心肠的狼"。不过她自己就笼罩在一种冷漠的气氛中,我觉得她只是没意识到这一点而已。我们一家子心里都没有多少温情。父母从来不许我养任何宠物。有时我觉得一只狗或许就可以改变一切。在我上大三时,我父母相继去世了——先是我父亲死于癌症,接着我母亲在六个星期后因为将药物和酒混在一起吃而死掉了。

那天晚上,当我最后一次在达克特画廊的储藏间里醒来时,所有这些,我过去的悲剧,都在我脑海里一幕接一幕、栩栩如生地回放出来。

当时是夜里十点,所有人都已经下班回家。我吃力地爬上那段黑暗的楼梯,去清理我的办公桌。没有悲伤,没有怀念,只有为我在不必要的劳动上浪费这么多时间而感到厌恶;我本来可以把那些时间用来睡觉,这样就可以毫无感觉。我太蠢了,竟然以为上班会给自己的人生增添几分价值。我在休息室里找到一个购物袋，收拾好我的咖啡杯，放在办公桌抽屉里的若干备用的换洗衣服，以及几双高跟鞋、连裤袜、几件化妆品和一件塑形内衣，还有一些藏匿了一年都没吸的可卡因。我考虑过从画廊里偷点儿什么东西——挂在娜塔莎办公室里的那幅拉里·克拉克的照片，或者裁纸刀。最终我选定一瓶香槟——不冷不热，因此恰到好处的一点儿安慰。

我关掉所有的灯，设好警报器，然后走出门外。那是一个凉爽的初夏夜晚。我点燃一支烟，站在画廊对面。那些激光没有打开，不过，透过玻璃，我能够看到那只高大的白色狮子狗望着外面的人行道。它露出牙齿，一枚金色的犬牙在路灯的光线中闪着微光。它头上有一小缕毛梳成蓬松的辫子，上面别着一枚红色的天鹅绒蝴蝶结。突然间，我心里油然升起一种感觉。我试图将它压制住，它却沉入我的五脏六腑。"宠物只会弄得到处乱七八糟。我可不想成天忙着从牙齿里剔出狗毛。"我想起母亲说过的话。

"连一条金鱼也不行？"

"养它干吗？就为了看着它游来游去，然后死掉？"

也许这段回忆在我体内触发了一股奔涌的肾上腺素，促使我回到画廊里。我从自己以前那张办公桌上的盒子里抽出几张面巾纸，"啪"地打开那些激光的开关，站在那只黑色拉布拉多犬和仿佛在睡觉的腊肠狗的标本之间。然后我脱下裤子，蹲下，在地板上拉了泡屎。我擦干净屁股，就让裤子留在脚脖子上，拖着步子蹒跚地穿过画廊，将沾着粪便的面巾纸塞进那条恶狠狠的狮子狗嘴里，仿佛这样就能替自己开脱似的。那才是我特有的告别式。我离开画廊，搭一辆出租车回到家，晚上喝掉了一整瓶香槟，躺在沙发上看着电影《妙贼追凶》睡着了。至少，乌比·戈德堡给了我一个活着的理由。

第二天我就辞职了。娜塔莎肯定对此恨得咬牙切齿。但她从未打电话。我跟自助洗衣店定好他们每周来取一次脏衣服，我把所有水电费设成自动付款模式，从第二大道的犹太妇女委员会旧货店买了各种各样二手的家用录像带。不久后，我就大把大把地吃着药片，没日没夜地睡觉，中间只有两三个小时的清醒时间。我觉得这样很好。我终于开始做一些真正重要的事情了。睡觉让我感觉很有建设性，让我厘清一些事情。我打心里明白——或许这是我当时明白的唯一的东西——等我睡足了觉，一切都会好起来。我会焕然一新，如获新生。我会变成一个全新的人，每一个细胞都更新了很多次，那些老细胞仅仅变成遥远而模糊的回忆。经过一年的休息与放松，我会逐渐变得幸福与安详，在它们的支撑下，我从前的生活将不过是一场幻梦而已，我可以无怨无悔地重新开始。

# 二

以前我一直都是每周造访塔特尔医生一次，不过，在离开达克特画廊后，我就不想那么频繁地跋涉到联合广场了。于是我告诉她我"在芝加哥从事自由职业"，只能每个月亲自去拜访她一次。她说我们可以每周通过电话交谈，也可以不这样，只要我在支票上填好后面的日期，提前付清自己承担的那部分医保金额就行："如果你的保险公司问起，你就说每周都亲自来我这里了。只是以防万一。"她从未发现，我是去位于曼哈顿当地的来德爱药店重新开药时给她打的电话。她从未问过我在芝加哥的工作进展如何或者我在那里做些什么。塔特尔医生对我的"休眠"计划一无所知。我想让她以为我是个精神紧张的废人，但又有完全的行动能力，如此一来，她才会给我开一些她认为最强劲的助眠药。

在安排好这件事之后，我就全力以赴地投入睡眠中。那是我人生中一段令人兴奋的时光。我感觉自己充满希望，感觉自己即将脱胎换骨，改头换面。

我在柔和的朦胧微光中度过了头一个星期。我压根儿就没离开过那套公寓，甚至都没去买过咖啡。我在床边放了一罐马卡达姆坚果，每次从睡梦中浮到清醒的表面，就吃上几颗，再喝上一瓶波兰泉牌矿泉水，每天因肠内废物受重力影响产生下坠感而去上一趟厕所。我不接电话——反正除了雷娃也没别人给我打电话。她一口气给我留下一段长长的语音信息，结果说到一半就被切断了。通常她会在健身房里练班霸健身单车的时候打电话。

有天晚上，她事先没说就到我这里来了。门卫告诉她，他认为我出城去了。

"我一直很担心，"雷娃一边说，一边拿着一瓶闪闪发光的粉红葡萄酒闯进来，"你生病了吗？有没有吃东西？你请假不上班了吗？"

"我辞职了，"我撒谎说，"我想把更多时间投入自己的兴趣中。"

"什么兴趣？我都不知道你有自己的**兴趣**。"听起来她感觉自己完全受到了背叛似的，她被自己的鞋跟轻轻绊了一下。

"你喝醉了吗？"

"你真的辞职了？"她问，同时踢掉鞋子，"砰"的一声坐到那张扶手椅上。

"我宁愿吃屎也不愿再为那个王八蛋工作一天。"我告诉她。

"你是不是说过她嫁给了一个贵族还是什么人物？"

"没错，"我回答，"不过那只是一个传闻。"

"这么说你没生病？"

"我在**休息**。"我躺在沙发上示范了一下。

"那倒是合情合理。"雷娃说着，温顺地点点头，不过我看得出来她有些怀疑，"休息一段时间，考虑一下你的下一步行动。奥普拉说，我们女性之所以匆忙做出决定，是因为我们不相信未来会变得更好。我们就是那样被困在自己不满意的职业和婚姻中的。阿门！"

"我不打算找工作，"我开始解释，但没有细说，"我要休息一下。我打算睡上一年觉。"

"可你怎么做呢？"

我从沙发垫子之间扒拉出一小瓶安定文锭（劳拉西泮），拧开盖子，掏出两片药。从眼角余光里，我能瞥到雷娃局促不安的样子。我把药片嚼碎——不过是为了吓唬她——咽下肚子，干呕了一下，然后将那个瓶子塞回那些垫子中间，躺下，闭上眼睛。

"好吧，我很高兴你有自己的人生规划。不过老实说，"雷娃开始说教了，"我为你的健康感到担忧。自从你开始服用那些药物，你看起来瘦了两三斤。"雷娃是猜测物体和人体重量的专家。"你有什么长期规划吗？打算下半辈子都吃药？"

"我还没想到那么远呢。而且我可能也活不了那么久。"我打着哈欠说。

"别那么说，"雷娃说道，"看着我。拜托了。"

我眨巴着睁开眼，扭头冲着扶手椅上那团香雾，然后眯着眼睛，对她聚焦。我认出雷娃穿的是一年前出现在杰·克鲁样品目录上的一款裙子——一件真丝直筒连衣裙，带有微微的粉红色，我只能把那种色彩描绘成"太妃糖色"。她的唇膏是橘红色的。

"别为自己辩护，不过你这些日子确实有点儿古怪。"她说，

"你有那么点儿冷漠,而且变得越来越瘦。"我认为这是最让雷娃不安的。她肯定觉得我在瘦身游戏中作弊,而她一直都那么努力地玩这个游戏。我们俩身高差不多,但我穿二号衣服,而雷娃穿四号的。"处于月经前期综合征时,我得穿六号。"在雷娃心目中,我们之间的体形差异很大。

"我只是觉得成天睡觉很不健康,"说着,她将几条口香糖抛进嘴里,"也许你需要的只是靠在谁肩膀上哭一哭。你会惊讶地发现,痛哭一场会让你的情绪改善很多,比任何药片带给你的感觉都好。"当雷娃提建议时,她听起来就像是在朗读一部拙劣的影视剧本。"绕着街区走走,能够对你的情绪产生奇迹般的效果。"她说,"你不觉得饿吗?"

"我没心情吃东西,"我说,"而且我也不想去任何地方。"

"有时你需要**假装自己想去**。"

"塔特尔医生没准儿能给你开点儿药,让你戒掉口香糖瘾,"我语气平淡地告诉她,"如今他们有治疗所有毛病的药。"

"我不想戒掉它,"雷娃回答,"而且这也不是上瘾,这是习惯。我享受嚼口香糖的感觉。这是生活中少数让我感觉良好的事情之一,我这么做是为了让自己愉快。口香糖与健身房,它们就像是我的疗愈手段。"

"可是你可以用药物代替它们。"我争论说,"然后将你的下颌骨从咀嚼中解放出来。"我其实并不是真的关心雷娃的下颌骨。

"哦——哈。"她回答道,然后直直地看着我,但她咀嚼口香糖时如此陶醉，似乎已经心不在焉。等她的心思回到当下时，她站起身来，将口香糖吐到厨房的垃圾桶里，再回到起居室，躺在地板上，开始做有节奏的仰卧起坐，把裙子的上腹部弄出一条条褶皱。"我们都有对付压力的办法，"她说，然后长篇大论地谈起习惯行为的种种益处。她把这描绘成"自我安慰"，"就跟药一样"。我打了个呵欠，心里讨厌死她了。"成天睡觉并不会真正让你感觉更舒服，"她说，"因为在睡眠中你不会改变任何事。你只是在逃避自己的问题。"

"什么问题？"

"我不知道。你似乎认为自己存在很多问题。我就是不明白。你是个**聪明的姑娘**，"雷娃说，"只要花心思，你能够做任何事情。"她站起来，从口袋里掏她的润唇膏。我注意到她正瞄着那个瓶身已经"出汗"的桃红葡萄酒瓶子。"今晚跟我出去吧，求求你了好吗？我有个一起做普拉提的朋友杰基，要在东村的一家同志酒吧开生日派对。我本来不打算去的，不过如果你跟我一起去，就很好玩了。现在才七点半。而且今天是周五。让我们把这瓶酒喝完然后出去吧。夜晚属于年轻人！"

"我很累，雷娃。"说着，我把奈奎尔[1]瓶盖上的包装纸揭掉。

"唉，去嘛！"

"你自己去吧。"

---

[1]　一种液体感冒药。

"你就想待在这里把一辈子睡过去？就那样？"

"如果你知道什么能让自己幸福，难道你不会去做那件事？"我问她。

"瞧，你**确实**希望获得幸福。那你为什么跟我说追求幸福很愚蠢？"她问，"你可不止一次跟我这么说。"

"就让我蠢好了，"说着，我喝了一大口奈奎尔，"你去做个聪明人，然后告诉我那有多棒。我会留在这里，休眠。"

雷娃翻了一个白眼。

"这**合乎自然**，"我告诉她，"人类过去一直'休眠'。"

"人类从不'休眠'。你从哪里看的？"

在被激怒的时候，她看起来真的很可怜。她站起身来，拎着她那个愚蠢的山寨凯特·丝蓓牌，还是其他什么牌子的手袋站在那里，头发向后梳成马尾辫，上面顶着一枚一文不值的塑料玳瑁发饰。她总是把头发吹得蓬蓬松松，眉毛用蜡拔成细长的弓形括号形状，指甲上抹着不同色号的粉红色和紫色指甲油，就好像这么一打扮能让她变成个魅力四射的人似的。

"我不想讨论这个，雷娃。这是我在做的事情。如果你无法接受，那就不必接受。"

"我接受，"她说，音调变低了，"我只是觉得错过一个有趣的夜晚很可惜。"她手忙脚乱地把那双雪白的脚塞进山寨克里斯提·鲁布托牌的细高跟鞋里。"你知道的，在日本，很多公司会准备一些特殊的房间供商界人士打盹儿。我是在《智族GQ》杂志上读到的。我明天会再跟你联系的。**我爱你**。"她说着转身往外走,途中顺手拿走了那瓶桃红葡萄酒。

一开始我做很多梦,尤其是在夏季轰轰烈烈地降临时,我公寓里弥漫着空调那令人恶心的冰凉空气。塔特尔医生说我的梦可能暗示了某些药物的效果如何。她建议我把自己的梦记录下来,以此追踪"痛苦不断减轻的程度"。

"我不喜欢'梦境日志'这个词。"她在我们六月的一次面诊中告诉我,"我更偏爱'夜间幻影日志'。"

于是我就在报事贴上做笔记。每次醒来,我都把自己能够记起的梦境潦潦草草地写下来。后来,我又在一个黄色拍纸簿上,用看起来更疯狂的笔迹把它们誊录一遍,加上一些可怕的细节,到七月再交给塔特尔医生。我希望她会因此认为我需要更多镇静剂。一次在梦境中,我到一艘游艇上参加派对,看到一只孤独的海豚在远处转圈。但在梦境日志中,我宣称自己其实是在"泰坦尼克号"上,那只海豚是一条鲨鱼,既是莫比·迪克[1]又是迪克·特雷西[2],还是一根勃起的红彤彤的生殖器。并且,那根生殖器还挥舞着自己的枪,对一群女人和孩子发表演说。"然后我就对每个人行纳粹礼,从船上跳下来,而其他人都被处决了。"

---

[1] 美国小说家赫尔曼·梅尔维尔的小说《白鲸》中白鲸的名字。
[2] 一部美国长篇连载漫画中的虚构人物,一位智勇双全、枪法奇快的警探。

在另一个梦中，我站在一辆疾驰的地铁的车厢里失去了平衡。"一不小心抓住并扯掉了一个老妇人的头发。她的头皮上爬满了蠕虫，那些虫子全都威胁着要杀掉我。"

我梦见自己开着一辆锈迹斑斑的奔驰车驶上东河旁的散步道，"瘦得皮包骨头的慢跑者和拉美裔管家及玩具狮子狗被撞到车轮下，发出'砰砰'的声音。看到满地的鲜血，我心花怒放"。

我还梦见自己从布鲁克林大桥上跳了下去，找到一个废弃的水下村庄，因为那里的居民听说到别处可以过上更好的生活。"一条喷火的蛇将我开膛破肚，嘬嘬有声地吸食我的内脏。"我梦见自己偷了别人的避孕用具，放进嘴里，"然后和我的门卫睡觉"。我切下自己的耳朵，连同一张一百万美元的账单，通过电子邮件发给娜塔莎。我吞下一只活生生的蜜蜂。"我吃掉一颗手榴弹。"我买了一双红色的小山羊皮短靴，顺着公园大道散步。"排水沟里挤满被堕掉的胎儿。"

"啧啧，"当我把日志拿给塔特尔医生看时，她回答说，"看起来你仍然处在深深的绝望中。那我就加大你的苯巴比妥剂量。不过，如果你的噩梦里没有生命的物体变得有生命，或者如果你在醒着的时候经历了这样的事情，那就**停止服用**。"

还有那些有关我父母的梦，但我没跟塔特尔医生提起。我梦见我爸爸有个私生子，被他藏在书房的橱子里。我发现了那个男孩，他面色苍白，营养不良。我们俩一起策划烧掉房子。我梦见自己在淋浴间里用一条象牙牌肥皂，给我母亲的下体抹上肥皂泡，然后从她的下体里扯出一团毛发，就像猫咪呕吐出来的毛球，或者堵在浴缸排水管里的乱发。在梦中，我意识到那团毛发是我父亲的癌。

我梦见自己把父母的死尸拖进一条峡谷，然后静静地在月光下等待，伺机寻找秃鹫。几次在梦中，我接到一个电话，听筒里面是久久的沉默，我把这解读为我母亲无语的鄙视。要么就是听到"噼里啪啦"的静电噪声，而我对着电话哭喊着"妈妈？爸爸？"因为听不到他们在说什么而心急如焚，伤心绝望。而在另外几次梦里，我只是在陈旧的葱皮纸上读着他们俩之间的对话脚本，那些纸在我手上破碎了。偶尔，我会在自己公寓大楼门厅里或纽约公共图书馆台阶上之类的地方瞥见我父母。我母亲似乎很失望，步履匆匆，仿佛我的梦把她从一件重要事务上拖走了。"你的头发怎么了？"她在列克星敦大道上的星巴克里问我，然后就一路小跑地穿过厅堂前往卫生间。

在我的梦里，我父亲总是病恹恹的，双目凹陷，厚厚的眼镜片上沾着油腻腻的污迹。有一次，我梦见自己准备做隆胸手术，而他是我的麻醉师。他犹犹豫豫地向我伸出手来跟我握手，就仿佛他拿不准我是谁、我们以前是否见过面。而我躺在钢架轮床上。那些有他出现的梦是最让我心烦的。我会在恐慌中醒来，又吃下几片助眠药雷美替胺或其他药片，然后继续回去睡觉。

在我醒着时，我时常想起我父母的房子——它的那些犄角旮旯，某个房间在清晨、午后和寂静夏夜中的光景，房子前面那些街灯柔和的黄色光线照进书房，抛光的木头家具闪着微光。不动产律师建议我卖掉房子。我最后一次去那里是在我父母死后的那个夏天。特雷弗和我处在又一次失败的浪漫复合中，于是我们在阿迪朗达克度过一个周末，在驱车返回市区时绕道前往我故乡的小镇。特雷弗待在那辆租来的敞篷车里，而我绕着房子外围走了一圈，透过沾着灰尘的窗户窥视里面空荡荡的房间。它看起来跟我住在里面时几乎没有什么两样。"在行情转好之前别卖。"特雷弗大叫着。我有些情绪化，感觉尴尬，匆忙躲闪，跳进车库后面那个肮脏的水池里，然后钻出水面，身上覆盖着腐烂的苔藓。特雷弗从车里下来，在花园里用浇水的软管给我清洗，让我脱掉衣服，穿上他的运动夹克，回到车上，又在波基普西商业街的停车场让我为他口交，然后进去给我买了一套新衣服。我答应了。对他来说，这是一次妙不可言的性爱体验。

当特雷弗顺路把我送到学校后，我给那名律师打电话，告诉他说我没法放弃那所房子。"除非我确定自己永远不会结婚生子。"我说。那并非事实。我也不关心房地产市场或者我能从中赚多少钱。我对那所房子恋恋不舍，就像你对一封情书恋恋不舍那样。它证明我在这个世界上并非彻底孤身一人。但我认为那也是对自己的失落、对那所房子的空虚恋恋不舍，仿佛是为了证明子然一身比跟那些应该却无法爱你的人黏在一起更好。

在我小时候，母亲偶尔会让我觉得自己很特殊，她抚摸着我的头发，身上散发出香水淡淡的甜香，瘦骨嶙峋的手苍白而冰凉，撞击着金手镯，发出刺耳的噪声，她失去光泽的头发，她的唇膏，她因为吸烟而带有木头气味的口臭，又因为酗酒而变得更加恶臭难闻。可是在接下来的一刻，她就变得头脑混乱，注意力分散，因为某种严重的恐惧或忧虑而痛苦，甚至想起我来都要拼命挣扎着才能忍受。这时候她会说："我现在没法听你说话。"然后离开我，从一个房间走到另一个房间，寻找一张潦潦草草地写着一个电话号码的纸片。"如果你把它扔掉，我饶不了你。"她警告我。她总是在给谁打电话——我猜是某个新朋友。我从来都不知道她在哪里跟这些女人、新朋友见面——在美容院？在酒类商店？

如果愿意，我本来也会做一些出格的事情。我本来可以把头发染成紫色，在高中因考试不及格而退学，故意让自己挨饿，在鼻子上打孔，到处放荡，诸如此类。我看见其他青少年那么做，但我没精力去制造这么多麻烦。我确实渴望吸引父母的注意力，但我拒绝这么低三下四地要求他们注意我。我知道，如果我表现出痛苦的迹象，就会受到惩罚。于是我就乖乖的，做所有正确的事情。在思想里，我以无声的方式反叛。我父母似乎很少注意到我的存在。有一次，当我待在浴室里时，我听到他们在走廊里低声说话。

"你有没有看到她下巴上有两颗痘痘？"我母亲问我父亲，"看到它们我就受不了。它们是那么**粉红粉红**的。"

"如果你那么在意，就带她去看看皮肤科医生。"我父亲说。

几天后，我们家的管家给我带来一管可丽莹牌祛痘药膏，是那种有颜色的。

在我上的那所私立女子中学，我拥有一群雷娃那样的崇拜者。她们模仿我、八卦我。我金发碧眼，身材苗条，面容姣好——人们就注意这些，也是那些女孩子关心的事情。我从他人的不安全感中收获廉价的热情，并学会漂在上面不致淹没。我不会在外面待到很晚才回家。我只是做做家庭作业，把房间收拾干净，等待时机，直到我能够搬出去，长大成人，感觉自己变得正常，我是这么希望的。在上大学之前，在碰到特雷弗之前，我都没有跟男孩子一起出去过。

在我申请大学时，我又一次偷听到我母亲跟我父亲说起我。

"你应该读读她申请大学的论文，"我母亲说，"她总是不让我看。我担心她会尝试什么别出心裁的东西。她会落得进入某所糟糕的州立大学的下场。"

"我有很多非常聪明的研究生就是上的州立大学，"我父亲平静地回答，"如果她只想选择英语之类的专业，她上什么学校其实都无关紧要。"

最后，我到底还是把申请大学的论文拿给我母亲看了。我没告诉她，安东·科尔西勒，也就是我写到的那位艺术家，只是我杜撰的一个人物。我写道，他的作品颇有教益，因为"面对技术的兴起"它们坚持"以人道的方式对待艺术"。我描述了各种瞎编出来的作品：《在电脑上撒尿的狗》《股票市场的汉堡包午餐》。我写道他的作品引起了我的共鸣，因为我对"艺术如何创造未来"

充满兴趣。那是一篇平庸的论文。我母亲对它泰然自若,这吓坏了我,然后她把论文还给我,建议我在词典里查几个词,因为我重复它们的次数太多。我没接受她的建议。我申请了哥伦比亚大学的第一志愿提前录取,而且成功了。

在我前往纽约的头天晚上,我父母让我坐下来聊聊。

"你母亲和我认为,我们有责任提醒你,为即将在一所男女合校的大学里生活做好准备。"我父亲说,"你有没有听说过催产素?"

我摇摇头。

"这是一种让你疯狂的东西,"我母亲转动着杯子里的冰块说,"你会因此而失去所有理智。自从你出生后,我一直努力在你身上培养这种理智。"她可真会开玩笑。

"催产素是一种在**交媾**时释放出来的激素。"我父亲望着我身后空荡荡的墙壁继续解释道。

"也就是**性高潮**。"我母亲低声说。

"从生物学的角度说,催产素是有一定作用的。"我父亲说。

"让人产生那种温暖而**迷迷糊糊**的感觉。"

"正是它让夫妻结合起来。如果没有它,人类可能早就灭绝了。女性会比男性更强烈地体验到它的作用。意识到它的存在是有好处的。"

"因为当你跟昨天的垃圾一起被扔出去的时候,"我母亲说,"男人就会像狗一样扑过来。甚至教授也是如此,所以别被他们愚弄了。"

"男人不太容易产生依恋感。他们更理性。"我父亲纠正了她的说法。在一段漫长的停顿之后,他又说:"我们只是希望你保持谨慎。"

"他的意思是使用安全套。"

"并且服用**这些药**。"

我父亲给我一个贝壳形状的粉红色小盒子,里面装着避孕药。

"恶心。"我只能这么说。

"还有,你父亲得了癌症。"我母亲说。

我什么都没说。

"前列腺跟乳腺不同。"我父亲说着,把头扭向别处,"前列腺可以做手术,然后你就继续生活。"

"男人总是先死。"我母亲低声说。

我爸爸从桌旁推开自己的椅子,椅子脚划过地板,发出刺耳的声音。

"我只是开玩笑。"我母亲说着,从面前拂去她自己吸烟时喷出的烟雾。

"关于癌症?"

"不是。"

那次谈话就这么结束了。

后来,当我收拾行李准备搬到学校宿舍时,我母亲过来站在我卧室门口,把手里捏着的烟伸到她身后的客厅里,仿佛这样会有什么差别似的。整所房子总是有股臭烘烘的烟味。"你知道我不喜欢你哭。"她说。

"我没哭。"我说。

"还有,我希望你没把任何短裤放进行李中。在曼哈顿,没人穿短裤。如果你穿着那些令人厌恶的网球鞋到处逛,他们会当街朝你开枪。你会看起来很可笑。你父亲付那么多钱,不是为了让你在纽约城里看起来那么可笑。"

我想让她以为我是在为父亲的癌症哭泣,但那并不完全是事实。"好吧,该死,如果你坚持要哭哭啼啼的。"我母亲说着,转身准备离开,"你知道吗?当你还是婴儿的时候,我把安定药磨碎了放进你的奶瓶里。你肚子疼,接连哭了几个小时,谁都无法哄住你,而且完全莫名其妙。还有,换掉你的衬衣,我都能看见你腋窝渗出的汗了。我要上床睡觉去了。"

我父母去世后,他们的不动产由一家房地产公司管理。那所房子被租给一位历史学教授及其家人。我根本用不着跟他们见面。那家公司负责维护房子、打理花园,并做所有必要的维修。如果有什么东西坏掉或出现磨损,他们就会给我寄来一封带有照片和估价的信。当我感到孤独、无聊或怀旧的时候,我会浏览那些照片,试图让自己对那个地方的陈腐感到厌恶——破裂的楼梯,漏水的地下室,表面剥落的天花板,一个破损的橱柜。这时我会为自己感到难过,不是因为想念我父母,而是因为:如果他们活着,他们就无法留给我任何东西。他们不是我的朋友。他们不会安慰我或给我良好的建议。我跟他们话不投机。他们甚至都不了解我。他们忙得没工夫想象我在曼哈顿的生活。我父亲在忙着死去——在确诊一年之内，癌症就扩散到了他的胰腺，然后是胃——而我母亲忙着过自己的日子，结果似乎比患上癌症更糟。

她只到纽约来看过我一次，是在我大二的时候。她乘坐火车南下，比约定的时间晚了一小时到古根海姆。当我们四处溜达时，我甚至能够闻到她嘴里的酒气。她扭捏而安静。"哦，那是不是很漂亮？"她评论一件康定斯基或夏加尔的作品时说。当我们来到那道斜坡的顶上时，她突然离开了我，说她忘记了时间。我跟着她走下斜坡，来到美术馆外面，望着她试图叫一辆出租车。看到每辆驶过的出租车都已经载客，她显得躁动不安，黯然神伤。我不知道她出了什么问题。也许她看见了一件让她感到慌张的艺术品。她从不解释原因。但她后来从酒店打电话给我，让我那天晚上和她一起吃晚餐。就仿佛在美术馆里并没有发生什么奇怪的事情。她喝醉后对任何事都不做解释。我已经习惯了她这样。

我从自己继承的遗产里拿出一笔现金，买下我在东八十四街的公寓。透过起居室的窗户，我可以看到卡尔·舒尔茨公园的一部分和东河的一段。我能够看到推着轻便童车的保姆，富有的家庭主妇戴着遮阳帽和墨镜，在海滨散步道上来来回回地乱转。她们让我想起母亲——漫无目的且自我迷恋——只不过她在身体方面没这么活跃。如果我从卧室窗户探出身去，就能够看见罗斯福岛的最北端，以及岛上那些形状不规则的低矮砖瓦建筑。我喜欢想象那些建筑里住着作奸犯科的疯子，不过我知道那并非事实，至少现在不再是。一旦我开始成天睡大觉，我就不再那么频繁地透过窗户往外看了，顶多也就想瞥上一眼。朝阳东升，夕阳西下。亘古如斯，直至永远。

    时光流逝的速度有快有慢，具体取决于我的睡眠深度。我对自来水的味道变得非常敏感。有时它显得浑浊，尝起来有股矿泉水的柔和味道；有时它充满气体，尝起来就像谁的口臭。我最喜欢的是那些几乎无迹可寻的日子，我会突然意识到自己没有呼吸，一下子滑落到沙发上，瞪着一股尘埃的旋涡在微风中翻滚着掠过硬木地板。在那一瞬间，我想起来自己还活着，然后就重新隐入一片混沌中。要进入那种状态，需要服用大剂量的助眠药思瑞康（富马酸喹硫平）、碳酸锂片，再跟阿普唑仑和安必恩或曲唑酮结合起来，而我不想过度使用那些处方药，因此需要精心计算才能进入睡眠。在大多数日子里，我的目标是达到既能轻松入睡又能在不受惊的情况下醒来的程度。我的想法陈腐平庸。我的脉搏似有若无。只有咖啡能让我的心脏工作得稍微努力一点儿。咖啡因就是我做的锻炼。它会催化我的焦虑，如此一来，我就能轰然崩溃，再次入睡。

    我翻来覆去看得最多的电影是《亡命天涯》《惊狂记》《东西战争》和《妙贼追凶》。我热爱哈里森·福特和乌比·戈德堡。乌比·戈德堡是我的大英雄。我花了大量时间注视着屏幕上的她，想象她的阴道是什么样子。结实、干净，呈品红色。我拥有她所有电影的录像带，但很多片子的感染力太强，不能经常看。《紫色》太悲伤，《人鬼情未了》让我充满了太多的渴望，而且乌比在里面只扮演了一个小角色。《修女也疯狂》有点儿不好处理，因为里面的歌曲在我脑子里挥之不去，让我总想放声大笑，尽情奔跑，手舞足蹈，充满激情，等等。那对我的睡眠没有好处。我只能每周看一次左右。我通常会把《肥皂拼盘》和《大玩家》连起来看，就仿佛它们是一部电影的上下集。

当我到来德爱药店取药时，我会买一盘二手的录像带，也许再加一盒微波炉烘制的爆米花，如果我觉得自己还有力气把水拎回家的话，有时还要加上一瓶两升的无糖雪碧。那些廉价的影片通常都很可怕，如《艳舞女郎》《国家公敌》和乔纳森·泰勒·托马斯主演的《一路闯关过圣诞》，他的面孔让我紧张。但我不介意把它们看上一两遍。电影拍得越傻，就越不需要我动脑子思考。不过我更喜欢自己熟悉的片子——哈里森·福特和乌比·戈德堡主演，扮演他们一向擅长的角色。

. . .

八月初，当我到塔特尔医生那里去做每月一次的面诊时，她穿着一件胸部镶着蕾丝花边的白色无袖睡衣，戴着一副附有眼罩的巨大茶色太阳镜。她脖子上仍然戴着颈托。"我的眼睛做了个小手术，"她解释说，"中央空调突然出现泄漏。抱歉，屋里很潮湿。"汗珠像脓疱一样布满她的胸膛和胳膊。她的鬈发向上向外蓬起。那些肥猫躺在贵妃椅上。"它们太热了，"塔特尔医生说，"最好别打扰它们。"屋里没有其他可坐的地方，于是我就背靠书架站着，硬着头皮，呼吸短促。屋里有股浓浓的氨水气味，似乎是从那些猫咪身上散发出来的。

"你把那本记录你噩梦的本子带来了吗？"塔特尔医生在办公桌后坐下问道。

"我今天忘记带日志了，"我说，"不过我的噩梦变得越来越糟糕。"我撒了个谎，其实我的梦已经变得柔和起来。

"给我讲一个听听，这样我就能够更新一下我的档案。"说着，塔特尔医生抽出一个文件夹。她似乎有些心烦意乱，又感觉很热，但她并非混乱无章。

"呃……"我绞尽脑汁地寻找一些令人不安的东西，可是我能回想起的只有最近看过的那些恐怖片的情节。"我做过这样一个噩梦，梦见自己搬到拉斯维加斯，遇到一个女裁缝，还跳起了大腿舞。然后我邂逅了一个老朋友，他给了我一张装满政府机密的软盘，我成了一桩谋杀案的嫌疑人，国家安全局的人追捕我；我没有获得一辆保时捷车做圣诞礼物，反倒被一支足球队留在沙漠里，进退维谷。"

塔特尔医生尽职尽责地记录着，抬起头，等着我继续讲述下去。

"于是我开始吃沙子自杀,而不是让自己死于脱水。真是可怕。"

"非常令人不安。"塔特尔医生咕哝着说。

我摇摇晃晃地靠在书架上,很难笔直地站好——两个月的酣睡让我的肌肉变得萎缩,而且我仍然能够感觉到早上服用的曲唑酮的药效。

"尽可能侧卧着睡觉。最近,澳大利亚有一个研究发现,当你仰卧着睡觉时,你更有可能做溺水的噩梦。当然,这还不是证据确凿的结论,因为他们位于地球的另一面。所以,其实你不妨尝试趴着睡觉,看看结果会怎样。"

"塔特尔医生,"我开始说道,"我想知道你能否给我开一些药效更强的药物帮助睡眠。当我夜里辗转难眠的时候,我变得灰心丧气,仿佛身处地狱一般。"

"地狱?我可以给你开对症的药。"说着,她伸手取出处方簿,"人们都说,精神重于物质。不过到底什么**才是**物质呢?透过显微镜观察,它不过是些微小的东西。原子微粒,亚原子微粒。如果观察得越来越深入,最终你会发现那里什么都没有。我们很可能是虚空,我们很可能就不存在。**诸如此类**。而且我们全都**同样**不存在。你和我,只是用不存在的东西填满空间。有人说,如果我们全神贯注,就能穿墙而过。他们不会提到的是,穿墙而过很可能会要你的命。切记切记。"

"我会牢牢记住的。"

塔特尔医生把处方递给我。

"给你，先服用一些样品。"说着，她把一筐普洛麦西汀[1]推给我，"哦不对，等一下，这些是治疗性无能强迫症的。它们会让你晚上睡不着。"她把那只筐子拖了回去，"下个月再见。"

我打车回家，到来德爱药店取了刚开的药，又补充了一些之前开的药，买了一包彩虹糖。回到家，我吃掉了那些彩虹糖及剩下的一些助眠药扑米酮，就继续睡觉了。

第二天，雷娃来到我这里，哀怨地诉说她行将就木的母亲的事情，又唠唠叨叨地聊起肯。那年夏天，她的酗酒问题似乎变得更严重了。她新买了一个酸橙绿的山寨古驰牌鳄鱼皮手袋，非常大。她从里面掏出一瓶豪帅快活牌龙舌兰酒和一罐激浪轻怡牌饮料。

"想喝点龙舌兰吗？"

我摇摇头拒绝了。

雷娃有一种将饮料混合起来的有趣方法。每次她喝上一口"激浪轻怡"，都会倒一点儿"豪帅快活"在那只饮料罐里面，填补她喝掉那一口后留下的空间，因此，等到喝完时，她喝的就是纯粹的龙舌兰酒了。我觉得这很有意思。我发现自己在想象那只饮料罐里"激浪轻怡"和"豪帅快活"的比例，这样一口一口地测量，它的配方该怎么算。我在高中代数里学过芝诺悖论，但从未完全理解它。无限可分性，二等分理论，或者别的什么名称。

---

[1] 作者杜撰的药名。

那种哲学困境恰好是特雷弗喜欢向我解释的东西。他会在就餐时坐在我对面，大声啜饮他的冰水，口若悬河地低声说着那些锱铢必较的生意和油价的波动。与此同时，他的目光扫视着我背后的房间，仿佛要向我证实我很愚蠢、很无聊。换作是某个优秀得多的人，或许会从桌旁站起来，去给自己的鼻子扑粉。这个想法刺痛了我。我仍然无法接受特雷弗是个失败者和白痴。我不愿意相信自己居然堕落到喜欢这么一个不值得我爱的人。我仍然停留在那点儿虚荣心上。不过我下定决心在睡眠中将它清除掉。

"你还痴迷特雷弗，是吗？"雷娃说着，从饮料罐里响亮地嘬了一口。

"我认为自己长了个肿瘤，"我回答说，"在我脑子里。"

"忘掉特雷弗吧，"雷娃说，"你会遇到更好的人，只要你肯离开自己的公寓。"她一边自斟自饮，一边滔滔不绝地讨论什么"这全都关乎你的态度"，以及"积极思维比消极思维更强大，即使二者数量相当"。她最近读了一本叫《怎样利用自我催眠吸引梦中情人》的书，于是继续向我解释"心想事成"与"证明自身现实"之间的区别。我试着不听她啰唆。"你的问题在于你是消极的。你坐等事情改变，可它们绝不会自己改变。那样的生活方式肯定很痛苦，很容易削弱自信心。"说着，她打了个嗝。

我已经服用过一些助眠药利培酮，感觉昏昏欲睡。

"你听说过'要么吃屎要么去死'的说法吗？"我问。

雷娃拧开那瓶龙舌兰酒的盖子，往饮料罐里倒入更多的酒。

"应该是'去吃屎**然**后去死'。"她说。

我们沉默了一会儿。我的思绪重新飘回特雷弗那里,想起他解开衬衫扣子和拉扯领带的样子,想起他卧室里的灰色窗帘,以及他修剪鼻毛时镜子里他翕动的鼻孔,还有他的须后水的气味。我很感激雷娃在这时打破沉默。

"那么,你愿意至少周六出去喝一杯吗?那天是我生日。"

"我没法去,雷娃,"我说,"我很抱歉。"

"我跟大家说大概晚上九点在瘦猫茶馆聚会。"

"我敢肯定,如果我没在那里扫你的兴,你会玩得更开心。"

"别这样,"雷娃醉醺醺地轻轻咆哮,"很快我们就会变得又老又丑。人生苦短,你知道吗?何不年纪轻轻就死去,留下一具美丽的尸体。[1] 是谁说的这句话来着?"

"某个喜欢奸尸的家伙。"

雷娃只比我年长一周。二〇〇〇年八月二十日,在自己的公寓里,在服药产生的迷迷瞪瞪的感觉中,我度过了自己的二十七岁生日,一边坐在马桶上吸食变味的薄荷醇,一边读着一本旧的《建筑文摘》。有时,我会在自己放化妆品的抽屉里摸索着寻找眼线笔,在杂志上圈出我觉得有趣的东西——房间里空荡荡的角落,从枝形吊灯上垂落的棱角分明的玻璃水晶饰品。我听到手机铃声

---

[1] 这句话是著名老电影《敲开任何门》中演员约翰·德里克的名台词。

在响,但我没接。"生日快乐,"雷娃在语音信息里说,"**我爱你**。"

　　随着夏天逐渐消逝,我的睡眠变得稀薄而空虚,就像一个拥有白色墙壁、空调不冷不热的房间。就算我做梦,梦见的也是自己躺在床上。感觉这有点儿肤浅,有时甚至是无聊。当我想起往事,变得坐立不安时,我会额外多吃几片利培酮和安必恩。我试着不去想特雷弗。我听都不听雷娃的语音信息就将它们删除掉。我关掉声音看了十二遍《空军一号》。我试图从脑子里驱除一切念头。对此,安定很有帮助,安定文锭很有帮助,可咀嚼的褪黑素、苯那君、奈奎尔、舒乐安定(艾司唑仑)和羟基安定(替马西泮)也很有帮助。

　　我九月到塔特尔医生那里就诊的情形依然是老一套。除了从我公寓大楼钻进一辆出租车再从出租车钻进塔特尔医生办公室时感觉到的闷热,我几乎什么感觉都没有。既没有焦虑或沮丧,也没有怨恨或恐惧。

　　"你感觉如何?"

　　我站在那里把这个问题思索了五分钟,而她则在办公室里走来走去,打开那一连串的风扇,它们全都是同样的构造和类型,两个装在窗户下的暖气片上,一个放在她的办公桌上,两个放在房间角落的地板上。她敏捷得令人难忘,而且不再戴着颈托了。

　　"我很好,我觉得。"我在风扇"嗡嗡"的轰鸣声中泰然自若地大声说道。

"你看起来脸色苍白。"塔特尔医生评论道。

"我一直注意防晒。"我告诉她。

"很好。暴露在阳光下会加速细胞瓦解,不过没人想谈论这个。"她自己的皮肤也带有小猪般的粉红色泽。她穿着一件干草色的宽松连衣裙,看起来像粗亚麻布做的。她的头发梳成一个高高的发卷。她说话时,仿佛有一串紧密、结实的珍珠在她喉咙间上下滚动。那些风扇卷起一股股气流,让我头晕目眩。我抓住书架,将一本厚厚的叫《假死》的书碰倒在地板上。

"抱歉。"我在震耳欲聋的噪声中大声吼道,将书捡了起来。

"一本有趣的书,是关于负鼠的。动物拥有那么多智慧。"塔特尔医生停顿片刻,"我希望你不是素食主义者。"说着,她往下按了按眼镜。

"我不是。"

"那我就放心了。现在告诉我,你有什么感觉?你今天好像有气无力的。"塔特尔医生说。她说得对,我几乎都打不起精神来站直身体,"你一直都在吃利培酮吗?"

"昨天没有吃。工作太忙,我忘掉了。这些日子我的失眠症真的很严重。"我撒谎说。

"你很疲惫。显而易见。"她在处方簿上草草地涂写着,"根据你手里拿的那本书,死亡基因是在产道里由母亲传播给孩子的。跟微晶磨皮手术和传染性阴道皮疹有关。你母亲有没有表现出什么激素分泌异常的迹象?"

"我想没有。"

"也许你应该问问她。如果你是携带者,我可以建议你使用一些药物。一种草药洗剂,仅仅在你需要的情况下使用。我得专门从秘鲁订购。"

"我是通过剖宫产出生的,如果这也算一个因素的话。"

"高贵的分娩方式。"她说,"不过还是问问她吧。她的回答或许会给你的精神和生物节律缺陷提供一些线索。"

"唔,她已经去世了。"我提醒她。

塔特尔医生放下笔,把手交叉成祈祷的姿势。我以为她就要唱一首歌,或者念几句咒语。我不指望她给予我任何怜悯或同情。恰恰相反,她皱着脸,猛地打了个喷嚏,扭头从她椅子旁边的地板上拿起一条大浴巾擦了擦脸,又在处方簿上草草地写下更多的字。

"那她是怎么死的呢?"她问,"不是松果体衰竭吧?我想。"

"她把酒跟镇静剂混起来吃了。"我说,瞌睡得都没有力气撒谎。而且,如果塔特尔医生都不记得我曾经告诉她我母亲是割腕自杀的,那么,从长远来看,把真相告诉她也不要紧。

"像你母亲那样的人,"塔特尔医生摇摇头回答说,"败坏了精神类药物的名声。"

九月来了又去。每过一阵子,阳光就会透过百叶窗斜斜地照进来一次,而我会向外窥视,看看树上的叶子是否凋落。生命循环往复，在低沉的"嗡嗡"声中回响。我拖着沉重的步子下楼去埃及人那里。我去买来自己的处方药。雷娃继续时不时地出现，通常都喝得酩酊大醉，她总是以这样那样的方式，处于歇斯底里、怒火冲天或彻底崩溃的边缘。

十月的一天，当我正在看电影《上班女郎》时，她闯了进来。

"又看这个？"她咆哮着一屁股坐在那把扶手椅上，"我在为犹太赎罪日[1]斋戒。"她带点吹嘘地叹了口气。我一点儿也不意外。过去她就做过一些疯狂透顶的节食。每天只喝不到四升的盐水，或者只喝洋李果汁和食用苏打水。"在上午十一点之前，我可以随心所欲地吃无糖果冻。"或者"我在斋戒，"她会说，"我周末斋戒。""我工作日每隔一天斋戒一次。"

"梅兰妮·格里菲思在这部电影里看起来食欲过盛，"雷娃现在懒洋洋地指着屏幕说，"看到她肿胀的双下巴没有？她的脸看起来很胖，但她的腿超级瘦。或者，也许她只是身子胖双腿瘦。她的胳膊看起来软塌塌的，不是吗？我有可能错了，我不知道。我有点儿搞不清了。我在**斋戒**。"她又说了一遍。

"那不是呕吐，那是酗酒，雷娃。"我告诉她，同时吸了一口嘴角的口水，"不是每个瘦骨嶙峋的人都会饮食失调。"这是数周以来我对人说过的最长的一段话。

---

[1] 赎罪日是犹太人一年中最重要的节日，犹太人通常会在节日前一天傍晚至节日当晚进行25小时的禁食。——编者注

"抱歉,"雷娃说,"你是对的。我只是有些情绪化。我在斋戒,你知道吗?"她在手袋里翻来翻去,然后抽出第五瓶已经所剩无几的龙舌兰酒。"想喝点儿吗?"她问。

"不用。"

她"啪"的一声打开一罐"激浪轻怡"。我们默默地看着这部电影。看到中段时,我再次陷入睡眠。

十月很平静。电暖炉发出"咝咝"或"噼里啪啦"的声音,释放出刺鼻的醋酸气味,让我想起已故父母的地窖,因此我很少打开暖气。我不怕冷。那个月我拜访塔特尔医生的经历相对寻常。

"家里的一切如何?"她问,"是好?是坏?还是其他?"

"其他。"我说。

"你们家族史中有没有过典型的非二元性别[1]的例子?"

我第三次向她解释说我的父母都已去世,我母亲是自杀的。这时塔特尔医生拧开她那瓶优惠装的鼻福灵鼻塞喷剂,把椅子转了过去,向后仰着头,上下颠倒地看着我,然后开始用力吸气。"我在听,"她说,"我这是过敏。现在我都离不开这瓶鼻塞喷剂了。请继续说。你的父母都去世了,然后呢……?"

"然后就没有啦。这样很好。但我仍然睡得不好。"

---

[1] 指那些超越传统意义上对男性或女性的二元划分、不单纯属于男性或女性的自我性别认同。

"真是难解之谜。"她把椅子重新转了回来,把她的鼻福灵鼻塞喷剂放进办公桌抽屉里,"来吧,让我把最新的药物样品拿给你。"她站起身来,打开她那个小橱子,一个棕色午餐纸袋里装满一包包的药片。"不给糖就捣蛋,"说着,她从办公桌上那只碗里拿出一片薄荷糖丢进纸袋,"准备为万圣节乔装打扮了吗?"

"也许我会扮作一个幽灵。"

"挺合适,还省钱。"她评论道。

后来我回家睡觉了。除了偶尔的厌烦,我已经没有噩梦,没有激情,没有欲望,没有巨大的痛苦。

在戏剧般的睡眠过渡到这个相对平静的间隙期间,我进入一种更加奇怪、更加难以确定的现实。日子一天天歪歪扭扭地滑过,几乎没有什么可记忆的——除了沙发垫子中间那个熟悉的窝,以及当我洗脸或刷牙时,浴室水槽里的一抹泡沫浮渣,就像某种月球风景一样,在陶瓷表面形成一个个泡沫凹坑。但一天天延续的只有这些。而且,那些泡沫浮渣可能也只是我做梦梦见的。没有什么看起来是确凿无疑的真实。睡觉,醒来,这一切全都撞入一次穿过云端的飞行之旅,黯淡而单调。我没有在脑子里自言自语,根本没有多少可说的。我就知道睡眠会产生这样的效果:我对生命的依恋感越来越弱。我想,如果我继续这样下去,我就会完全消失,然后以某种全新的形式重新出现。这就是我的愿望。这就是我的梦想。

## 三

然而，到了十一月，出现了一个不幸的变化。

睡眠曾经带给我无忧无虑的宁静，如今却为令人吃惊的潜意识反叛所取代——我开始在无意识中做一些事情。我会在沙发上入睡，却在浴室地板上醒来。家具被重新布置过了。我开始把东西放错地方。我在失去记忆的状态下前往那家杂货店。醒来发现枕头上有几根冰棍的木棍，床单上有橘黄色和鲜绿色的污迹，在咖啡桌上发现半块巨大的酸黄瓜、几个烤肉味薯条的空袋子和一些装巧克力牛奶的小纸盒，它们的顶部被折叠起来并撕开，上面还有黏糊糊的牙印。当我从其中一次失忆中醒来后，我像往常那样去买咖啡，为了评估自己上次在那里的举动有多么怪异，还试着与那些埃及人稍微闲聊一下。他们是否知道我曾经梦游？我有没有说什么泄露内情的话？我跟他们调情了吗？那些埃及人通常都一脸冷漠，用标准的闲聊方式与我对答，或者干脆不理我，因此我很难判断我当时的情况到底如何。我居然在无意识状态下冒险走出公寓，这让我有些担忧。这似乎与我的"休眠"计划背道而驰。如果我犯了罪或者被一辆巴士撞倒，就会没机会获得更美好的全新生活了。如果我那些无意识的短途旅行最远只到街角那家杂货店，那倒也没什么，我还能够活下去。最糟糕的也不过是我在那些埃及人面前犯犯傻，不得不继续顺着第一大道走到几个街区之外的那家熟食店去。我祈求我的潜意识还知道便利的好处。**阿门**。

也正是在这个时候，我才真正开始在网上购买女式贴身内衣和设计师款牛仔裤。在我睡着时，我性格中肤浅的一面似乎执意要过一种美貌又性感的生活。我预约了蜜蜡脱毛。我在一个提供红外线治疗、灌肠和面部美容的水疗中心预约了时间。有一天，我注销了自己的信用卡，希望这样会阻止自己在我不存在的记事本上填满另一个我的虚饰；我过去常常认为自己应该成为那样的人。一周后，一张新的信用卡出现在邮件中。我把它切成了两半。

我的压力水平升高了。我没法信任自己。我感觉自己不得不睁着一只眼睛睡觉。我甚至考虑安装一个摄像头来记录我在无意识状态中的行为，但我知道，事实将会证明，那不过是我抗拒自己"休眠"计划的一部纪录片。它不会阻止我做任何事情，因为在我真正醒来之前，我没法看那些视频。于是我陷入了恐慌状态。为了消除自己的焦虑，我把自己服用的阿普唑仑剂量增加了一倍。我记不得日期，结果错过了十一月拜访塔特尔医生的日子。她给我打来电话，留下一条语音信息。

"我不得不对你错过的预约门诊收费。我得提醒你，你签字同意了我的办公政策。其中包括提前二十四小时取消预约。这个地区的大多数医生都要求你必须在安排好的门诊之前的三十六或四十八小时以内取消预约，我已经相当慷慨了。你对自己的精神健康如此轻率，对此我也很担忧。给我打电话重新预约吧。决定权在你手里。"她听起来语气严厉,我感觉很可怕。不过,当我打电话道歉并另外预约门诊时,她已经恢复正常。

"周四见,"她说,"回见。"

到了这个月中旬,我越来越频繁地上网。一觉醒来,我发现自己的笔记本电脑屏幕上充斥着自己在美国在线网络聊天室里与陌生人的交谈,他们来自坦帕、斯波坎和犹他州花园城。在我醒着的时候,我很少想到性,但在我因服药而失去记忆期间,我猜自己产生了欲望。我浏览了自己的聊天记录,它们惊人地彬彬有礼。"你好吗?""我很好,谢谢,你怎么样?'性'致勃勃吗?"闲聊就从那里开始了。看到我没向任何人透露自己的真实姓名,我松了口气。我在那上面的网名是"Whoopigirlberg2000","叫我乌比。"有一次我还写道,"叫我雷娃。"那些男人把他们的下体照片发给我,全都是些平庸的东西,没有什么威胁性。"该你了。"他们写道。通常我都会在这时换个话题。

"你最喜欢的电影是什么?"

然后有一天,我醒来发现自己翻出了我那台数码相机,给一堆陌生人发去我私密部位的快照。我在聊天室的信息中写道,如果他们来这里,"将我绑起来"并"扣做人质",然后"像吃一盘意大利面那样喷喷地嗍我的私处",我会很喜欢。而且我的手机通话记录里也出现了一些我不认识的电话号码。于是我给自己立下规矩,每次服药的时候——大概是每八小时服用一次——我都会将电脑放进橱子里,关掉手机,将它放在一个特百惠家用塑料盒子里，用胶带封起来，再将盒子放进一个高高的橱柜后部。

可是当我醒来时，我旁边的枕头上却放着那只没有打开的特百惠塑料盒子。

第二天晚上，我在窗台上发现了手机，旁边是一打吸了半截的烟头，是在阿拉妮丝·莫里塞特的一只 CD 盒子上被掐灭的。

"你为什么要这样害自己？"几天后，不请自来的雷娃看到烟灰缸里那些烟头问我。她母亲的癌症就是从肺部开始的。

"我吸烟跟你或你母亲无关。我母亲也死掉了，你知道的。"我补充道。到那时，雷娃的母亲已经进入临终关怀服务阶段，时而苏醒，时而昏迷。我已经厌倦了听她讲这些事。它带给我太多回忆。此外，我知道她希望我参加她母亲的葬礼。可是我真的不想去。

"我妈妈**还没死**呢。"雷娃说。

我没跟雷娃讲我的网瘾。不过我确实要求她修改我聊天室的密码，让我永远猜不出来。"你就随意敲一些字母和数字。我在网上浪费了太多时间。"我告诉她。

"你上网做什么呢？"

"我深更半夜发一些电子邮件，然后又后悔。"我知道她会相信这样的谎言。

"发给特雷弗的，对吧？"她心照不宣地点点头，说道。

雷娃改掉了我的密码，在我无法登录自己的聊天室账号后，我的睡眠危险系数暂时降低了。在无意识状态下，我做过的最糟糕的事情，是在一本黄色拍纸簿上给特雷弗写信——长篇大论地恳求他想想我们的罗曼史，以及我是多么希望改变一些事情，这样我们就可以重归于好。这些信是如此荒谬可笑，我都怀疑自己在睡眠中写下它们是不是为了在我醒来后娱乐自己。到那个月的月末，我在无意识状态中前往那家杂货店的短途旅行变得渐次稀疏，也许是时令已经进入冬季的缘故。

雷娃的拜访也变得稀疏了。她的态度从大惊小怪变成客气地摆摆姿态。她不再发泄不满，而是条理清晰地总结一周的经历，包括最新的时事动态。我告诉她，我很欣赏她的自制。她说她正尝试对我的需要给予更多关注。过去她会对我公寓的状况大肆评论一通，再提出一些建议，如今却对此三缄其口。她抱怨得少了。她弯下腰来，拥抱躺在沙发上的我，在告别时给我飞吻。我猜她养成这个习惯是因为卧病在床的母亲。这让我感觉自己也在病床上奄奄一息了。实际上，我很欣赏这种温情。到感恩节时，我已经"休眠"了差不多六个月。除了雷娃，再没别人碰过我。

我没跟塔特尔医生说起我失去记忆的事情。我担心她会因为害怕潜在的法律纠纷而停掉我的药。因此，我十二月去就诊时，只是抱怨说我的失眠症更严重起来。我撒谎说我每次最多只能睡短短的几个小时。我告诉她，一阵阵的虚汗和反胃弄得我头晕目眩、寝食不安。想象中的噪声如此猛烈地将我摇醒，"我都以为自己住的大楼遭到轰炸或者被闪电击中了"。

"你的大脑皮质层肯定长了个瘤子。"塔特尔医生咂咂舌头说,"我的意思是,这不是比喻,也不是字面意思。我是说,那就像放在括号里的**补充说明**。"她举起双手,掬成杯状来表示那个标点符号,"你已经产生了耐药性,但并不意味着那些药不起作用。"

"你很可能是对的。"我回答说。

"并不是'很可能'。"

"补充说明一下,我的意思是,我可能需要一些药效更强的东西。"

"啊哈。"

"我这是久病成医,我的意思是。"

"我希望你不是在讽刺。"塔特尔医生说。

"当然不是。我非常严肃地对待我的健康。"

"好吧,既然如此。"

"我听说,他们给做内窥镜检查的人服用一种麻醉剂。它能够在检查过程中让人保持清醒,但事后却又什么都记不起来。那样的药就很好。**我非常焦虑**。而且这个月晚些时候我要参加一次重要的商业会议。"真的,我只是需要一些药效特别强的东西,来让我晕晕乎乎地糊弄过年末的那些节假日。

"试试这些。"说着,塔特尔医生在办公桌上将一瓶样品药向我推过来。"这药叫'因服迷多'。如果这些都无法让你睡得死死的,我会直接向德国的制造商投诉。吃上一片,告诉我效果如何。"

"谢谢您，医生。"

"圣诞节有什么计划吗？"她一边为我需要补充的药物写处方，一边问道，"去走亲访友？再问一次，你老家是哪里来着？阿尔伯克基？"

"我父母都去世了。"

"听到这个消息我很难过。不过我并不感到吃惊。"塔特尔医生说着，在她的档案里继续写着，"从精神病学的角度说，孤儿通常会出现免疫力低下的现象。你可以考虑养一只宠物来培养你的社交技巧。我听说，鹦鹉不会对人做出先入为主的评判。"

"我会考虑这个建议的。"说着，我拿起她写下的那沓处方，以及那瓶"因服迷多"样品。

那天下午，外面天寒地冻。当我穿过百老汇大街时，一钩月牙出现在苍白的天空中，然后消失在那些建筑物背后。空气中有股金属的气味。周围的世界平静而怪诞，让人战栗。我很高兴没在大街上看到多少人。而那些我确实见到的人，看起来就像动作迟缓的怪物，被鼓胀的外套和兜帽、连指手套和礼帽及雪地靴弄得变形的人形怪物。我走过西十五街时，在一家昏暗的店面前审视着自己映在窗户里的样子。看到自己仍然漂亮，仍然金发碧眼，高挑苗条，我感到几分安慰。我仍然拥有优美的体态。旁人甚至可能会把我误当作一个不修边幅、隐姓埋名的名人。倒不是人们在乎这个。我在联合广场招手叫了一辆出租车，把位于非商业区的那家来德爱药店所在的交叉路口告诉了司机。外面已经夜幕降临,但我仍然戴着太阳镜。我不想被迫直视任何人的眼睛。我不想跟任何人建立过于热切的关系。此外,那家药店的荧光灯明亮刺眼。如果我能够在自动售卖机上买到我的药,我愿意付出双倍的价钱。

那天晚上值班的药剂师是一名年轻的拉美裔女子——有着完美的眉毛,戴着假指甲。她一眼认出我来。"等十分钟。"她说。

那些维生素旁边,放着一台测量血压和脉搏的精巧仪器。我在仪器前的座位上坐下,从外套衣袖里伸出胳膊,放到仪器上测试,人造革制的气垫开始在我的二头肌上充气。我望着数码屏幕上的数字上下起伏。脉搏四十八下,血压分别为八十和五十[1]。这看起来还算正常。

我走到存放 DVD 光盘的架子前浏览最新的二手电影。《肥佬教授》《勇敢者的游戏》《鬼马小精灵》《空中大灌篮》《王牌特派员》,全都是儿童片。接着,底层货架上一张黄色的打折价签吸引了我的目光——《九个半星期》。我把它拿起来。特雷弗曾经声称这是他最爱的电影之一。我还没看过。

"米基·鲁尔克在这部片子里的表演无与伦比。谁知道呢?也许你会喜欢它。"他解释说,我长得像金·贝辛杰,而且就像我一样,她在影片中扮演的角色也在一家画廊工作。"这部电影启发

---

[1] 据美国心脏病学会颁布的《2019 ACC/AHA 心血管疾病一级预防指南》,正常血压值为低于 120/80mmHg。——编者注

我尝试新事物。"他说。

"比如说？"我问道，一想到他除了通过改变体位来获得"更好的优势"之外，或许还有勇气在床上尝试更多的东西，我就觉得好笑。

他把我带进厨房，转过身，说道："跪下。"我照他说的做了，在冰冷的大理石地砖上跪下。"闭上眼睛，"他说，"然后张开嘴。"我差点儿笑出声来，但还是继续照他说的玩下去。特雷弗对待口交非常认真。

"你看过《性、谎言和录像带》吗？"我问他，"詹姆斯·斯佩德在里面——"

"安静。"他说，"张开嘴。"

他把一只没剥皮的香蕉放进我嘴里，警告我说，如果我把它拿出来，他会知道的，而且他会从情感上惩罚我。

"遵命，**主人**。"我带着几分嘲讽咕哝道。

"把它一直含在嘴里。"说着，他走出了厨房。我觉得这不是多么有趣，但还是继续玩下去。现在回想起来，当时我把特雷弗的性虐当作对真正性虐的讽刺了。他那些小把戏那么愚蠢。于是我就嘴里含着那只香蕉跪在那里，透过鼻子呼吸。我能够听到他在打电话给一家老牌高档寿司店预订两个人的晚餐。过了二十分钟，他回到厨房里，从我嘴里拿出香蕉。"我姐姐来城里了，所以你必须离开。"说着，我感到有什么东西塞进了我嘴里。可是过了好几分钟他都没能如愿起反应，他生气了。"你在这里到底做什么呢？我没时间干这个。"他把我赶了出去。"门卫会给你叫辆出租车的。"他对我说，仿佛我是某个搞一夜情的人，某个廉价的妓女，仿佛我是某个他根本不认识的人。

特雷弗和我只试过一次另类的身体接触。那是我的主意。我告诉他说我想证明自己并非极端保守——他曾经这样抱怨过，因为他曾经坐在马桶上让我为他"服务"，而我犹豫不决。有天晚上，我们俩都喝了很多酒，于是尝试了一次，他却在最后关头软了。然后突然之间，他站起来走进淋浴间，一言不发。也许我应该为他的阳痿感到委屈，可是恰恰相反，我只是感觉受到排斥。我跟着他走进浴室。

"是因为我身上有气味吗？"我透过浴帘问他，"怎么回事？我做错什么啦？"

"我都不知道你在说什么。"

"你就那么离开了，一句话都不说。"

"我这上面全是屎，行了吗？"他生气地说。但那是不可能的。他都没有进入正戏。我知道他在撒谎。但我仍然向他道歉。

"我很抱歉。"我说，"你很生气吗？"

"我现在没法跟你聊这事。我很累，没心情去应付你的矫情。"他几乎是在大吼大叫，"我不过是想睡上一觉而已。我的老天！"

第二天，我给他打电话，问他周末是否有空，可是他说他已经找到一个不会"通过胡闹吸引注意力"的女人。几天之后，我喝醉了，打电话给来德爱药店预订了一盒润滑剂，要求第二天上午送到他办公室去。作为回应,他通过信差给在画廊的我送来一封短笺,上面写着:"再不许那么干了。"

几周之后,我们重归于好。

"女士?"药剂师大声叫道,将我从回忆中拉回现实。我将那张DVD放回架子上,走到柜台前取我的药。当药剂师轻轻敲击着电脑屏幕时,她的指甲发出恼人的"咔嗒"声。我觉得她看着有些自命不凡。每次她把一个用订书机订好的纸袋放到扫描器下,都会叹息一声,仿佛应付我和我的精神健康问题让她精疲力竭:"请在那个说你放弃了咨询的方框里打钩。"

"可是我没有放弃。你现在就在给我做咨询,不是吗?"

"关于你的药物,你有什么问题吗,女士?"

她在指责我。我能够感觉到。她调整了自己的语调,以免显得自视高人一等。

"我当然需要咨询,"我说,"我生病了,这是我的药。我想知道你有没有尽职尽责地做自己的工作。看看这些药片,它们可能存在危险性。如果你像我一样生病,难道你不想要咨询吗?"我把头顶上的太阳镜拉到眼前。她展开那些订在纸袋上的纸片,指出每种药的潜在副作用,以及它们和我服用的其他药物的潜在交叉作用。

"别跟这个一起喝,"她说,"如果你服用了这种药而它却没有让你入睡,你可能会呕吐,可能会偏头痛。如果你开始感觉发热,就打电话叫救护车。你可能会出现痉挛或中风。如果你的手上长满水疱,那就停止服药,到急诊室就诊。"她说的这些我以前都听过。她用自己长长的指甲敲打着那些纸袋:"我的建议是,别在上床睡觉之前喝太多水。如果你半夜起床上厕所,可能会把自己弄伤。"

"我不会伤到自己的。"我说。

"我只是想说,请务必小心。"

我向她道谢,称赞她的金色指甲油,摁了摁付款机上的一些按钮,然后就离开了。我选择来德爱药店,而非西维斯或杜安雷德药房是有原因的。当我闹情绪时,这里的工作人员不会把这种事放在心上。我有时听到他们在放药物的货架后面捧腹大笑,谈论他们的周末,八卦他们的朋友和同事、某人的口臭、某人打电话时的愚蠢声音,等等。我定期来这里冲他们发牢骚。如果某种处方药没货了,我会责怪他们;如果取药窗口前排队的顾客超过两名,我会咒骂他们,抱怨他们没有尽快给我的保险公司打电话,说他们全是白痴,全是没教养、残酷无情的恶棍。没有什么会刺激他们对我反唇相讥,除了咧嘴微笑和翻翻白眼,他们从来不会因为我的态度跟我针锋相对。"别叫我女士,那会显得居高临下。"我曾经这样告诉他们。显然这个抹着金色指甲油的女人没有看到那条备忘录。他们彼此相处时全都那么欢快、放松,甚至有些友好。也许我是嫉妒他们。他们活得有滋有味——那是显而易见的事情。

在回家的路上,我撕开那些纸袋,扔掉所有印刷资料,将那些药瓶塞进外衣口袋深处。当我拖着自己的身体穿过雪地回家时，那些药片就像沙槌一样发出"咔嗒咔嗒"的声音。穿着滑雪衫，我被冻得直哆嗦。风吹着我的脸，感觉像在扇我耳刮子。我的眼睛被冻得流泪，双手被冻得刺痛。在那家杂货店外面，我看见那些埃及人在橱窗里布置圣诞节饰品。我走进店里，从那些闪烁的红色绚丽装饰下钻过，要了两杯咖啡，回到家里，吞下几片安必恩，便躺在沙发上看电影《一级恐惧》，准备睡觉了。

. . .

在随后的几天里，有关特雷弗的念头就像在墙壁里窸窣作响的老鼠一样，将我从睡梦中唤醒。我需要竭力克制自己，才能阻止自己打电话给他，有的日子需要服用苯巴比妥和一瓶诺比舒咳止咳糖浆，第二天又需要服用宁眠泰尔和再普乐（奥氮平）。雷娃来了又去，喋喋不休地讲述她最近的约会，以及她多么为母亲感到心痛。我看了好几集系列片《夺宝奇兵》，但仍然觉得焦虑。特雷弗特雷弗特雷弗。如果他死掉了，我或许还会感觉好些，我想。因为在每一段有关他的回忆背后，都隐藏着向他妥协的可能性，结果是更多的心碎和屈辱。我感觉很虚弱。我的神经受到损伤，十分脆弱，就像破烂的丝线。睡眠尚未解决我的暴躁，我的耐不住性子，我的回忆。似乎现在的一切都跟找回自己失去的东西有关。我能够描绘出我的人格、我的过去、我的心智。它们就像一条堆满废弃物的垃圾道，睡眠就是那个将卡车车斗的后挡板向上抬升的液压活塞，随时准备将一切倾倒在外面的什么地方，特雷弗却被粘在了后挡板上，堵住了垃圾的流动。我担心这种状况会一直持续到永远。

我跟特雷弗的最后一次约会是在二〇〇〇年的元旦前夕。我邀请他跟我一起参加一次在敦博举行的晚会。我感觉到他周旋在几个女友之间。

"我会去待上一会儿，"他同意了，"但我已经答应参加其他聚会。我会在你的晚会上待一个小时，然后就不得不离开了，所以你别对这事太敏感。"

"很公平。"我说，但觉得感情已经受到伤害。

他让我到他在特里贝克的大楼门厅里和他碰头。他很少叫我到他上面的公寓去。我想，他可能觉得如果我看到他的住处，就会想跟他结婚。其实，我认为他的公寓让他显得可怜——追名逐利、墨守成规且肤浅。它让我想起汤姆·汉克斯在电影《长大》一片中租住的阁楼——三堵墙上镶着巨大的窗户，高高的天花板——只是特雷弗给这套公寓填满了昂贵的家具，而非影片中的弹球机、蹦蹦床和玩具。家具包括一张来自瑞典的灰色天鹅绒窄沙发，一张巨大的桃花心木书桌和一套水晶枝形吊灯。我猜这些全都是某位前女友为他挑选的，也可能是多位前女友挑的，这解释了为何他房间里各种家具、饰品的美学品位、趣味很不协调。

他在双子塔担任证券投资经理，脸上长着雀斑，喜爱布鲁斯·斯普林斯廷，然而他那张床上方的墙壁上却装饰着可怕的非洲面具。他收集古董宝剑，喜欢可卡因、廉价啤酒和高级威士忌，总有新款的电子游戏。他有一张水床，会弹原声吉他，不过技术很差。他有一把枪，放在卧室壁橱的一个保险柜里。

到他住的大楼后，我摁了摁门铃，他下楼来，燕尾服外套着一件黑色的长外套，上面带有海军蓝缎面镶边，看起来颇有品位。当时我就明白了，邀请他参加那个晚会是个错误。他显然要去其他更重要的地方，在跟我待够一个小时后，同一个比我更重要的人一起去。

他戴上手套，挥手叫来一辆出租车："再问一次，这个晚会是谁举办的来着？"

一位由达克特画廊代理的视频艺术家邀请我参加她的晚会，因为在娜塔莎出国期间，我为她处理了一个重要的版权问题。其实我不过是发了份传真。

"她要在晚会上直播分娩过程，是某个家伙在玻利维亚一个村卫生所架设的录像直播。"我在出租车上告诉特雷弗。我知道这会把他吓着。

"玻利维亚的时间比纽约早一个小时，"他说，"如果他们真的认为自己能够调整分娩时间，那么那些婴儿要到晚上十一点才会出生，我最多在那里待到十点半。不管怎么说，恶心。"

"你是不是认为这是一种剥削？"

"不,我只是不太想看一个玻利维亚女人流着血呻吟几个小时。"

当我复述画廊是怎么描述那位艺术家的作品时,特雷弗一直摆弄着手机,不时讽刺地重复我说的那些大词。

"'构造的',"他说,"'类似的'。我的天!"

接着他给某个人打电话,简单聊了几句,只听到他说了几个"是"和"不",然后是"待会儿见"。

"你真的喜欢我吗?"他一挂断电话我就问。

"这算什么类型的问题?"

"**我爱你**。"我怒气冲冲地说。

"这有什么要紧的吗?"

"你在开玩笑吗?"

特雷弗让司机把我送到最近的地铁站。那是我最后一次见到他。我没参加那次晚会。我只想坐上地铁回家。

我望着窗外渐渐黑下来的天空,试图擦掉玻璃上的污迹却擦不掉。那块污迹沾在玻璃的另一面。树木全都光秃秃的,黑色的枝干映衬着皑皑白雪。幽深的东河静静地流淌着,漆黑阴沉的天空笼罩着皇后区,皇后区像一块由闪烁的黄色灯光织成的毯子,向外延伸,无边无际。我知道天空中有星星,但我看不到它们。现在月亮更明显,从高处照射出白色的光芒,滑向拉瓜迪亚机场的飞机闪着红光飞过。远处,人们过着自己的生活,娱乐、学习、赚钱、钩心斗角、四处游逛、恋爱和失恋。人们出生、长大和死去。特雷弗很可能跟某个女人在夏威夷、巴厘岛或图卢姆共度圣诞节假期。此刻，他很可能正在抚摩她，告诉她他爱她。他或许真的感到幸福。我关上窗户，放下所有的百叶窗。

"圣诞节快乐。"雷娃在一条语音信息中说，"我在医院，不过我明天要回城里参加公司聚会。当然，肯也会参加……"

我删掉了她的信息，回去继续睡觉。

圣诞节那天，就在夜幕降临前后，我在一阵烦躁不安中，迷迷糊糊地从沙发上醒来。我睡不着，又无法用手操纵遥控器或打开那瓶羟基安定，于是出门去买份咖啡。在楼下，门卫坐在小凳子上看报纸。

"圣诞节快乐。"他打着呵欠，翻过一页报纸，几乎连头都没抬一下。

人行道上堆着高高的雪堆。从我的公寓大楼到那家杂货店之间，有人铲出了一条大约三十厘米宽的通道。我的拖鞋是棕色绒面革做的，里面贴着羊毛，地上的盐沾到拖鞋上，形成白色的硬壳。我埋着头，避开刺骨的寒风和节日的欢乐气氛。我不想让自己回想起过去那些圣诞节。没有亲朋好友，没有橱窗里面挂在一棵圣诞树上的心形饰品，没有回忆。由于天气转冷，我穿着法兰绒睡衣裤和一件填充了绒毛的宽松滑雪衫生活。有时我甚至穿着那件外套睡觉，因为我把公寓里的恒温器温度调得很低。

那晚当班的埃及人给了我免费的咖啡，因为自动取款机里没钱了。放着牛奶和汽水的电冰箱旁边，靠着一扇被打破的窗户，堆着一摞没有卖掉的报纸。我慢慢读着上面的标题，当我注视它们时，视线变得模糊不清，出现重影。新总统将对恐怖分子采取强硬手段。一名来自哈勒姆的少女将自己刚出生的宝宝扔进一条下水道。南美某地的矿井塌陷了。当地一名议员在和一名非法移民发生同性关系时被抓住。某个曾经很胖的人如今变得非常瘦了。玛丽亚·凯莉在多米尼加共和国向孤儿派送礼物。"泰坦尼克号"的一名幸存者在车祸中丧生。我模模糊糊地觉得雷娃今晚要过来。她很可能想来假惺惺地给我打气。

"我以后再把这包百乐门香烟的钱付给你，"我告诉那个埃及人，"外加一条克朗代克巧克力棒。还有这些 M&M 豆。"我指着那种花生糖果的 M&M 豆说。他点头答应了。我低头透过滑动玻璃盖看着存放冰激凌和冰棒的冰柜。它的底部有一些放了好多年的冷饮，已经冻得硬邦邦的，包在柔和的白冰里面。那是一个冰雪世界。我凝视着那些由冰水晶构成的群山出神，想象自己在下面攀登那些冰山，被白色的朦胧雾气包围着，一派北极风光。那里有一排哈根达斯，还是换包装前生产的。那里有一盒盒的克朗代克巧克力棒。我想，也许那就是我应该去的地方——育空地区的克朗代克。我可以搬到加拿大去。我俯身在冰柜里敲打冰霜，设法为雷娃挑出一条克朗代克。如果她给我带来圣诞礼物而我没什么东西送给她，会让她对我更有意见，并且"担忧"好几个星期。我想我会再送她几条维多利亚的秘密牌的紫红色内衣裤，我从来没穿过的。还有一条牛仔裤，那些比较宽松的款式或许适合她，我想。我感觉自己慷慨大方。那个埃及人拿起那盒烟及M&M豆，跟他从一个棕色纸袋上撕下来的一张纸片一起，从柜台上向我推过来。

"你上周还欠我六美元五十美分。"说着，他把我这次欠的钱写在那上面，跟我的名字写在一起。他居然知道我的名字，我很惊讶。我只能猜测自己在处于无意识状态时曾经下来买过一次小吃。那个埃及人将那张纸片贴到一卷卷刮刮乐旁边的墙壁上。我把那盒香烟、克朗代克巧克力棒和M&M豆一起放进外衣口袋，端起咖啡，上楼回公寓了。

我猜自己还抱有一点点幻想，希望当我把钥匙插进锁孔打开门时，会奇迹般地看到一套截然不同的公寓，进入一种截然不同的生活，一个因为充满欢乐与兴奋而生机勃勃的地方。我第一次看见这样的地方，定会一下子头晕目眩。我想象着，如果有一个纪录片摄制组在场，就像雷娃来我这儿喜欢看的那些有关家装翻修的节目那样，当我瞥见自己眼前出现的这个全新的世界时，他们会在我脸上捕捉到什么样的表情？首先，我会因为惊讶而畏缩不前。可是接着，一等我适应了屋里的光线，我就会睁大眼睛，眼中闪烁着恐惧。我会丢掉钥匙和咖啡，漫无目的地跨进屋里，难以置信地张开嘴，旋转着环顾四周，为我这套灰蒙蒙的阴暗公寓摇身一变成为一个美梦成真的天堂而震惊。可是它看起来到底会是什么样子的呢？我不知道。当我试着想象这个新地方时，脑中冒出来的却只是一幅俗气的壁画，里面有一道彩虹、一个穿着白色兔子戏装的男人、放在玻璃杯里的一副假牙、放在一个黄色盘子里的一大片西瓜——也许是对我九十五岁时的怪异预测：已经老糊涂的我待在一家养老院里，那里的人对待老人就像对待智力发育迟缓的孩童。我想，如果是那样的话，我还算幸运。我打开公寓的门，当然，里面什么都没变。

我把第一杯咖啡的空杯子扔进厨房垃圾桶周围那堆摇摇欲坠的垃圾里，打开第二杯的盖子，喝下一些曲唑酮，在窗外抽了一支香烟，然后一屁股坐在沙发上。我打开那包 M&M 豆，将它们和两粒再普乐一起吃掉，一边看电影《意外的人生》，一边打盹儿。那条被我忘掉的克朗代克巧克力棒在我口袋里融化了。

电影放到一半时，雷娃带着一大桶焦糖爆米花出现了。我双膝着地，手脚并用地爬过去给她开了门。

"我能把这个留在这里吗？"她问道，"如果我把它放在自己家里，我担心自己会把它全部吃掉。"

"嗯嗯。"我咕哝着。雷娃扶着我从地板上爬起来。她没有给我带来精心包装的礼物，这让我松了口气。尽管雷娃是犹太人，她却照样庆祝每一个基督教节日。我来到浴室，脱掉外套，将那只口袋从里到外整个翻过来，把外套扔进浴缸。我放水冲走了那条克朗代克巧克力棒，融化的巧克力朝下水道流去，看起来就像血。

"你来这里干什么？"回到客厅，我问雷娃。

她没有回答我的问题。"又下雪了，"她说，"我是打车来的。"她坐在沙发上。我用微波炉重新加热了我那第二杯已经喝掉一半的咖啡。我朝盒式磁带录像机走去，挪开那尊小型的大象雕塑，把它放在那里是为了遮住数码钟的强光。我揉揉眼睛，现在是十点半。感谢上帝，圣诞节就快结束了。我瞅了一眼雷娃，看到她在那条长长的黑色羊毛披肩下穿了一身耀眼的红色连衣裙，黑色的长筒袜上绣着冬青的树枝。她的睫毛膏花了，脸上的皮肤浮肿下垂，上面沾着变成硬壳的粉底和古铜色化妆品。她的头发向后整齐地梳成一个发髻，因为抹过发胶而油光锃亮。她踢掉高跟鞋，此刻正用脚指头抵着地板，把趾关节弄得"咯咯"响。她的鞋子躺在咖啡桌下，就像两只死掉的乌鸦那样侧躺着。她没有朝我投来任何嫉妒、谴责的目光，没有问我那天吃没吃东西，没有整理屋子或把咖啡桌上的录像带放回它们自己的盒子里。她很安静。我靠着墙壁，望着她从手袋里拿出手机，将它关上，然后打开那罐爆米花，吃了一些，又将盖子盖上。肯定发生了什么事情，这是显而易见的。也许雷娃参加了肯的圣诞节聚会，望着他和他老婆狂欢作乐。雷娃曾告诉我，他老婆是个娇小而冷酷的日本女人。也许他终于结束了这段婚外情。我没问。我喝完咖啡，拿起爆米花，走到厨房，把它倒进垃圾桶。显然，在我冲洗外套时，雷娃把垃圾倒掉了。

"谢谢。"当我坐在她旁边的沙发上时，她说。我咕哝着打开电视。我们分吃了那份 M&M 豆，观看一部有关百慕大三角的节目，我吃了一些褪黑素、苯那君，流着口水说了一会儿胡话。在此期间的某一刻，我听见自己的电话在我上次把它藏起来的什么地方响。

"这是通往一个新维度的旋涡吗？或者是个传说？是否存在一个掩盖真相的阴谋？那些消失的人到哪里去了？或许我们永远都不会知道。"

雷娃走到恒温器跟前，把温度调高，然后回到沙发上。有关百慕大三角的节目结束了，一个新节目开始了，这一次是有关尼斯湖水怪的。我闭上眼睛。

"我妈妈去世了。"雷娃在电视插播广告时说。

"天哪。"我说。

我还能说什么呢？

我拉起毯子盖住我们的大腿。

雷娃又说了句"谢谢"，这一次她轻轻地哭了起来。

电视节目中那位男性解说人如同食尸鬼般的声音跟雷娃的抽泣和叹息本来会让我昏昏欲睡。可是我不能睡觉。我闭上眼睛。当下一个有关麦田怪圈的节目开始时，雷娃戳了戳我："你还醒着吗？"我假装睡着了。我听见她站起来，重新穿上鞋子，"咔嗒咔嗒"地朝浴室走去，擤了擤鼻子。她都没告别就离开了。又是独自一人了，我松了口气。

我站起来走进浴室，打开药品柜。塔特尔医生给我开的"因服迷多"是球形的小药丸，每一颗都刻着其英文名首字母"I"，雪白坚硬，沉甸甸的，有点古怪。它们看起来仿佛是用抛光的石头做成的。我估摸着，如果我还有需要呼呼大睡的时候，那就是现在了。我不想在雷娃留下的悲伤气氛中过完这个圣诞节，于是便按照药物说明书服用了仅仅一颗"因服迷多"。在把它咽下肚子时，它尖锐的斜面边缘刮擦着我的喉咙。

. . .

我在大汗淋漓中醒来，发现咖啡桌上有一堆仍然封着的中餐外卖盒子。空气中有股猪肉、大蒜和馊掉的植物油的臭气。一堆还没有掰开的筷子放在我旁边的沙发上。设置成静音模式的电视上正在播放一种食品脱水器的商业信息片。

我搜寻遥控器却怎么都找不到它。恒温器的温度被设成了华氏九十度[1]。我站起身来，重新把温度调低，这时我注意到那块巨大的东方地毯——这是我从父母住宅里留下的少数物品之一——被卷了起来，沿着墙根放在起居室的窗户下面。百叶窗打开了。这让我大吃一惊。我听见电话铃声在响，便循着声音走进卧室。我的电话放在一只用保鲜膜密封好的玻璃碗内，摆在光秃秃的床垫中间。

---

[1] 华氏九十度约为三十二摄氏度。——编者注

"喂?"我接听了电话,嘴里有股可怕的臭气。

对方是塔特尔医生。我清了清嗓子,想让自己听起来像个正常人。

"早上好,塔特尔医生。"我说。

"现在是下午四点,"她说,"很抱歉这么久才给你回电话。我的猫出现紧急情况。你现在感觉好点儿没?老实说,你在短信里描述的症状让我很困惑。"

我意识到自己穿着一件性感的粉红色橘滋牌运动套装。袖口上还悬挂着犹太妇女委员会旧货店的标签。走廊光秃秃的地板上堆着一些新买的二手录像带,全是西德尼·波拉克的电影:《秃鹰七十二小时》《并无恶意》《往日情怀》《窈窕淑男》《走出非洲》。我不记得自己叫过中餐或去过那家旧货店。我也不记得自己在短信里说过什么。塔特尔医生说她对我语气里的"情感强度"感到困惑。

"我为你担心。我非常非常担心。"她的声音一如往常,带有喘息声,音调高昂如喇叭。"当你说你对自己的存在感到怀疑时,"她问,"你的意思是自己在读哲学书,还是你自己想出这句话的?因为如果你是要自杀,我可以给你一些东西。"

"不,不,根本不是自杀。我只是在探讨哲学问题,你说得没错。"我回答,"估计我不过是想太多了。"

"那可不是什么好迹象。它会导致精神错乱。你的睡眠如何?"

"睡得不够。"我说。

"我也这么怀疑。试试冲个热水澡，喝点儿菊花茶。它应该会让你平静下来。还有，试试'因服迷多'，研究显示，它能比百忧解（盐酸氟西汀）更有效地消除有关存在的焦虑。"

我不想承认自己已经试过这种药了，而且就是它驱使我买了这些食物和旧货的怪异大杂烩。

"谢谢你，医生。"我说。

我挂上电话，发现一条来自雷娃的语音信息，内容详细介绍了她母亲的葬礼和接待会事宜，葬礼本周稍后在长岛举行。她听起来温和、悲伤，还有点儿读稿子的感觉。

"事情总是向前发展的，我猜时间也是如此——它就那么不断流逝。我希望你能来参加葬礼。我妈妈真的喜欢你。"我见过她母亲一次，是在雷娃上大四时，她母亲来学校看望她，不过我已经忘光了。"我们把日子定在新年前夜。如果你能早点儿来我家，那就更好了。"她说，"来这里的火车从佩恩车站发车，每小时一班。"她向我详细说明了怎样买火车票、在哪个站台上车、坐哪一节车厢、到哪里下车，"你终于可以见着我爸爸了。"

我差点儿把那条信息删掉，不过又觉得还是留着它比较好，而且如果让语音信箱被填得满满的，别人就没法给我留下更多语音信息了。

我的外套仍然湿漉漉地泡在浴缸里，于是我穿上一件斜纹粗棉布夹克，戴上一顶已经起了毛球的针织帽，把脚伸进拖鞋里，将借记卡放进口袋，然后下楼到埃及人那里买咖啡。脏兮兮的积雪中间，有人用盐将雪融化后开出一条小道，我顺着它走去，冷得直哆嗦。那家杂货店已经取下圣诞节装饰品。报纸上，今天的日期是二〇〇〇年十二月二十八日。

"你现在已经欠下这么多钱了，"一名小个子埃及人指着贴在柜台上的一片纸说。他看起来像一只巴儿狗，可爱小巧而又古怪："四十六美元五十美分。昨晚你买了七个冰激凌。"

"是吗？"他有可能是糊弄我，我都不知道他说的是真是假。

"七个冰激凌。"他重复了一遍，摇摇头，然后伸手从后墙上为站在我身后的那名顾客取下一包薄荷醇。我不打算跟他争论。这些埃及人可不像来德爱药店的人那么有耐心。于是我从取款机上取了一些钱，付清了欠款。

回到家，我在厨房的柜台上找到三升多的陈年哈根达斯。我肯定是费了好大的劲儿，才从那家杂货店的冰柜深处把它们挖出来。咖啡太妃糖味冰激凌、香草冰激凌、树莓冰激凌、朗姆黑加仑冰激凌、草莓冰激凌、波旁山核桃夹心冰激凌和西瓜味意式冰激凌。它们全都融化了，我不知道自己是不是准备招待客人。那些摆放在咖啡桌上的中国菜或许说明那是一场庆祝会，但看起来我似乎中途睡着了，要么就是被筷子搞泄气了，我在进入梦乡后，就把菜留在那里了，弄得公寓里满是馊味。屋子里仍然有股油炸食品的浓烈气味。我把起居室里的一扇窗户打开了几厘米，然后坐在沙发上，开始喝第二杯咖啡。我一个接一个地拿起那些油腻腻的中餐餐盒，猜里面装的是什么，然后揭开盖子看看自己是否猜对了。我猜其中一盒是猪排炒饭，其实是一些滑溜溜的面条，晃晃悠悠地围着一片片胡萝卜和洋葱，还点缀着一些让我联想到阴虱的小虾。另一盒我以为是蒜蓉西蓝花的也猜错了，盒子里面其实装满了黄灿灿的咖喱鸡块。我猜的白米饭，其实是一块臭烘烘的卷心菜馅的蛋卷。另外几盒被我当作白米饭的，其实是蔬菜大杂烩或者猪排。等我终于找到米饭时，它已经变得发黄了。我用手指蘸了一点儿尝了尝，味道怪怪的，黏糊糊又冷冰冰。当我咀嚼时，手机铃声响了。我知道那是雷娃打电话确认我知道葬礼的安排，希望我答应为了她去参加葬礼并及时露面，确认我会为她母亲的去世感到悲痛，确保我关心她，对她的痛苦感同身受，会不顾一切地减轻她的痛苦。老天爷，快帮帮我吧。

我没有接电话。我把那口米饭吐了出来，把所有装着中餐的盒子扔进了垃圾桶。然后我将一盒盒融化的冰激凌逐个打开，把它们倒进下水道。我想象雷娃看到我扔掉所有这些食物，会惊讶地张大嘴，就仿佛把它们全部吃掉再吐出来不是同样浪费似的。

我把垃圾带到走廊，扔进垃圾道里。拥有垃圾道是这座大楼让我中意的地方之一。它让我感觉自己很重要，就仿佛我参与了世俗生活。我的垃圾跟其他人的垃圾混在了一起。我碰过的东西碰到了其他人碰过的东西。我在做贡献，我跟别人联系在了一起。

我吃了一片阿普唑仑和一颗"因服迷多"，从浴缸里把湿透的外套拖出来，又泡了个热水澡。然后我走进卧室，找到一些干净的睡衣裤，这样我立马就能穿着睡衣，看着电影《东西战争》

进入梦乡了。卧室里的家具被重新摆放过。我的床换了个方向，如今床头正对着墙壁。我想象自己在因药物而产生的失忆状态中，评估自己家里的氛围，运用大脑——不过我拿不准是大脑的哪个部分——来为怎样战略性地提升其空间氛围而做出决定。塔特尔医生已经预料到会出现这样的行为："只要你没有操纵重型机械，睡着后进行一些活动也没事。你没有孩子，对吧？我问什么傻问题呢。"梦游、说梦话、梦中网聊、梦中进食——它们都是意料中的事，尤其是在服用了安必恩后。在梦中，我已经在电脑前和那家杂货店里买了一大堆东西。我在梦中点了外卖中餐，我在梦中吸烟，我在梦中发短信和打电话。这又不是什么新鲜事。

但我服用"因服迷多"后的经历不一样。我记得自己从衣橱里拿出一条紧身裤和一件保暖衣。我记得自己刷牙时自来水流进浴缸的"哗哗"声。我记得把带血的泡沫吐进脏兮兮的水槽里。我甚至记得自己用脚指头试浴缸里的水温。但我不记得自己钻进水里泡澡、洗头发。我不记得自己离开房子，四处转悠，钻进一辆出租车，去一些地方，不记得我在那天晚上或第二天、第三天可能做过的其他事情。

就仿佛是眨眼之间，我穿着牛仔裤、旧跑鞋和一件长长的白色裘皮大衣，在长岛铁路的一列火车上醒来，脑子里回响着电影《窈窕淑男》的主题曲。

# 四

塔特尔医生曾经警告我会出现"漫长的噩梦"和"逼真的梦中旅行""想象力麻痹""可感知的时空异常""感觉像在多元宇宙里冒险的梦境",以及"前往隐秘维度的旅行"等。

她还说,少数人在服用了她给我开的药物后,报告说自己在苏醒时也会产生幻觉:"大多数都是愉快的幻觉,例如天国的幽灵、天空中的轻盈图案、天使、友好的鬼魂、小妖精、宁芙[1]、闪烁的光芒。看见幻觉是完全无害的。这种情况主要发生在某些民族身上。冒昧地问一句,你的民族背景是什么?"

"英国、法国、瑞典和德国。"

"你会没事的。"

长岛铁路列车并非完美如天国,但我怀疑自己是否在神志清醒时做梦。我低头看看自己的双手,却很难移动它们。它们有股香烟和香水的气味。我冲着它们吹了口气,抚摸着外套上冰冷的白色皮毛,举起拳头捶自己的大腿。我哼了一声,感觉一切都很真实。

我估量了一下自己的情况。没有流血,没有尿裤子,没有穿任何短袜。我感觉牙齿黏糊糊的,嘴里有股花生和香烟的味道,

---

[1] 宁芙是希腊神话中体现自然现象与自然之力的女性精灵。——编者注

不过我并没有在外套口袋里找到香烟。我的借记卡和钥匙放在牛仔裤的后裤袋里。我的脚边放着一个来自博洛茗百货的棕色大纸袋。包里放着一套二号的希尔瑞牌黑色裙子套装和一套互相搭配的卡尔文·克莱恩牌隐形文胸及短裤套装。一只小巧的平绒珠宝盒里装着一串带有黄玉垂饰的丑陋项链，嵌在假黄金里面。我旁边的座位上放着一大捧白玫瑰，下面塞着一个正方形信封，上面写着"送给雷娃"几个字，是我的笔迹。那束花旁边，有一本《人物》杂志、半瓶水和两块士力架巧克力的包装纸。我拿起那瓶水喝了一口，发现里面装的是杜松子酒。

车窗外，太阳在地平线上悸动着，散发出苍白和黄色的光线。这是日出还是日落呢？火车驶向哪里？我又看看自己的手，看看被我吮吸过的指甲下面由污物构成的灰线。当一名身穿制服的男子经过时，我叫住了他。我不好意思提出那些重要的问题——"今天是星期几？我这是往哪里去？这是黄昏还是清晨？"——于是我就问列车下一站到哪里。

"列车即将到达贝斯佩齐。您在随后那一站下车。"他扯出我塞在前面那张座椅椅背上的车票，"您还可以再睡几分钟。"他眨了一下眼睛。

我现在不能睡觉。我望着窗外，太阳肯定是在上升。列车呼啸着，然后减慢速度。在贝斯佩齐的站台对面，一小群身穿长外套的中年人端着咖啡杯，正在等候从相反方向开来的列车。我寻思着从这里下车，再搭乘那趟列车返回曼哈顿。列车一停下来，我就站起身来。那件裘皮大衣滑落到地上,它很沉,用一条白色的皮带环住我的腰。我赤脚穿着运动鞋,里面潮乎乎的。我也没穿文胸,乳头在运动衫里摩擦着裘皮外套柔软的绒毛,感觉运动衫是新买的便宜货,就是那种花五美元就能在沃尔格林或来德爱药店买到的运动衫。列车上的铃声响了,我得赶紧。可就在收拾自己的东西时,我突然产生了无法克制的便意。我把包和那束玫瑰留在座位上,急匆匆地顺着过道朝卫生间走去。我得把外套脱掉,把里子朝外翻起,然后挂在衣帽钩上,这样一来,就只有粉红的丝绸衬里会碰到卫生间肮脏的墙壁。我不知道自己吃过什么,但显然不是平常吃的动物形状饼干或从小饭馆买的沙拉。坐在马桶上,我感觉列车开始倒车启动了。我将起运动衫上宽大的袖子,查看自己的双臂,寻找一处印记、标志、瘀青或邦迪创可贴,却什么都没发现。

我又把手伸进外套口袋里摸手机,却只找到一张从韩国街买珍珠奶茶的收据及一根橡皮筋。我曾经用这根橡皮筋把头发束到脑后。从那面刮花的模糊的镜子里,我勉强辨认出自己的模样,看起来还不算太糟。我扇了自己一个耳刮子,从眼里逐走睡意。我看起来仍很漂亮。我注意到自己的头发变短了,肯定是在失忆状态中剪过头发。我想,可以查一下银行卡账单,弄清楚自己在服用"因服迷多"后做了什么,但我并不是真的很在乎,只要我毫发无损,没有流血,没有擦伤或骨折,我心里就有底。我有自己的借记卡和钥匙,那才是至关重要的。我不觉得羞耻。一颗

"因服迷多"可以带走我生命中的一些日子,从这个意义上说,它是完美的药物。

我朝脸上浇了些水,漱了漱口,用一张纸巾擦掉牙齿上的牙菌斑。回到座位上,我喝了一大口杜松子酒,在嘴里涮了涮,又吐回瓶子里。列车再次减慢速度,我拿起自己的东西,就像抱着婴儿一样将那束笨重的花搂在怀里。这些质朴的玫瑰没有气味。我摸了摸它们,看它们是不是真花。它们是真的。

. . .

法明代尔是个丑陋单调的地方,灰蒙蒙的风景中杵着一些电话线杆。远处,是成排的长长的两层楼建筑,覆盖着浅褐色的铝制墙板,光秃秃的树木在风中摇摆,也许有个筒仓,一股黑烟不知从哪里冒出来,冉冉升入广阔的灰白色天空。人们裹着外套、围巾和帽子,慢吞吞地走过一个冰雪覆盖的小广场,朝一些小型货车和廉价的私家车走去,它们转动的引擎让这个小停车场里弥漫着尾气烟雾。一辆巨大的白色林肯大陆车顺着路边停下,打开了前灯。

车上坐着雷娃,她打开副驾驶座旁的电动车窗,向我挥手。我想假装没看见她,然后转身穿过铁路去赶下一班回城的列车。她摁了摁喇叭,我走到外面的公路上,钻进她车里。车子的内部装饰全是暗红色的皮革和仿木材料。里面有股雪茄和樱桃空气清新剂的气味。雷娃的膝盖上满是皱巴巴的纸巾。

"新外套？是真皮的吗？"她抽着鼻子问。

"一件圣诞礼物。"我咕哝着，将那只购物袋塞进我们俩的脚之间，把那束花放在膝盖上，"送给我自己的。"

"这是我叔叔的车。"雷娃说，"你居然真的来了，简直难以置信。我差点儿不敢相信昨晚你在电话里说的话。"

"你不敢相信我在电话里说的**什么**？"

"我很高兴你来这里。"她用车内音响播放古典音乐。

"今天举行葬礼。"我说，希望确认自己勉强相信的事情是真的。我真的不想来，但我现在被困在这里了。我把音乐的音量调小了一点儿。

"我还以为你会迟到，要么就是把这一天睡过去或别的什么。没有冒犯你的意思。可是你居然来了！"她拍拍我的膝盖，"漂亮的花。如果我妈妈活着，她会喜欢的。"

我瘫倒在座椅上。"我感觉很不舒服，雷娃。"

"你**看起来**很好。"说着，她又看了一眼那件外套。

"我带了一身换的衣服，"我踢了一脚那只购物袋说，"是黑色的。"

"你可以从我这里借任何需要的东西，"雷娃说，"化妆品，任何东西。"她扭过头去，露出假笑，拍拍我的手。她看起来糟透了，面颊浮肿，眼睛发红，皮肤蜡黄，看起来就跟过去老是呕吐时一个样子。大四的时候，她甚至弄得眼睛里的血管爆裂了，因此一连几个星期她都在校园里戴着墨镜,回到宿舍后才摘下来。看她一眼都让人难受。

她发动了车子。

"下雪是不是很美?远离城市,这里很宁静,对吧?它真的可以让人换个角度看事情。我是指……**生活**。"雷娃看着我,希望我做出回应,但我什么也没说。我看得出来,她就要生气了。当她在葬礼上哭泣时,她指望我说几句安慰的话,搂住她的肩膀。我走投无路了,今天会非常可怕,我有罪受了。我感觉自己可能挺不下去。我需要一个阴暗而安静的房间,需要我的录像带、我的床和我的药片。我有好几个月没离家这么远了。我惊恐不安。

"我们可以停下来喝杯咖啡吗?"

"家里有咖啡。"雷娃说。

这一刻,看着她驾车驶过结冰的道路,从车里凹陷的座椅上伸长脖子查看汽车挡泥板,我真是恨透她了。然后她连篇累牍地说起自己为葬礼所做的准备——打扫房子,给亲朋好友打电话,与殡仪馆协商葬礼细节。

"我爸爸决定火葬,"她说,"他甚至都没法等到葬礼结束。这样显得非常残忍,而且也不符合**犹太人**的传统。他不就是想省钱嘛。"当她皱着眉头时,脸庞变得松弛下垂。她的眼里饱含泪水。雷娃的一举一动都很容易预测,我对此一直印象深刻——她就像电影里的一个角色。每一个感伤的举止都时机正好。"我妈妈现在就躺在一个廉价的木头小盒子里,"她抱怨说,"才这么大一点儿。"她把手从方向盘上拿下来,跟我比画盒子的尺寸,像甩手舞,"他们想让我们买这么大的黄铜骨灰盒。我敢确定,他们每一步都想占别人的便宜。真让人讨厌。可是我爸爸那么**吝啬**。我跟他说我打算把我妈的骨灰扔进海里,他说那样有失庄重。什么?大海怎么就有失庄重了?还有什么比大海更庄重的吗?壁炉上方的壁炉架?厨房里的一个橱柜?"她因为愤慨而哽咽了一下,朝我微微扭过头来。"我想也许你可以跟我一起,我们可以开车到马萨皮夸去把骨灰海葬掉,然后找时间吃个午饭。比如下个周末,如果你有时间的话。或者随便哪天都行,真的。也许等天气暖和点儿。至少要等不再下雪的时候。你是怎么安葬**你妈妈**的?"她问道。

"把她埋在我父亲旁边。"我说。

"瞧,我们应该把她土葬掉。至少你父母的尸骨还在什么地方,反正没被烧成灰。至少他们还在地底下,他们的尸骨还在那里。我的意思是,在一个地方。你仍然拥有它们。"

"停车,"我告诉她。前面有个麦当劳,"我们从汽车购餐车道过去。我请你吃早餐。"

"我在节食。"雷娃说。

"那我就给**自己**买一份早餐。"我说。

她把车驶入停车场,开始排队。

"你会去给你父母扫墓吗?"她问。听到我失望的叹息,雷娃误以为那流露了我埋藏在心里的悲伤。她向我扭过头来,发出尖声的哀鸣："呜！"她同情地皱皱眉头，不小心靠在喇叭上。它就像一条受伤的郊狼那样嚎叫了一声。她猛吸一口气。坐在我们前面那辆车里的人向她竖起中指。"哦，天哪。抱歉！"她大叫着，又摁了一下喇叭表达歉意。她看着我："家里有吃的。有咖啡，什么都有。"

"我只想喝麦当劳的咖啡。跑了这么远一趟，我就需要这个。"

雷娃把车停了下来。我们等待着。

"简直没法说待在火葬场有多烦人。这是居丧期间你最不想去的地方。他们那么详细地介绍他们是怎么焚烧那些尸体的，好像我真的需要了解这些似的。在其中一本小册子里，他们描述自己怎样将死去的婴儿放进那些特制的'金属盘子'里焚化。他们就是那么说的——'金属盘子'。我忍不住想着这个。'盘子'。它真让人恶心，仿佛他们在用盘子单独烹制烤盘比萨。是不是很可怕？是不是让你觉得恶心？"

前面那辆车向前驶去。我示意雷娃把车开到餐厅对讲机旁。

"两大杯咖啡，额外多加些糖，多加些奶油。"我说，又示意雷娃把我点的餐重复一遍。她照做了，并给自己点了一份奥利奥麦旋风。

"如果你需要，可以在这里住一晚。"雷娃说着，把车开到第一个窗口，"毕竟今天是新年前夜，你明白吧。"

"我在城里有安排。"

雷娃知道我在撒谎。我看着她，激她向我质疑，但她只是微笑着，把我的借记卡递给窗口的女人。

"我也希望自己在城里有安排。"雷娃说。

我们在下一个窗口停下车，雷娃把咖啡递给我。咖啡盖上有股廉价香水和烤焦的汉堡包的气味。

"我可以在招待会后给你叫一辆出租车把你送回火车站。"雷娃继续说，当她舀起一勺麦旋风放进嘴里时，她的声音显得高亢而不真实。"我想肯也会来，"她说，"还有另外几个同事。你想留下来吃顿晚餐吗？"边吃东西边说话是雷娃身上另一个让我无法忍受的特点。

"我得先打个盹儿，"我说，"看到时我状态如何吧。"

雷娃沉默了一会儿，当她舔着那只长长的塑料勺子时，舌头上升起一团白色的冷空气。车里的暖气太热，穿着裘皮大衣，我身上直冒汗。她把那个麦旋风杯子夹在两膝之间，继续一边开车一边吃。

"你可以在我房间里小睡一会儿，"她说，"那下面应该比较安静。我的亲戚们过来了，不过他们不会觉得你粗鲁或者什么。我们只须在两点之前赶到殡仪馆就行。"

我们经过一所高中、一座图书馆和一条购物街。为什么会有人想住在这样一个地方，我真是难以理解。接下来是法明代尔州立学院、一家好市多便利店、一连五座公墓、一个高尔夫球场、一组接一组的白色尖桩篱栅，带有用吹雪机吹出的完美车道和人行道。雷娃来自这样一个差劲的地方也是情理之中的事。这解释了她为何不遗余力地想要融入纽约市并在那里安家落户。她曾经告诉我,她父亲是个会计师,她母亲曾经在一所犹太走读学校当秘书。像我一样,雷娃也是独生女。

"到了。"当我们的车驶入一栋棕褐色砖房的车道时,雷娃说。这是一座农场风格的小房子,很可能建于二十世纪五十年代。只须从外面看一眼,我就知道里面的地板上整个铺着地毯,有着低矮的天花板,空气潮湿、黏稠。我想象里面有些塞满废物的橱柜,苍蝇在一个装着棕色香蕉的木碗周围飞来飞去,一台古旧的冰箱上覆盖着磁贴,下面压着已经过期的厕纸和洗洁精优惠券,食品储藏室里堆满便宜的店铺自有品牌食品。它看起来和我父母位于州北部那所房子天差地别。他们的房子是座建于殖民时代的都铎式建筑,简陋得有些怪诞,非常朴素,非常粗糙。里面的家具全是沉重的黑色木头,管家用柠檬香型的碧丽珠牌家具护理喷蜡,一丝不苟地把它们清洁得光可鉴人。棕色的真皮沙发,棕色的真皮扶手椅。地板刷过亮漆,闪闪发亮。起居室里的窗户装着彩色玻璃,门厅里有几株蜡质叶片的巨大植物。除此之外,里面就单调乏味了,窗帘和地毯都是单色的。几乎没有什么东西会吸引你的目光——厨房台面清理得干干净净,一切都是空荡荡的,色彩暗淡。我母亲才不会用字母磁贴在冰箱上贴我幼儿园的手指画或我初学写字时的涂鸦呢。她让房子里的墙壁大体上保持干净,仿佛任何具有视觉趣味性的东西都会让我母亲的眼睛无法忍受。也许那就是她到纽约城里看望我时从古根海姆美术馆里跑出去的原因。只有主卧，也就是我母亲的房间，有那么点儿乱七八糟的——里面放着一个个香水瓶和烟灰缸，没用过的运动器械，成堆的淡色和米色的衣服。那是一张超大号双人床，比地面高不了多少，每次睡在上面，我都有种远离尘世的感觉，仿佛自己待在一个宇宙飞船里或者月亮上面。我想念那张床。想念我母亲那些挺括的黄白色床单的空白单调。

我把第一杯咖啡中剩下的那些一饮而尽，将空杯子放进我那个博洛茗棕色大纸袋里。雷娃将车子停在车道上，挨着一辆锈迹斑斑的暗红色小货车和一辆老旧的黄色沃尔沃旅行车。

"来见见我的亲戚，"她说，"然后我带你到一个能躺下休息一会儿的地方。"她领着我，顺着铲过雪的人行道朝房子走去，一边走一边说起话来："自从她去世后，我就一直觉得筋疲力尽，睡不好觉，总是做一些奇奇怪怪的梦，虽然不是真正的噩梦，但有点儿毛骨悚然。只是怪异，彻头彻尾地古怪。"

"人人都认为自己的梦怪异，雷娃。"我说。

"我猜自己是扛不住了。这段时间很艰难，但那种悲伤而平和的生活也有某种美。你知道她临死前说了些什么吗？她说：'别为讨好每个人而忧心忡忡。去找点儿乐子吧。'这话对我来说真的是一针见血，'讨好每个人'。因为这是事实。我确实感觉到那么做的压力了。你觉得我是那样的吗？我猜我只是从来不觉得自己有多么优秀。我现在不得不独自面对生活了，你知道，这样可能对我而言才是健康的。我爸爸和我不是很亲密。我会迅速把你介绍给亲戚的。"说着,她打开了前门。

房子的内部装饰跟我预料的差不多——舒适的酸橙绿地毯,黄色的玻璃枝形吊灯,带有图案的金色壁纸,低矮的灰泥天花板。屋里热得不得了,空气中有股食品、咖啡和漂白剂的气味。雷娃带我走进一间起居室,里面的窗户冲着白雪覆盖的前院。一台巨大的电视设成了静音模式,在静静地播放节目。一张长长的带有佩斯利花纹的沙发覆盖着光滑透明的塑料,上面坐着一排戴着眼镜的秃头男人。当雷娃在小地毯上跺掉靴子上的雪时,三个穿黑衣、头戴卷发夹的胖女人从厨房里走了出来,手上端着一盘盘甜甜圈和丹麦酥皮饼。

"这是我的朋友,就是我必须去接的那位。"她对那几个女人说。

我点点头,挥挥手。我能够感觉到其中一个女人看了一眼我的裘皮外套和运动鞋。她有一双雷娃那样的蜜棕色眼睛。雷娃从这个女人端的盘子里拿起一个甜甜圈。

"你朋友饿不饿?"一个女人问道。

"花儿真漂亮。"另一个女人说。

"那么你就是我们经常听说的那位朋友了。"第三个女人说。

"你饿不饿?"雷娃问。

我摇摇头,但雷娃还是领着我来到那间灯光明亮的厨房:"这里有很多吃的,看到没?"灶台和桌子上摆满了一碗碗椒盐脆饼干、薯条、坚果,一盘盘的奶酪、冷盘和蘸酱。"我们把百吉饼都吃光了。"雷娃说。灶台上的一把俄式茶壶里正在煮咖啡。炉子上，几口大锅热气腾腾。"鸡肉、意面，还有些类似普罗旺斯炖菜的东西。"说着，她挨个儿揭开每个盖子。她不同以往，动作自然。看起来，她似乎放弃了平常那种自负的矫揉造作。住在这样一个"平淡无奇"的家里，她可以用无拘无束、乡土气的随和或诸如此类的词描述自己的状态，她并不在意。也许她只是关掉了自己个性中尖刻的一面。她打开电冰箱，给我看架子上一个个圆形的特百惠塑料餐盒，里面装着她提前蒸好的各种蔬菜，她说，这样她就能整天都有小吃可吃了。自从圣诞节以来，她就没去过健身房："可是不管怎么说，现在不是锻炼的时机。想来点儿西蓝花吗？"她打开其中一个餐盒的盖子。一股浓烈的气味向我袭来，弄得我差点儿窒息。

"这就是犹太教中那种服丧的习俗吗？你们要服十天的丧？"我把那束花递给她问道。

"犹太教中的服丧期是七天。不过这儿不是。我们家在宗教方面不是那么虔诚。他们不过是喜欢坐在一起吃吃喝喝。我的叔伯舅舅姑妈姨妈们是从新泽西州开车来的。"雷娃将那些花放进水槽里，给自己倒了一杯咖啡，从衣袋里拿出一只皱巴巴的袋子，往咖啡里撒了一点点纤而乐牌低卡代糖，心不在焉地搅了搅，低头望着地板。我"咕咚咕咚"地喝掉剩余的麦当劳咖啡，从那只俄式茶壶里重新给自己倒满一杯。铺着油毡的地板上反射出荧光灯的光线，刺痛了我的眼睛。

"我真的需要躺下睡一会儿,雷娃,"我告诉她,"我感觉不太舒服。"

"哦,对。"她说,"跟我来。"我们回到起居室,"爸爸,别让任何人下楼去。我朋友需要独处。"

其中一个秃头男人不以为意地挥挥手,咬了一口丹麦酥皮饼。脆脆的硬壳纷纷剥落,掉到他那件棕色毛线背心的前襟上。他就像一个猥亵儿童的人一样看了我一眼。所有那些男人都那样看我。不过我想,在一定的环境下,恐怕任何人都会这样——甚至**我自己**,甚至雷娃。当她父亲试图弄掉胸膛上的点心皮碎屑时,女人们站起身朝他走去,不顾他的反对,把碎屑掸到她们手上的盘子里。如果不是有一种对死亡的忧惧笼罩着这里的一切,我会以为自己是在约翰·休斯的一部电影里。我试着想象安东尼·迈克尔·霍尔在此露面会是何种情形,也许他可以扮演邻居家的孩子,端着一只馅饼或一盆砂锅菜来吊唁。或者,也许这是一出黑色喜剧,而乌比·戈德堡会扮演丧礼承办人。我会爱死这样一出戏的。单单想到乌比就让我感到安慰。她真的是我的英雄。

雷娃带着我沿一条螺旋形楼梯向下来到地下室,这里就像个娱乐室,铺着蓝色的粗毛地毯,镶着木头饰板,有跟天花板差不多高的小窗户,一张仿佛蹙着眉头一般皱皱巴巴的紫红色树脂躺椅上方,歪歪扭扭地挂着一堆还算过得去的水彩画。

"这些是谁画的?"

"我妈妈。它们是不是很美?我的房间在这边。"雷娃打开一道门，它通往一个镶着粉红色瓷砖的狭窄浴室。马桶水箱在漏水。"它老是这样。"说着，她徒劳地摇晃了几下把手。另一道门通往她的卧室。里面阴暗而闷热。"这里没有窗户，有点儿闷。"她低声说，接着打开床边的台灯。这里的墙壁刷成了黑色。衣橱的滑动门坏掉了，只得从滑轨上取下来，靠墙放着。衣橱的衣架上只有一套黑色的连衣裙和几件针织衫。除了一个带抽屉的小柜子，屋里几乎没什么家具。那只小柜子同样漆成了黑色，顶上有一个凹陷的纸板箱。雷娃打开了天花板上的吊扇。

"这是你的房间？"我问她。

她点点头，掀开盖在床上的那个光滑的蓝色尼龙睡袋。而那张床不过是一个铺着褥子的双人弹簧床垫，就放在地上。雷娃的被单上有花朵和蝴蝶，已经起了毛球，就是那种可怜巴巴的旧被单。

"我上高中的时候搬到这下面来的，为了**装酷**，把房间刷成黑色了。"雷娃自嘲地说。

"确实很酷。"说着，我放下购物袋，喝完咖啡。

"我什么时候叫醒你？我们应该在一点半左右离开这里。那我就把你做准备所需要的时间也计算在内。"

"你有没有鞋子可以借给我？还有紧身衣裤？"

"我没在这里放多少东西。"雷娃说着，打开又关上她那些抽屉，"不过你可以借我妈妈的。你穿的是八号的鞋子，对吗？"

"是八号半。"我一边说，一边钻到床上。

"很可能楼上有适合你穿的。我大概一点钟来把你叫醒。"

她关上门。我坐在床上，关掉灯。浴室里传出雷娃洗刷的动静。

"我在水槽边给你留了几条干净毛巾。"她隔着门说。我想知道我的在场是否让她不好意思呕吐。我希望自己能告诉她，就算她吐得稀里哗啦，我也不会介意的。我真的不介意。我本来就理解。如果呕吐能带给我什么安慰，那我在好多年前就尝试了。我等待着，直到听见她关上了浴室外面的那道门，"嘎吱嘎吱"地爬上楼梯，然后才去查看她的药品橱。里面有一瓶泡泡糖口味的旧阿莫西林和一支治疗瘙痒的咪康唑药膏，只剩半管。我喝了一口阿莫西林，朝流着水的马桶里撒了一泡尿。我穿着一条白色棉质内裤，上面有一块陈旧的棕色血迹。它让我想起自己有好几个月没来月经了。

我钻进睡袋，隔着天花板听雷娃的亲戚们发出的声响——脚步声、呜咽声，所有那些传递能量和食物的神经质的声音、牙齿咀嚼的声音，还有那种心痛，各种各样的看法，以及雷娃竭力克制的痛苦、怒火或她试图咽进肚子里的其他什么不快。

过了很久，我都躺在床上睡不着。这就像灯光熄灭之后坐在电影院里，等待预告片开始。可是什么都没有发生。我后悔喝那些咖啡。我感觉雷娃留在房间里的悲痛陪伴着我。那是年轻姑娘失去母亲后的特别的悲伤——复杂、愤怒而温和，但又奇怪地充满希望。我辨认出它来，但我在心里感觉不到它。那种悲伤不过是在空气里飘来飘去,在粗粝的阴影中变得越发浓稠。雷娃爱她的母亲,而我从未以同样的方式爱过自己的母亲,这是一个显而易见的事实。我的母亲不是那种容易被谁爱上的人。我确信她复杂难解,值得做进一步分析,而且她很漂亮。但我从未真正了解过她。因此,这个房间里的悲伤仿佛装在罐子里密封起来一样。它给人一种陈腐的感觉,就像是怀念一个我在电视上看到的母亲——这个母亲会煮饭、洗衣,会亲吻我的额头,给我受伤的膝盖贴上创可贴,晚上会为我读书,当我哭泣时会把我搂在怀里轻轻摇着我。我自己的母亲一想起做这些事就会翻白眼。"我又不是你的保姆。"她经常这样对我说。可是他们从来没为我找过保姆。他们倒是找过一些临时保姆——我父亲的秘书在大学里找的女学生。我们一直都有管家,她叫多洛蕾丝。我母亲称她为"女仆"。我可以为我母亲对家庭生活的拒斥提出充分的理由,说这是某种维护其休闲权的女权主义做法,但其实我认为,她拒绝煮饭洗衣,是因为她感觉那样会把她作为一个选美大赛皇后的失败人生固化起来。

哦,我的母亲。在她身体机能最健全的时候,她保持严格的节食计划,早餐喝黑咖啡,吃少量洋李;午餐则让多洛蕾丝给她做一个三明治,她只吃几口,把剩下的放在料理台上的一个骨瓷盘子里。在如何避免过于放纵这方面,她算是给我上了一课,我接受了;到了晚上,她会喝一些色如小便的霞多丽葡萄酒加冰块,食品储藏室里有成箱的这种葡萄酒。我望着她的脸一天天地肿胀起来又逐渐消肿，具体取决于她喝了多少酒。我喜欢一厢情愿地想象她曾经偷偷哭泣，为自己作为母亲的缺点而哀恸，不过我怀疑那并不是她哭泣的原因。她的眼睛下有轻微的眼袋，她用痔疮膏来消肿。我是在她去世之后，清理她放化妆品的抽屉时才发现这个的。里面有白宫牌痔疮膏和甜香槟牌眼影膏，还有汤姆·福特牌象牙丝绒粉底液，就算只是待在家里，她也会抹上这个；此外还有圣罗兰牌粉色唇膏。她痛恨我们居住的地方，说它很"粗鄙"，因为它离市区很远。"这里没有文化气息。"她还说。不过，就算这里有一家歌剧院或者一支交响乐队——也就是她所谓"文化"——她也不会去欣赏。她自认阳春白雪，喜欢华美衣衫、美酒佳酿，但对艺术一无所知。除了爱情小说，她什么书都不读。房子里也没有鲜花。从我记事起，她大多数时候都整天躺在床上看电视和吸烟。那就是她的"文化"。每年圣诞节前后，她会带我去购物广场。她会在歌帝梵店铺里给我买一条单块的巧克力，然后我们就逛遍所有商店，她会说那里卖的东西"廉价""土里土气"，是"适合乱世妖姬的长衫"。她会在出售香水的柜台旁变得活跃一点儿："这种闻起来像站街女的衬裤。"前往购物广场逛街是我们俩相处比较愉快的少数经历之一。

在家里，我父亲也是一副郁郁寡欢的样子。他是个乏味而安静的人。在我的成长过程中，我们俩早上会像陌生人一样在走廊里擦肩而过。他是个科学家，严肃而了无生趣。在他的学生们周围，他似乎比跟我或我母亲在一起更放松。他来自波士顿，是一名外科医生和一名法语教师的儿子。他跟我说过的最私密的事情，是他父母在我出生后的第二年死于一次船难。他有个妹妹，住在墨西哥。她在二十世纪八十年代初就搬到那里了，去做了个"披头族"，我父亲说："我们俩看起来一点儿都不像。"

待在雷娃那间黑漆漆的屋子里，躺在她起了毛球可怜巴巴的被单下回想这一切，我什么感觉都没有。我能够**想起**一些感觉和情感，但无法让它们在我身上生发出来。我甚至无法确定我的情感来自何处。我的大脑？这毫无意义。愤怒才是我最了解的东西，它沉甸甸地压在胸口，我的脖子上一阵颤动，就仿佛我的脑袋从身体上猛然脱落之前，先要快速旋转。可是那似乎跟我的神经系统直接相连——是一种生理反应。悲伤跟愤怒是同一类东西吗？那么快乐呢？渴望呢？爱呢？

我待在雷娃童年时代的卧室里消磨时间，决定测试一下自己，看看我身上还剩下多少情感，在睡了这么久之后我变成了什么样子。我希望自己在半年多的"休眠"后已经获得了足够的疗愈，已经可以不受那些痛苦回忆影响。于是我再次回想起我父亲去世的过程。当时我非常伤感。我想如果自己还有眼泪可掉的话，那也是为他落泪。

"你父亲想在家里度过他最后的日子，"我母亲在电话里说，"别问我为什么。"有好几个星期，他都躺在医院里奄奄一息，可是现在他却想在家里死去。我第二天就离开学校，乘坐北上的火车去看望他，不是因为我认为自己在那里对他有多么重要，而是为了向我母亲证明我比她更好：我乐意接受因他人痛苦而造成的不便。而且我预料到父亲的痛苦不会带给我太多困扰。我几乎不了解他。他对自己生病的事守口如瓶，仿佛这是他工作的一部分，属于那些不应该让我忧心的事情，而且我对什么都不了解。

待在家里，望着他日渐枯槁，我耽误了一个星期的课程。一张超大的双人床已经安放在书房里，外加若干我试图忽略的医疗器械。两名护士轮流守在那里，摸摸我父亲的脉搏，用一块连着木棍的海绵浸透了水，擦拭他的口腔，向他体内泵入止痛药。我母亲大多数时候都待在自己的卧室里，独自一人，时不时地出来往酒杯里加满冰块。她会蹑手蹑脚地走进书房，向护士低声耳语，几乎不跟我说一句话，也几乎不看我父亲一眼。我坐在他床边的扶手椅上，假装读一系列有关毕加索的课程大纲。我不想因为老是盯着父亲看而让他难堪，但又很难不这么做。他的双手逐渐变得皮包骨头，显得很大。他的双眼陷进头骨里，变得模糊不清。他的皮肤变薄了。他的胳膊就像光秃秃的树枝。那是一幕奇怪的场景。我研究毕加索的作品《老吉他手》和《卡萨吉马斯之死》。我父亲当时的样子刚好适合毕加索在"蓝色时期"的风格，不妨称之为"打过吗啡的男人"。偶尔他会抽搐和咳嗽，但他没有什么话可以跟我说。"他服药太多，没法说话。"护士安慰我。我戴上耳机，一边读书，一边在随身听上播放一些老磁带。"王子"、邦妮·雷特，诸如此类。如若不然，屋里的寂静会让人疯掉。

然后，在一个星期日的早上，我父亲突然清醒过来，郑重其事地告诉我说他会在下午死去。我不知道让我惊慌的是他这番声明的直截了当还是确定无疑。他总是那么冷静客观，总是那么理性明智，总是那么生硬冷漠。要么就是因为，他的死亡已经不再是一个想法，而是正在发生的事情，是真的。要么就是，在我守在他床边的这个星期，我们已经在我没有意识到或同意的情况下建立了情感纽带，突然之间，我开始爱他了。于是我就不知所措地开始哭起来。"**我会没事的**。"父亲告诉我。我在他身边跪下，将脸埋进他那条陈旧的蓝色毯子里。我想让他抚摸我的头。我想让他安慰我。当我求他不要留下我孤零零地跟母亲在一起时，他瞪着上面的天花板。我的恳求哀婉动人。

"答应我，你会向我显灵。"我恳求着，伸手去抓他那只怪异的大手。他把手猛地抽走。"为我不容忽视地显一次灵，而且不止一次，让我知道你仍然在这里，让我知道那边也有生命。好吗？答应我，你无论怎样都会向我显灵，为我出乎意料地显一次灵。这样我就会知道你在保佑我。一次会让我注意到的显灵，好吗？求你了，你会答应吗？"

"去叫我妻子。"他对护士说。

等我母亲进来时，他摁了一下吗啡输液管上的那个按钮。

"有什么遗言吗？"我母亲问。

"我希望这一切都是值得的。"他回答道。在他生命中剩余的时间里——大约四个小时——我坐在椅子上哭，而我母亲在厨房里喝得酩酊大醉，不时把头探进来看他是否死掉。

终于，他死了。

"时候到了，对吧？"我母亲问。

护士摸了摸他的脉搏，然后把毯子拉起来盖住他的头。

这段回忆本来应该在我心里激起些许悲痛。它本来应该重新点燃我的悲伤之情。可是它没有。此刻，在雷娃的床上想起所有这一切，我几乎什么感觉都没有。我只是对床垫的凹凸不平，以及每次翻身时睡袋发出嘈杂的"沙沙"声，感到有点儿恼怒。楼上，雷娃的亲戚们把电视音量开得很大。《法律与秩序》节目里那种令人紧张的音效透过地板在下面发出回响。

自从埋葬我母亲后，我就没参加过葬礼，那差不多是整整七年前的事情了。她的葬礼是在殡仪馆的小礼拜堂举行的，很快就结束了，也不太正式。送葬的客人几乎连前面几排座位都没填满——只有我和我父亲的妹妹，几位邻居，还有管家。我母亲地址簿上的名字尽是些医生——她的和我父亲的。我中学的艺术课老师也在那里。"别让这事把你压倒，亲爱的。"他说，"如果你需要依靠一位成年人，可以随时打电话给我。"我从未给他打电话。

相反，我父亲的葬礼则是真正的隆重至极。他们把葬礼上的活动安排印刷出来，其中包括长篇大论的演说。人们从全国各地飞来向他致敬。他任教的那所大学礼拜堂的座椅没有垫子，我屁股上的骨头在坚硬的木头上磕来磕去。我坐在母亲旁边，就在前排座椅上，试图忽略她的叹息和清喉咙的声音。她抹了那么厚的灰白色唇膏，它们都开始融化并顺着她的下巴往下流了。当那所大学的校长宣布，科学系将设立一个以父亲的名字命名的研究员席位时，母亲发出一声呻吟。我伸手抓住她的手，紧紧握住。这样的举动真是胆大妄为，不过我以为我们现在或许已经建立起亲密关系，因为拥有这么大的共同之处——共同分享一个死人的姓氏。她的手冰凉，瘦骨嶙峋，就像父亲几天前躺在病床上奄奄一息时的手。现在看来，那对我来说是一个明显的不祥之兆，但我当时没有往这里想。没几分钟，她就松开我的手，从手袋里掏摸她那个小药盒。我不知道她那天到底吃了什么药——我想是一种抗抑郁药。在举行仪式期间，她在礼拜堂里一直穿着外套，烦躁不安地摆弄她的长筒袜、她的头发，每当听见有谁叹息、抽泣或低声耳语时，她都会朝着我们后面拥挤的座椅投去恶狠狠的一瞥。我感觉那几个小时无比漫长，等候每个人抵达，坐在那里挨过一个个刻板的程序。我母亲也有同样的感觉。"这就像在等待一列开往地狱的列车。"她在其中一刻低声说道，不是直接对我说，而是仰头对着礼拜堂的天花板说，"我已经精疲力竭。"不管是通往地狱的快车道、慢车道，还是特快巴士、出租车、小划艇，或者头等车厢的车票，地狱是她的比喻中唯一的目的地。

等到人们站起来说一些赞美我父亲的话时，她瞪着那些在过道里排队的人。

"他们以为自己现在很特殊，因为他们认识某个死掉的人。"她翻了个白眼，那对发红的眼球飞快地转来转去，"这让他们感觉自己很重要。**自大狂**。"我父亲的朋友、同行、同事和忠心耿耿的学生们在讲坛上充满感情地说起他。人们哭泣着。我母亲局促不安。我能够看到我们的身影映在面前那台灵柩光滑的表面上。我们俩不过是两颗飘浮不定、紧张不安的苍白脑袋。

我在雷娃的床上无法入睡，这是一次注定失败的行动。

我决定冲个澡，于是从床上爬起来，脱掉衣服，"咯吱"一声打开水龙头开关，看着浴室逐渐充满蒸汽。自从我开始成天睡觉以来，我的身体就变得非常消瘦。我的肌肉变得软塌塌的。穿上衣服，我仍然看起来不错，脱掉衣服后看起来却很脆弱、怪异。肋骨向外突出，臀部上有一条条皱纹，肚子周围的皮肤松松垮垮。我的锁骨高高凸起，膝盖显得很粗大。在那一刻，我身上全是凸起的尖角。胳膊肘、锁骨、臀尖、脖子上多节的颈椎骨。我的身体就像一具需要用砂纸打磨的木雕。雷娃如果看到我的裸体变成这样，肯定会吓坏的。"你看起来就像个骷髅。你看起来像凯特·摩丝[1]，**不公平**。"她会这么说。

雷娃只有一次看到我全裸的身体，是在东十街的那家俄式澡堂里。但那是一年半以前的事了，在我开始"睡眠节食"——雷娃会那样描述我的"休眠"——之前。她想在参加汉普顿为独立日举行的泳池派对前"减肥"。

"我知道自己流汗减掉的只是水分的重量。"雷娃说，"但也算是不错的权宜之计了。"

---

[1] 20世纪90年代英国传奇超模，身形极瘦，甚至有种病态美。

那个澡堂每星期都有一天只向女性开放，我们就是那天去的。大多数女孩都穿着比基尼。雷娃穿着一身连体泳衣，每次站起来都在臀部围上一条浴巾。我觉得那样很傻，于是就赤身裸体。

"你干吗那么保守呢，雷娃？"当我们在冷水池里休息时我问她，"周围又没有男人。没人会色眯眯地盯着你。"

"不是因为男人，"她说，"**女人们**喜欢对人评头论足。她们总是互相比较。"

"可是你干吗要在乎她们？这又不是比赛。"

"这就是比赛。你看不到这一点不过是因为你一直都是赢家。"

"太荒谬了。"我说。但我知道雷娃说得对。我是个身材火爆的浑蛋。人们总是告诉我说我看起来像安贝·瓦莱塔[1]。当然，雷娃也很漂亮。她看起来就像詹妮弗·安妮斯顿和柯特妮·考克斯的混合体。当时我没告诉她这个。如果她知道如何放松自己，她看起来会更漂亮。"冷静，"我说，"这又没什么大不了的。你以为人们会因为你看起来不像个超模，就对你说三道四？"

"在这个城市，人们就是从外貌开始评价一个人的。"

"你那么在乎人们怎么看你做什么呢？纽约人是些浑球。"

"我就是**在乎**，好吗？我希望融入这座城市。我想过上更好的生活。"

"我的天，雷娃。那真可悲。"

---

[1] 美国著名超模、演员。

然后她就站起来，消失在蒸汽浴室里的桉树水汽中。那是我们之间的一次温和的小冲突，是数百次类似的冲突之一，每次都涉及我不在乎自己的天生美貌是多么傲慢。唉，雷娃。

雷娃地下室卫生间里的淋浴间很小，装着灰色的毛玻璃。里面没有肥皂，只有一瓶宝洁公司的普瑞尔洗发露。我洗了洗头发，待在淋浴头喷出的水下面，直到水变凉。从里面出来时，我能够透过天花板听到电视台主播大声播报新闻的声音。雷娃给我留在水槽上的毛巾是粉红色和碧绿色的，闻起来有股微微的霉味。我擦掉镜子上的雾气，再次看着镜中的自己。我的头发披散在脖子上。也许我应该把它再剪短一些，我想。也许我会喜欢那样的发型，男孩式的短发。**女顽童**。我看起来会像伊迪·塞奇威克。"你看起来像查理兹·塞隆。"雷娃看见了会这么说。我用浴巾把自己裹起来，重新躺回床上。

还有另外一些事情可能会让我悲伤。我想起电影《莫负当年情》《钢木兰》，小马丁·路德·金遇刺，里弗·菲尼克斯在蝮蛇夜店前的人行道上死去，《苏菲的抉择》《人鬼情未了》《外星人 E.T.》《街区男孩》、艾滋病、安妮·弗兰克。《小鹿斑比》很悲伤，《美国鼠谭》和《小脚板走天涯》也很悲伤。我想起《紫色》，当内蒂被逐出家门时，她不得不把西莉留在那所房子里，让后者成为那个虐待狂丈夫的奴隶。"除了死亡，没有什么能够让我离开她！"那真是悲伤的一幕，本来应该激起我的伤感，但我没法哭。它们没有一样能够真正深入我的内心，并摁下那个控制我"悲痛欲绝"的按钮。

但我还是不断尝试着。

我想起父亲的葬礼那天,我穿着一身黑色连衣裙,对着镜子梳头发,一点点地清理皮肤上的角质层,直到那里流血;走下楼梯时,我因为泪眼婆娑而视线模糊,差点儿绊一个跟头;在我驾着母亲那辆特兰斯-艾姆车送她到大学礼拜堂的途中,片片秋叶从车旁纷纷飘落,朦朦胧胧;我们母女两人之间的空间弥漫着她喷出的弗吉尼亚淑女烟的烟雾,纠结盘绕,如同淡青色的缎带;而她跟我说不要打开车窗,因为风会吹乱她的头发。

可我仍然没有一丝悲痛。

"我感到非常难过。"佩姬在我父亲的葬礼上翻来覆去地说。她是我母亲最终剩下的唯一朋友——当然是雷娃那一类型的朋友。她住在一所荷兰殖民时代风格的淡紫色房子里,位于我父母住所附近的一个街角。她家的前院在夏季开满野花,到了冬天,她那两个年幼的儿子会在里面堆出胖乎乎的雪人和城堡,前面的大门上悬挂着破烂的藏式风马旗,房前屋后有很多风铃,还有一棵樱桃树。我父亲把它称为"嬉皮之家"。我感觉佩姬不是很聪明,我母亲也不是真的喜欢她。可是佩姬给了我母亲大量的怜悯,而我母亲喜欢怜悯。

父亲的葬礼结束之后,我在家里待了一个星期。我想做我以为自己应该做的事情——哀悼。我在电影上看到过这样的情景——镜子被罩上,老爷钟安静下来,无精打采的午后,屋里一片寂静，只有抽泣声，以及某个穿着围裙的人从厨房里出来说"你应该吃点东西"时踩过旧地板发出的"咯吱咯吱"声。而且我需要一位母亲。我可以承认这一点，我需要她在我哭泣时搂着我，给我端来一杯杯热牛奶和蜂蜜，拿来舒适的拖鞋，帮我租来录像带并陪着我一起看，还为我叫中餐和比萨外卖。当然，我没有告诉她这就是我需要的。她通常都关着卧室房门，在床上醉得不省人事。

那个星期也有几次会有客人登门拜访，我母亲会做一下头发，化化妆，在屋里喷喷空气清新剂，把百叶窗打开。她每天都会接到佩姬打来的两个电话："我很好，佩姬。不，不用过来。我要洗个澡再小睡一会儿。星期天？好的，不过请先打个电话。"

到了下午，我会驾车出去，漫无目的地兜风，要么到购物广场或超市去。母亲给我一张张购物清单，外加一张留给酒类商店店员的字条："这女孩是我女儿，我允许她买酒。如果你需要验证她的身份，请致电……"我为她买来伏特加、威士忌和预调酒。我不认为她存在任何真正的危险。她已经大量饮酒多年。也许，通过给她购买烈酒来协助她自我毁灭，我真的感到某种快意，但我并不希望我母亲去死。不是这样的。我记得，有天下午，当我躺在地板上啜泣时，她从自己的房间里出来，从我身边走过。她走进厨房，开了一张支票给管家，从冰柜里取出一瓶伏特加，告诉我把电视机的音量调低一点儿，然后就回她的房间去了。

那是最糟糕的一刻。我心烦意乱，无法准确地描述我的"情况"如何，而且也没人打电话问我。我在学校里认识的每个人都恨我，因为我长得非常漂亮。回想起来，雷娃堪称勇敢：她是唯一真正敢于尝试了解我的朋友。直到那年年末，我们才成为朋友。在我哀悼父亲的那周剩余的时间里，我的情绪超出了我能够辨识的标准类型。在这一刻我还像黑白默片那样晦暗，下一刻就变得如同特艺彩色[1]电影，华而不实，并且荒谬可笑。我感觉自己就像在"嗑药"似的，尽管我什么药都没吃。在那个星期，我甚至什么都不喝，直到我父亲大学里有个人到我家拜访，他是普鲁申科教授，我父亲的同事之一，我母亲试着招待他。

普鲁申科教授打着吊唁的幌子，带着一块从商店购买的圆环蛋糕和一瓶波兰白兰地到来。他来是为了说服我母亲把我父亲的论文交给他。我有一种感觉，他想要的东西是父亲原本不乐意给他的。我觉得自己有责任保持警惕，确保这家伙不会利用我母亲的脆弱状态。显然这人已经认识我父母多年。

"你长得真像你母亲。"那天晚上他色眯眯地看着我说。他的皮肤是纸板箱那样的颜色，暗淡无光，他的嘴唇有种诡异的红润与柔和。他穿了一件带有条纹的灰色西装，闻起来有股古龙水的甜香。

"我女儿才十九岁。"母亲嘲弄地说，并非为了保护我不受其色欲伤害。她在夸夸其谈，其实那时我已经二十岁了。

---

[1] 特艺彩色是一种发明于20世纪20年代，用于拍摄彩色电影的技术。——编者注

当然，我们没有晚餐可招待他——我母亲没法提供晚餐——不过我们有各种饮料。母亲准许我喝酒。喝了几杯后，那家伙来到沙发上，坐在我们母女之间。他谈起父亲为一代代未来的科学家做出了无法估量的贡献，能够如此亲密地在我父亲身边工作是多么荣幸："通过他的学生及他的论文，他留下了宝贵的遗产。我来是想确保那些成果不会被忽视。那是珍贵的资料，必须深思熟虑地处理。"

到这时，我母亲几乎已经说不出话来。她总算流出一滴眼泪，在她的妆容上留下一条黏黏糊糊的灰色印迹。那家伙用一只胳膊搂住她的肩膀。"哦，可怜的人，这真是不幸的损失。他是个了不起的人。我知道他有多么爱你。"我猜母亲已经悲不自胜，已经酩酊大醉，或者被药弄得稀里糊涂，她都没看见，在谈话过程中的某一刻，这家伙的另一只胳膊像条蛇一样从他的膝盖溜到我的膝盖上。我也醉醺醺的，但我一动不动。当我母亲站起身去上厕所，留下我们俩单独坐在沙发上时，我感觉有人吻了一下我的额头，一个手指顺着我的脖子往下摸，碰到了我的左乳头。我知道他在干吗，但我没有反抗。"你个小可怜。"

我母亲回到起居室，在地毯边缘被绊了一下，这时，我的乳头仍然直挺挺地勃起着。

我父亲把一切都留给了我母亲，包括他的研究资料。她去世后，就由我到他们住所收拾东西，把一个个箱子拖进地下室。他的那个同事没有看到他的哪怕一页论文。当时我还不清楚自己任凭那家伙吻我是想换得什么。也许是换得我母亲的尊严,或者,也许我只是想要一点点激情。当时我和特雷弗已经闹翻脸几个月了。我没打电话告诉他我父亲去世的消息,想留着以后告诉他,这样他就会感到很内疚。

在被亲吻的第二天早上,我打电话叫了辆出租车送我去火车站。我没叫醒母亲告诉她我要回学校,我也没给她留字条。一个星期过去了,她没有打电话。当她"出事"时——医院的人是这么说的——发现她的人是佩姬。

"亲爱的,"她在电话里说,"她仍然活着,但医生们说你应该尽快赶过来。我真的、真的很难过。"

我的膝盖没有发软,我也没有倒在地上。我待在女生联谊会的楼里,能够听见女孩子们在厨房里做饭,叽叽喳喳地谈论自己的无脂饮食,以及如何避免在健身中心练出一块块肌肉。

"谢谢你通知我。"我告诉佩姬。她还在呜咽和抽泣。我没把家里发生的事情告诉女生联谊会的任何人,我不想应付由此招来的各种轻侮。

我花了几乎一整天才到达医院。在火车上,我为一门有关艺术家贺加斯的课程写好了论文的终稿。我有点儿希望母亲在我到达医院之前就死掉。

"她知道你在这里。"在病房里,佩姬这么说。我知道那并非事实。我母亲已经处于弥留状态,她已经失去知觉。每过一会儿,她的左眼就会眨巴几下睁开——清澈而呆滞的蓝眼睛,已经失明,显得惊恐、空洞，没有丝毫灵气。我记得自己在病房里注意到，她发根的发色开始露出来了。从我能记事时起，她就不遗余力地让头发保持淡金色，但她的自然发色已经显露出来，那是更暖的色泽——蜜黄色，跟我的头发颜色一样。我以前从未见过她真正的发色。

母亲在昏迷的状态下又活了整整三天。即使她喉咙里插着管子，脸上贴着连接呼吸机的胶布，她仍然很漂亮，仍然端庄整洁。"她的器官正逐步走向衰竭。"医生解释说。系统衰竭。他向我保证她什么都感觉不到。她已经脑死亡，不会思考、做梦或感受到任何东西，甚至连她自己的死亡也感受不到。他们关掉她的机器，我坐在那里，等待着，望着监视屏发出"嘀嘀"声，然后静止不动。她没有安息，她并未处于安宁状态。她已经处于无所谓状态，无所谓存在。望着他们用被单盖住她的头，我想，获得安宁的是我。

"哦，亲爱的，我是那么那么地难过。"佩姬啜泣着拥抱我，"可怜的孩子。你这个可怜可爱的小孤儿。"

跟我母亲不同，我讨厌别人的同情。

当然，从这些回忆中我不会收获任何新东西。我无法让母亲起死回生并惩罚她。她在我们能够真正谈谈心之前就自我了断了。我想知道她是否嫉妒我父亲，因为有那么多人参加他的葬礼。她留下了一张字条，是我从医院回家的那天晚上在房子里找到的。佩姬开车把我送了回去。我心如止水，无动于衷。那张字条放在我父亲的书桌上，写在一张从黄色拍纸簿上撕下来的纸上。她从一些黑体的大写字母开始写起，但到末尾就变成了紧紧绷绷而又毛毛糙糙的草书。这封遗书毫无新意。她感觉自己无法应付生活，她写道，她感觉自己像个外星人、怪人，清醒的意识让她无法忍受，她害怕自己会发疯。"永别了。"她写道，然后列出了她认识的人的名单。在这份包含二十五人的名单上，我排在第六位。我认出了其中一些名字——早就受到冷落的闺密、她的医生和发型师。我瞒下了这张字条，没给任何人看。在随后的那些年里，当我偶尔感觉自己被遗弃、觉得恐惧、听见自己脑子里有个声音说"我想要妈妈"时，我就会把那张字条拿出来读一遍，提醒自己别忘了她到底是个什么样的人，她对我是多么地漠不关心。这很有用。我发现，拒绝是幻想的唯一解药。

我母亲跟我最终的情形很像——独生女，父母双亡，因此她没有留下什么家人给我应付。我姑妈在圣诞节期间飞回国来，从那所房子里拿走了她需要的一切——几本书和银器。她穿着色彩鲜艳的塞拉普纹样的服装，围着边缘缀有流苏的丝绸披肩，但她跟我父亲一样对生活抱着怀疑主义的态度。她似乎并不为失去自己的兄弟而悲伤，却对"有毒废弃物"感到愤怒。她说："一千年前人们不会得癌症。都是因为那些化学物质，它们无所不在，在空气中，在食品中，在我们喝的水里。"我告诉她，母亲去世令我松了口气，但希望我父亲能够坚持得更久一点儿，至少帮我照料这所房子，把家里的东西整理好，她不断点头附和。我猜这对我还是有所帮助的。当她待在我家的时候，我努力打理好家中的一切。

在她走后，我在那所房子里独自待了几天，细细端详我童年时代的相册，为我母亲那堆尚未打开包装的连裤袜而啜泣。我为父亲临死前穿的睡衣裤，为他床头桌上那些书页已经卷起的西奥多·罗斯福和约瑟夫·门格勒的传记，为他最喜欢的裤子的裤兜里一枚已经发绿的五美分硬币，为他临死前几个月因病情加重、身体日渐消瘦而不得不在皮带上钻更多的孔哭泣。

没有什么大悲大恸，一切都很平静。

我想象，如果母亲现在突然出现在雷娃的地下室里，我会对她说些什么？我想象她对这里的各种廉价物品和空气中的霉味嗤之以鼻。我想不出有什么话可问她的。我没有什么表达愤怒或悲伤的强烈冲动。在我们之间那一席假想的对话中，我能说的只有一句"哈喽"。

我起床，在雷娃衣橱里的一个纸板箱里摸索。在她高中毕业那年的年刊中，我只找到一张她的照片，标准的半身像。她的脸从一排排无趣的面孔中脱颖而出。她有浓密的鬈发，丰满的面颊，过度拔除的眉毛像弯曲的箭头一样赫然出现在她额头上，深色的唇膏，浓浓的黑色眼线。她的目光稍微有点儿失焦，模模糊糊，闷闷不乐，若有所思。她看起来就像，在离家去上大学之前是个更有趣的人——一个"哥特女孩"、怪咖、叛逆者、落选者、少年犯、流浪汉、大笨蛋。据我所知，她其实是个"跟屁虫"、平民、顽固分子、盲从者。不过，她看起来似乎在中学时拥有丰富、隐秘的内心生活。长岛人通常热衷于在黄昏聚会中狂喝滥饮，玩桌上足球，她的欲望是这里无法满足的。我推断，雷娃就因为这个才搬到曼哈顿来上大学，并决定要尝试着融入——变得苗条、漂亮，就像其他苗条、漂亮的女孩那样说话。难怪她希望我成为她最好的朋友。也许她上中学时最好的朋友是一个怪人，就像她一样。也许她那个朋友有某种残障——缺了一只胳膊，患有抽动症，戴着厚厚的圆框眼镜，秃顶。我想象她们俩一起待在那间位于地下室的阴暗卧室里听音乐："快乐小分队"和"苏可西与女妖"乐队。想到雷娃处于情绪低落状态，而且除了我之外她还会依赖别的人，我就感到有点儿嫉妒。

母亲的葬礼结束后，我回到学校。我在女生联谊会的姐妹们没有问我是否还好、我想不想跟她们谈谈心。她们全都避开我。只有少数几个从我的房门底下塞进来几张字条。"你经历了这些事，我好难过！"当然，可以不用在一群高高在上的年轻女孩面前丢脸，我也感激不尽，她们很可能曾经因为我"不够开放"而羞辱过我。她们不是我的朋友。那一年，雷娃和我一起上法语课。我们俩是练习对话的伙伴，当我离开后，她会帮我做笔记；等我回来后，她也不害怕问我问题。在课堂上，她会撇开课程内容，用结结巴巴的蹩脚法语问我过得怎么样，发生了什么事情，我是否觉得悲伤或愤怒，我是否愿意跟她一起到教室外面用英语说说话。我同意了。她想知道我失去双亲的整个痛苦经历中的每一个细节，听我倾诉自己收获的那些深刻的见解，以及我感觉如何、我是怎样服丧的。我把大致的情况告诉了她。跟雷娃讲述自己的不幸让我感觉不到痛苦。她希望每个人都"朝积极的一面想"。不过至少她关心我。

大四时，我从女生联谊会的宿舍搬出来，跟雷娃一起住进一栋校外宿舍的两居室套间里。住在一起巩固了我们之间的关系。我扮演那个头脑空虚、倍感压抑的忧郁角色，而她则是那个有强迫症的碎嘴子，总是敲我的门，问一些随意的问题，找借口跟我聊天。那一年，我有很多时候都是望着天花板，试图用有关虚无的想法抹除想死的念头。雷娃的频频干扰很可能阻止了我跳出窗户一死了之。"咚咚！""咚咚！""休息一下聊聊天？"她喜欢查看我的衣橱，翻翻价签，检查我用自己继承的遗产买的所有衣服的尺码。我不小心陷入了某种存在主义蛀孔，而她对物质世界的痴迷则将我从里面拉了出来。

雷娃每晚从餐厅回来后都会把食物呕吐出来，我从未因为自己能够听到她的呕吐声而跟她闹翻。在家里，她只吃无糖的迷你酸奶酪和蘸着黄色芥末酱的小胡萝卜。因为吃了太多胡萝卜，她的手指都是橘黄色的。几十个迷你酸奶酪盒子在垃圾桶里"咔嗒"作响。

那年春天，我戴着耳塞在这座城市久久漫步。耳朵里只回响着自己的呼吸声，吞咽唾沫时黏液在我喉咙里滚动的声音，眨眼的声音，心脏"扑通"跳动的微弱声音，我感觉心情会好一些。

在一个个阴郁的日子里，我把时间花在低头望着人行道发呆、翘课、购买自己从未穿戴过的东西上；我甚至花上一大笔钱，让一个男同性恋者把一根管子捅进我的肛门，揉搓我的胃，跟我说一旦把大肠清理干净我会感觉多么舒服，然后我们一起望着粪便碎屑从那条输出污物的管子流过。他的声音温柔而充满热情。他会说："你做得很棒，宝贝儿。"我还找人给我去面部的死皮，给我修脚、按摩、用蜡拔除腿毛、美发，做的次数比我需要的更多。我猜，那就是我哀悼父母的方式。我付钱给陌生人来让自己感觉舒服些。如果我是男的，我可能会花天酒地。我觉得，几年之后塔特尔医生扮演的角色就跟这差不多——一个给我喂食催眠药的妓女。如果有什么事会让我哭，那就是想起自己会失去塔特尔医生。如果她被吊销执照怎么办？如果她突然一命呜呼怎么办？没有了她，我怎么办？于是，在雷娃这间位于地下室的卧室里，我终于感觉到了一丝悲伤。我能够感觉它卡在我喉咙里，就像一根鸡骨头卡在气管里一样。我猜自己是爱着塔特尔医生的。我从床上爬起来，到浴室接了些水龙头里的水喝，又回到床上。

几分钟后，雷娃来敲门了。

"我给你带了些乳蛋饼来。"她说，"我可以进来吗？"

雷娃现在穿着一件很大的红色羊毛袍子。她已经做好头发，化好了妆。我仍然围着浴巾，躺在睡袋里。当雷娃坐在床边的时候，我拿起乳蛋饼吃掉了。她唠唠叨叨地说起她母亲，说她从未欣赏过她母亲的艺术天赋。这将是一个漫长的下午。

"她本来会出名的,你知道吗?但在她那一代,人们期望女人待在家里做个贤妻良母。就为了我,她放弃了自己的生活。不过她的水彩画令人惊讶。你不这么认为吗?"

"是的,对业余爱好者来说,这些水彩画算是画得不错的了。"我说。

"洗个澡感觉怎么样?"

"没有肥皂。"我说,"你找到适合我穿的鞋子没?"

"你应该自己到楼上去找。"雷娃说。

"我真的不想去。"

"你就上楼去挑双鞋子吧。我不知道你需要什么。"

我拒绝了。

"你是打算让我重新回到楼上去吗?"

"你说你会带几双鞋子来让我挑的。"

"看到她衣橱里面的东西我就受不了。这太痛苦了。你就不能自己去找吗?"

"不,那样会弄得我很不舒服,雷娃。那我就只能待在这里了,我想,如果你不怕错过葬礼的话。"

我放下那只乳蛋饼。

"好吧,好吧,那我去吧,"雷娃叹了口气,"你需要什么?"

"鞋子,长筒袜,衬衣之类的。"

"什么类型的衬衣?"

"黑色的吧,我想。"

"好吧,不过如果你不喜欢我拿下来的东西,可别怪我。"

"我不会怪你的,雷娃。我不在乎。"

"千万别怪我。"她又重复了一遍。

她站起身来,在她刚刚坐过的地方留下一些细小的绒毛。我从床上爬起来,看了一眼我那只博洛茗的购物袋里面。那套女装是用僵硬的人造纤维做的。那串项链绝不是我喜欢戴的类型。"因服迷多"似乎破坏了我平常对这些东西的良好品位,不过我倒是对那件白色的裘皮大衣有点儿兴趣。它颇有个性。我想知道,做这件大衣得杀掉多少只狐狸?他们怎样杀才能避免它们的血把皮毛弄脏?我想,也许徐平能够回答后面这个问题。要把一只活生生的北极狐冻死,那温度得有多低呢?我撕掉胸罩和内裤上的标签,将它们穿上。我的毛发把内裤撑得鼓胀起来。这是个不错的玩笑——性感内裤配上一大丛毛发。我希望能用自己那台宝丽来相机把这个形象拍下来。这个愿望中体现的轻松愉快令我心里一颤,有那么一瞬间,我感觉到了快乐,可是接下来我就觉得精疲力竭了。

雷娃抱着满满一包鞋子、衬衣和一袋来自二十世纪八十年代、尚未打开的肉色尼龙袜回来了。我把那串项链递给她。

"我给你买了点儿东西,"我说,"来吊慰你。"

雷娃把那堆东西丢到床上,打开那个盒子。她的眼里充满泪水——就像在电影里一样——然后她给了我一个拥抱。这是一个温暖的拥抱。雷娃一直很善于拥抱。在她怀里,我感觉自己像一只举起前足摆出祈祷姿势的螳螂。她那件袍子上的羊毛很柔软，闻起来有股宝洁公司当妮织物柔顺剂的气味。我试图将她推开，可她把我抱得更紧了。等她终于把我放开时，她已经又哭又笑了。她抽泣着，又笑了起来。

"它很漂亮。谢谢。真的很暖心。抱歉。"说着，她用袖子擦擦鼻子。她戴上项链，把那件袍子的领子往外拉了一下，审视着自己在镜子中的脖子。她的微笑变得虚假了："你知道的，我觉得你不能以这种方式使用'吊慰'这个词。我认为你可以'对某人**表示吊慰**'，可是你不能'吊慰'某个人。"

"不，雷娃。吊慰你的**不是我**，是那串项链。"

"不过我觉得那个词用在这里不合适。你可以'安慰'某个人。"

"不，你不能。"我说，"不管怎样，你知道我的意思。"

"它很漂亮。"雷娃摸着项链又说道，这次语气单调。她指着自己拿下来的那堆黑色的衣物，"我就找到这些，希望它们适合你。"

她从衣橱里取出自己的衣服，到浴室里换了。我穿上那条连裤袜，在那些鞋子中挑挑拣拣，找到一双合脚的；又从那堆衬衣中抽出一件黑色的高翻领毛衣穿上，然后穿上套装。"你有梳子可以借我用用吗？"

雷娃打开浴室的门，递给我一把旧梳子，带有长长的木头柄。梳子背上有一个刮出来的污点。我把它举到灯光下，能够辨认出一些牙印。我闻了闻,但没闻出呕吐物的气味,只有雷娃的椰子护手霜的气味。

"我以前都没见过你穿套装。"雷娃从浴室里出来后呆板地说。她穿的那套女装很贴身,中间有一道深深的开口。"你看起来真的很棒,"她对我说,"你剪头发了吗?"

"唔。"说着,我把梳子递还给她。

我们穿上外套,然后上楼去。谢天谢地,起居室里空无一人。我给自己那只麦当劳的杯子再次倒满咖啡,而雷娃则站在冰柜旁,将蒸熟的冷西蓝花一勺勺填进嘴里。天上又在下雪了。

"我警告你,"雷娃擦擦手说,"我会号啕大哭的。"

"你不这样我才奇怪呢。"我说。

"我哭的时候看起来那么丑,可是肯说他会去那里。"她第二次告诉我这件事,"我知道我们应该等到元旦之后再举行葬礼。倒不是因为这对我妈妈来说有什么差别,她已经火化了。"

"你跟我说过了。"

"我会尽量不哭得太伤心。"她说,"泪流满面也没啥,不过我的脸会**浮肿**得很厉害。"她把手伸进一盒舒洁面巾纸里,抽出一摞,"你知道的,从某种程度上说,我很高兴我们不用给她涂防腐剂。那简直令人毛骨悚然。不管怎样,她已经是皮包骨头了,很可能只有我现在一半的体重。嗯,也许不是刚好一半。可是她真的超级瘦。甚至比凯特·摩丝还瘦。"她将那些纸巾塞进外衣口袋里,关掉灯。

我们走出厨房，进入车库。里面有一层层摆着工具、花盆和滑雪靴的架子，几辆旧自行车，一个角落里放着一台冷藏柜，一堆蓝色的塑料储物箱顺着一面墙堆放着。"它没锁，"雷娃指着一辆银色的小型丰田车说，"这是我妈妈的车子。我昨晚启动过它，但愿现在我能再次将它启动。显然她一直在开这辆车。"车里的气味闻起来有点儿像薄荷软膏。仪表板上有一只北极熊摇头娃娃，副驾驶座上有一本《纽约客》杂志和一瓶护手霜。雷娃启动车子，叹了口气，按了一下别在车窗遮阳板上的车库门遥控器，然后开始哭起来。

"看到没？我警告过你，"说着，她掏出那团纸巾，"我要在车子预热的时候哭一哭。就一秒钟。"她说。她继续哭着，身体在那件蓬松的外套下微微颤抖。

"好了，好了。"我吞下一口咖啡说。我已经对雷娃感到强烈厌烦了。我感觉我们的友谊将就此结束。在不久的将来，我的残酷就会表现得很过火。既然雷娃的母亲已经去世，她就会清除自己脑子里那些肤浅的无稽之谈。她很可能会恢复治疗。她会意识到我们没有什么站得住脚的理由来成为朋友，她永远不会从我这里得到她需要的东西。她会给我写一封很长的信，解释她的憎恶，她的错误，解释她为了继续自己的生活不得不对我放手。我都能够想象出她的措辞："我逐渐意识到我们的友谊不再对我有益"——她的治疗师会教她这么说——"这并不是对你的批评。"不过这当然与我有关：我就是她描述的友谊中的那个朋友。

当我们驱车穿过法明代尔，我在脑子里想着怎么回复她那封未来的"绝交信"。"我收到你的短笺了，"我会这么开头，"你让我从大学时代以来对你产生的认识更加坚定。"我试着想象自己能够对人说出什么最刻薄的话。什么才是最残酷、最尖刻、最真实的呢？有必要把它说出来吗？雷娃是个无害的人。她不是坏人。她并没有做什么伤害我的事。我才是那个满怀厌恶的人，穿着她已故母亲的鞋子坐在这里。"永别了。"

在那天剩余的时间里，在所罗门·舒尔茨殡仪馆举行仪式的整个过程中，我都待在雷娃身边，却感觉自己仿佛是在远处观察她。我开始觉得奇怪——本质上并非为她的痛苦而内疚，但是不管怎样总觉得责任在我。我觉得她仿佛是个陌生人，被我的汽车撞倒，我在等着她一命呜呼，这样她就无法指证我了。当她说话的时候，我感觉就像在看一部电影。"那就是肯，在那边。看到他老婆没有？"摄像机从一排排座椅上空摇过，瞄准一个拥有一半亚裔血统的漂亮女人，她脸上长着雀斑，戴着一顶黑色的贝雷帽。"我不想让他看见我这个样子。我干吗邀请他？我都不知道自己当时是怎么想的。"

"别担心，他不会因为你在葬礼上这么悲伤就炒你鱿鱼。"我只想出这么一句话。

雷娃深深地吸了口气，点点头，用纸巾轻轻沾了沾眼睛。当一个穿着黑色穆穆袍的胖女人吃力地登上舞台时，她说："那是我妈妈的朋友，来自克利夫兰。"那个女人唱了一首电影《悲惨世界》的插曲《形单影只》，原本是一首无伴奏合唱。望着这一幕真是痛苦。雷娃哭个没完没了。沾着睫毛膏的纸巾像弄皱的墨迹测验[1]试纸一样堆在她的怀里。一群人上去说了些赞美雷娃母亲的话。有几个开了开玩笑，有几个在上面不知羞耻地哭倒过去。人人都认为雷娃的母亲是个好女人，她的去世令人悲痛，可是生命是神秘的，死亡更加如此，想那么多有什么用呢，因此让我们记住那些美好的时光吧——至少她曾经活过一场。她一直很勇敢，一直很慷慨。她是个贤妻良母，是一个好厨师和好园丁。"我太太唯一的遗愿是希望我们很快向前看，快快乐乐地活着。"雷娃的父亲说，"每个人都已经说了那么多有关她的事情。"他望着人群耸耸肩，然后似乎觉得狼狈，脸红了，但他没有突然泪如泉涌，而是开始对着麦克风咳嗽。雷娃捂住耳朵，有人给她父亲端去一杯水，扶着他回到自己的座位上。

接着就轮到雷娃说话了。她打开化妆镜看了看自己的妆容，在鼻子上扑了点儿粉，用纸巾飞快地擦了擦眼睛，然后站起身，来到讲坛前，照着小纸片上写的一行行字读起来，一边抽泣，一边把纸片翻来翻去。听起来，她那些话就像是拿着一张贺卡照本宣科。读到一半，她停下来，低头望着我，仿佛是希望获得我的

---

[1] 墨迹测验全称罗夏墨迹测验，是一项著名的人格测验。受试者通过观察十张有墨迹的卡片，回答他们最初认为卡片看起来像什么以及后来觉得像什么，心理学家根据回答来判断受试者的人格和状态。——编者注

赞许。我对她竖起大拇指。"她是个多才多艺的女人,"雷娃说,"她启发我寻找自己的人生道路。"她继续说了一会儿,提到那些水彩画、她母亲对上帝的信仰。随后,她似乎卡壳了。"老实说……"她又开始说道,"这就像,你们知道的……"她微笑着道了个歉,用手盖住脸,回到我旁边坐了下来。

"我是不是看起来像个彻头彻尾的白痴?"她低声说。

我摇摇头表示否定,然后用一只胳膊搂着她。我居然做这么尴尬的事情,而且坐在那里直到葬礼结束,这个奇怪的年轻女人在绝望中挣扎,颤抖着依偎在我怀里。

. . .

随后的招待会在雷娃家里举行。待在那里的是同样一批中年女人,同样一批秃顶的男人,只是人数更多。当我们走进屋里时,似乎没人注意到我们。

"我饿死了。"雷娃说着直接走进厨房。

我迈着沉重的步子重新进入地下室,陷入某种半梦半醒的状态中。

我思索着到底是什么下意识的冲动让我踏上开往法明代尔的火车。看到雷娃在她特有的模式中完全绽放,我感到既高兴又厌恶。她的压抑,她那种一目了然的抵赖,她在车里徒劳地试图与我的痛苦产生共鸣,这一切都在某种程度上让我心满意足。雷娃努力追求一种我自己难以企及的渴望。望着她掏出自己内心深处真诚的痛苦，然后又如此准确地将它表达出来，从而破坏那种痛苦，这让我有理由认为雷娃是个白痴，因此我能够忽视她的痛苦，随之也忽视我自己的痛苦。雷娃就像我服用的那些药品。它们把一切，甚至仇恨，甚至爱，都变成无关紧要的东西，让我能够迅速地将它们弃之脑后。而那正是我需要的，我的情感就像车辆的前灯灯光一样，透过一道窗户轻轻地照进来，从我身边一扫而过，照亮了某种隐隐约约有些熟悉的东西，然后消失，留下我再次待在黑暗之中。

我在水龙头的流水声和雷娃在浴室里的呕吐声中短暂地醒来。那是一首节奏明快、情感强烈的歌曲——喉咙的咕噜声中插入了喷溅泼洒的声音。吐完之后，她冲了三次马桶，关掉水龙头，回到楼上去了。我不想让雷娃以为我在听她呕吐，于是醒着躺了一阵子，直到我认为躺的时间足够打消她的怀疑。我觉得，我的视而不见是我能够给予她的唯一安慰。

最后，我终于从床上爬起来，收拾好我的东西，回到楼上去叫一辆出租车送我去火车站。大多数客人都已离开，那群秃头男人此刻正站在与厨房相连的阳光房里。现在，雪下得正猛。女人们在起居室里收拾咖啡桌上的盘子和杯子。我发现雷娃坐在沙发上，在关掉了声音的电视机前，吃一袋冷冻过的豆子。

"我能用一下电话吗？"我问。

"我会开车送你回城的。"雷娃平静地说。

"可是雷娃，你认为那样安全吗？"其中一个女人问。

"我慢慢开就是了。"雷娃说。她站起身来，把那袋豆子留在咖啡桌上，挽起我的胳膊。"我们赶紧走，要不然我爸爸会阻拦我。"她说。她从厨房里抓起我那束塞在水槽里那些脏盘子之间的白玫瑰，它们仍然裹着包装纸。"带上几瓶这个。"她用玫瑰指着灶台上的那些葡萄酒说。我拿起三瓶酒。那些女人望着我们。我把几瓶酒放进那只棕色大袋子里，它就放在我的牛仔裤、毛线衫和脏兮兮的运动鞋上。

"我很快回来。"雷娃说着，顺着阴暗的走廊走去。

"你是雷娃大学时的朋友吗？"一个女人问。她一边从洗碗机上取出那些餐具，一边透过通往厨房的明亮过道对我说，"你们能够彼此相伴可真好。只要有朋友，不管发生什么，你都会没事的。"她周围的空气中弥漫着蒸汽。她看起来就跟我想象中雷娃的母亲一模一样。她留着棕色的短发，戴着一对巨大的人造珍珠耳坠，穿着一身带有金色斑点的暗棕色连衣裙，又长又紧又有弹性。透过布料，我可以看到她腿上的脂肪团。洗碗机里冒出来的蒸汽闻起来就像呕吐物，我后退一步。"雷娃的母亲是我最好的朋友，"她继续说，"我们每天都打电话聊天，我跟自己的孩子们都没那么多话说。有时朋友比家人更好，因为你可以对她们说任何事，她们不会为此抓狂。这是一种截然不同的爱。我真的会想念她。"她望着壁橱里面，停顿了片刻，"可是她的灵魂仍然留在这里，我感觉到了。她就站在我旁边，说：'德布拉，那些高脚杯要跟那些葡萄酒杯一起放到架子上。'她在指挥我做事情，就像往常一样。我就知道。灵魂绝不会死，那是真的。"

"那很好，"我打着呵欠说，"很遗憾你失去了朋友。"

雷娃出现在厨房里，穿着一件巨大的海狸皮大衣——无疑是她母亲的——一双大号的雪地靴，肩上扛着她的健身袋。

"我们走吧，"她大大咧咧地说，"我准备好了。"我们朝车库大门走去。"告诉爸爸我明天给他打电话。"她对起居室里那些女人说。她们开始反对，可是雷娃继续往前走。我跟着她走出门外，再次坐进她母亲的车里。

在驾车回城的途中，雷娃和我没说多少话。在上主干道之前，我建议停下来喝杯咖啡，但雷娃没有回应。她打开收音机，把暖气开到最大。她绷着脸，一脸严肃，但又很平静。我惊讶地发现，自己对她此刻在想些什么感到好奇，不过我一语未发。等我们上了长岛高速后，电台主播告诉听众打电话分享他们的新年愿望。

"二〇〇一年，我希望抓住每一个机会。我要对自己接到的每一个邀请说'好的'。"

"二〇〇一年，我要学会探戈。"

"今年我没有任何新年愿望。"雷娃说。她把收音机的音量调小，又换了个台，"我根本没法遵守我对自己立下的誓言。我就像自己最可怕的敌人。你呢？"

"也许我会试着戒烟。不过那些药物让我很难做到。"

"啊哈。"她茫然地说,"也许我会试着减掉四五斤体重。"我不知道她这么说是想通过讽刺来侮辱我,还是认真的。我没搭理她。

路上的能见度很差。雨刷"吱吱"地扫过风挡玻璃,清理掉雪花留下的斑斑水迹。在皇后区,雷娃再次把收音机的音量调高,开始跟着音乐哼唱。山塔那、马克·安东尼、恩里克·伊格莱西亚斯。过了一会儿,我开始怀疑她是否喝醉了。我想,也许我们会在一场车祸中死掉。我将额头贴着冰凉的车窗玻璃,望着外面东河幽暗的河水。我想,死掉也不是那么糟糕的事。车流速度慢了下来。

雷娃调低了收音机音量。

"我能在你那里过夜吗?"她拘谨地说,"我不想提那么多要求,可是现在我害怕独自一人待着。我感觉自己不对劲,我担心会发生什么糟糕的事情。"

"好的。"我说,不过我猜她会在午夜过后几分钟内改变想法。

"我们可以看一部电影,"她说,"你想看什么片子都行。嗨,你可以帮我从钱包里掏一下口香糖吗?我不想松开方向盘。"

雷娃那个山寨的古驰包就放在我们之间的仪表盘上。我在那些卫生棉条、香水、消毒洗手液、化妆包、卷起来的几期《时尚》和《嘉人》杂志、梳子、牙刷、牙膏、她那只巨大的钱包、手机、记事本、太阳镜里摸索,最后才在那个原本装满长岛铁路旧车票收据的侧面小口袋里,找到一片独立包装的肉桂味益达牌口香糖,那张包装纸都已经变成了粉红色,油腻腻的。

"想跟我分着吃吗?"她问。

"恶心,"我说,"不用了。"

雷娃伸出手来。我望着她,她望着公路。也许她没有醉,我想,她只是有些疲惫。我将那片口香糖放到她手掌中。雷娃剥开它塞进嘴里,将包装纸往肩膀后一扔,就嚼着它继续驾车了。我再次凝视着下面的东河,幽暗的河水闪烁着城里黄色的灯光。车流停滞了。我想起自己的公寓。我有好几天没在里面了——至少在醒着的时候。我想象我们进屋后发现里面一团混乱。我希望她不要对此说三道四。考虑到今天的情况,我想她也不会那样。

"当我来到这座桥上时,我总是想起地震。"雷娃说,"你知道的,就像在旧金山地震中那座桥突然塌掉时一样。"

"这是纽约市,"我说,"我们这里没有地震。"

"当旧金山发生地震时,我正在看美国职业棒球大联盟举行的世界大赛,"雷娃说,"跟我爸爸一起。我还记得清清楚楚。你记得吗?"

"不。"我撒谎说。我当然记得,但我认为那没什么大不了的。

"你可能正在看棒球赛呢,然后突然之间,砰!而你满脑子都是,几千人就那么死了。"

"没有几千人。"

"那也有很多人。"

"也许有几百人,顶多。"

"很多人就在那条公路上,在那座桥上,被压扁了。"雷娃坚持道。

"那没什么,雷娃。"我说。我不希望她又哭起来。

"第二天,在电视新闻里,他们采访一个家伙,当时他就在那条公路的底下一层,他们问了他一句,大致是:'这次经历给你留下最深印象的是什么?'他回答说:'当我从自己的车里钻出来时,地上有一团脑浆在轻轻颤动。整个大脑的脑浆,就像果冻一样轻轻颤动。'"

"什么时候都有人死去,雷娃。"

"但那是不是很恐怖?地上有一团脑浆像果冻一样轻轻颤动。"

"听起来像胡编的。"

"然后那个新闻主播就沉默了,无言以对。于是那家伙继续说:'是**你**想知道的,是你**提出的问题**。那我就跟你说了。那就是我看到的东西。'"

"拜托了,雷娃,别说了。"

"唉,我又没说那样的事会在这里发生。"

"那种事在哪里都不会发生。脑浆不会从人们的脑袋里跳出来,轻轻颤动。"

"我猜那会儿有余震。"

我把收音机的音量调大,把我这边的车窗摇了下来。

"不过你知道我的意思吧?本来情况会变得更糟。"雷娃大声叫道。

"一直都会有变得更糟的情况。"我大声回应道，然后将车窗重新摇了上来。

"我开车是很安全的。"雷娃说。

在剩余的车程中我们都默不作声，车里弥漫着肉桂味口香糖的气味。我已经后悔让雷娃到我那里借宿了。终于，我们过了桥，顺着富兰克林·罗斯福大街驾驶。这条路上覆盖着雪泥，车辆行驶速度极慢。我们到达我所在的街区时，已经是十点半了。我幸运地找到一个停车的地方，于是就在那家杂货店前面挤进那个停车位里。

"我只是想顺带买点儿东西。"我告诉雷娃。她没有反对。店里，那些埃及人在柜台后面玩扑克。在那一箱箱的啤酒和汽水旁边，一堆盒子上陈列着廉价的香槟。我注意到雷娃看了一眼陈列的香槟，然后她打开冰柜，俯下身去，费力地刨着什么冻到冰上的东西。我要了两杯咖啡。

雷娃付了钱。

当我痛饮自己的第一杯咖啡时，那名埃及人朝我的方向点点头，问雷娃："她是你的姐妹吗？"咖啡烧得有点过了，我用的奶油已经变酸，因此一些黏糊糊的凝乳沾到了我的牙齿上。我不在乎。

"不，她是我的**朋友**。"雷娃回答，显得不太友善，"你觉得我们长得很像？"

"你们有可能是姐妹俩。"那个埃及人说。

"谢谢你。"雷娃干巴巴地说。

当我们抵达我位于东八十四街的公寓大楼时，门卫放下手中的报纸说了声"新年好"。

在电梯里，雷娃说："街角那家店铺里的那些家伙，他们是不是看到你觉得好笑？"

"别那么种族主义的。"

当我开门时，雷娃端着我的咖啡。在我的公寓里，电视机开着但关掉了声音，屏幕上闪动着赤裸的巨大乳房。

"我得去小便。"雷娃说着把健身袋丢在一边，"我还以为你讨厌色情片呢。"

我嗅了嗅空气，寻找任何不良气味的踪迹，却什么都没闻到。我在厨房的灶台上找到一片散落的助眠药多塞平，将它吞掉了。

"你的手机装在一个特百惠塑料盒里，在浴缸的水面上漂着呢！"雷娃从浴室里吼道。

"我知道。"我撒谎说。

我们在沙发上坐下来，我喝着自己的第二杯咖啡，拿着那瓶"因服迷多"样品，雷娃吃着她的冷冻脱脂草莓酸奶。我们一声不吭地看完了那部色情片的剩余部分。在花了一天时间思索死亡之后，看人们性交倒是感觉不错。"生殖，"我想，"生命的轮回。"在看到女性给男性"服务"的场景时，我站起来去小便。在看到男性给女性"服务"时，雷娃站起来，我想她是去呕吐了。然后她在厨房找到一个起子，打开了一瓶从葬礼上拿的葡萄酒，回到沙发上坐下。我们把那个酒瓶递来递去，轮流喝酒，望着男人的体液从那个女孩脸上滴下，体液里面的凝块沾到她的假睫毛上了。

我想起特雷弗和他滴落、喷溅到我肚子和后背上的体液。当我们在他的住处做爱时，他会在完事后立刻冲出去，然后拿着一卷纸巾回来，在我擦掉那些东西的时候向我举着那个小垃圾桶。"这些纸……"特雷弗从来没在我体内释放过，甚至在我服用了避孕药之后也没有。

屏幕上滚动着致谢名单。另一部色情片开始了。雷娃找到遥控器，打开了声音。

我打开那瓶"因服迷多"样品，拿起一颗，用一口葡萄酒将它冲到胃里。

我还记得自己听到电影开头呆板的对话。那个女孩扮演一名理疗师，而那个男的扮演一个腹股沟疼痛的橄榄球运动员。雷娃哭了一会儿，当他们开始办事时，她把音量调低，跟我说起她前年过的元旦。"我就是没心情参加情侣派对，你知道吗？到了午夜，每个人都在亲吻。肯是个浑球，但我是在时报广场的豪生酒店碰到他的，大概是在凌晨三点。"现在听出她喝醉了，我感到很高兴。这稍微缓和了屋里的紧张气氛。屏幕上，突然有人在敲门。他们没有停下。到这时，我已经半梦半醒了。雷娃还在不停说话。

"于是，肯就那个什么……那是第一次……我告诉我妈妈了……她让我假装这件事从未发生……我是不是个傻瓜？"

"哦。"我说，同时指着电视屏幕。一个黑人女孩穿着啦啦队队长的服装进入这一幕场景。"你觉得那是他那个吃醋的女友吗？"

"这是在干吗呢？"啦啦队队长扔下她的绒球问。

"你知道吗？你是我唯一的单身朋友。"雷娃没有回答我的问题，自顾自地说道，"我希望自己有个姐姐。"她说，"那样她就可以给我介绍对象。也许我会跟我爸爸要钱来找个媒人。"

"没有哪个男人值得你花钱。"我告诉她。

"我会考虑这个的。"雷娃说。

这时我已经迷迷糊糊了，眼睛只睁开一条缝。透过这条缝，我望着那个黑人女孩用又长又尖的粉红色指甲掰开她的下体。她的私处里面闪着光。我想起乌比·戈德堡。我记得这个。我记得雷娃将那只空葡萄酒瓶放到咖啡桌上。我还记得她说"新年好"，并亲吻我的面颊。我感觉自己飘飘忽忽，在空气中越飘越高，直到我的身体变成一段逸事，一个符号，一幅挂在另一个世界里的肖像。

"我爱你，雷娃。"我听见自己从遥远的地方说，"对你妈妈的去世，我真的觉得难过。"

然后我就失去了知觉。

# 五

几天后,我在沙发上独自醒来。空气里有股臭烘烘的烟味和香水味。电视机开着,音量很小。我感觉舌头粗厚,有沙砾感,就像嘴里有泥土似的。我听了全球天气预报:印度出现洪灾,危地马拉发生了地震,另一场暴风雪即将降临美国东北部,大火在南加州烧毁了价值数百万美元的住宅。"不过当巴勒斯坦领导人亚西尔·阿拉法特访问白宫并与克林顿总统举行会谈时,我们的首都却阳光明媚。这次会谈旨在重启已经停滞的中东和平进程。稍后请看有关这则新闻的深入报道"。

我睁开眼睛。房间里有些阴暗,百叶窗已经关上。当我拖着自己的身体直立起来,将脑袋从沙发扶手上缓缓抬起时,血液就像沙漏里的沙子一样从我大脑中流向身体其他部位。我的视觉变得像素化,出现网纹干扰,然后模糊起来,又重新像电视屏幕突然出现白闪一样开始聚焦。我低头看看自己的脚。我穿着雷娃死去的母亲的鞋子,脚指头部位的皮革周围,形成一片如同海景一般的污迹。腿上套着肉色的网眼长袜。我解开身上那件白色裘皮大衣的腰带,发现下面只穿了一件肉色的紧身连体衣。我低头看看自己,我最近刚刚除毛。一次不错的脱毛——我的皮肤既没有发红,也没有变得凹凸不平或出现瘙痒症状。我看见自己的指甲按照法式美甲样式修剪过。我能够闻到自己的汗味,一股杜松子酒的气味，一股醋味。我指关节上的一个印记表明我去过一个名叫"黎明尚早"的酒吧。我都没听说过那个地方。我坐回沙发上，闭上眼睛，试图回忆头天晚上发生的事情。脑子里是一片漆黑的空白。"让我们看看纽约都会区的降雪预报。"我睁开眼睛，电视上的天气预报员看起来就像一个黑人版的里克·莫拉尼斯。他指着一个旋转的白色卡通云团。我记得自己说过"新年快乐，雷娃"。我只能回想起这个。

咖啡桌上摊放着一些装冰块的空碟子，装了约四升蒸馏水的水壶，约六升装的戈登牌杜松子酒的空酒壶，还有从某本书上撕下的一页纸。这本书是几年前雷娃送给我的生日礼物，她说我会"从活佛那里学会很多。他真的富有洞察力"。我从未读过那本书。撕下来的那一页上，有一行用蓝色圆珠笔画出来的字——它并非发生在一夜之间。我推断自己曾经用一把切肉刀的刀柄碾碎阿普唑仑，并把它放在一张卷起来的传单上，将它一口吞掉。那张传单是赫斯特大街上一家名叫"波特诺伊舷窗"的酒吧举行即兴之夜的广告。我从未听说过这家酒吧。几十张宝丽来照片散放在我那些录像带和空盒子之间，它们证明，我处于失忆状态的活动并非没有记录，尽管我的相机已经不见了踪影。

照片上是一些参加派对的人，打扮得漂漂亮亮——年轻的陌生人摆出一副放荡而又一本正经的表情。抹着黑色唇膏的女孩子们，戴着红色美瞳的男孩子们，有些出其不意地被我相机刺眼的白色闪光灯抓拍到，另外一些则摆出时髦的姿势，或者简单地扬扬眉毛，或者露出一副虚假的可掬笑容。有些照片看起来是夜里在市中心的一条大街上拍的，另外一些是在天花板低矮的阴暗房间内拍的，墙上有日辉牌荧光漆喷出的仿涂鸦。照片上的人我一个也不认识。在其中一张里，六个逛酒吧的人挤在一起，每个人都举着竖起的中指。在另一张里，一个瘦骨嶙峋的红发女人炫耀着自己的双乳，露出淡紫色的乳贴。一名胖乎乎的黑人男孩戴着费多拉软呢帽，穿着仿礼服短袖，吐出一个个环形的烟圈。一对男性双胞胎装扮成"猫王"埃尔维斯，因吸食海洛因而变得消瘦，穿着一套邋邋遢遢的金色亮片西服，在一件抄袭涂鸦艺术家巴斯奎亚特的作品前，摆出击打对方手掌的姿势。一个女孩举着一只戴着项圈的耗子，拴在她套在自己脖子上的自行车链条上。一张特写照片拍到了某人的淡粉色舌头，像蛇的舌头那样有分叉，每个分叉上都钻了孔，上面戴着巨大的钻石舌钉。还有一系列快照，我猜拍的是排队上厕所的人。整个地方看起来就像艺术界的某个狂欢聚会。

"预计道路将封闭，会有飓风级的大风，海岸地区将会发洪水。"天气预报员说。我从那堆沙发垫子中间找到遥控器，关掉了电视。

一张照片掉到了咖啡桌下。我把它捡起来，翻过来一看，一名小个子亚洲人远离人群，静静地站在吧台边。他穿着蓝色的工作服，上面沾着喷溅的颜料。我仔细看了看，他有一张圆脸，上面有发红的痤疮疤痕。他闭着眼睛。看起来有点眼熟。然后我认出他来，这是徐平。他的面颊上有一条粉红色的亮粉。我放下这张照片。

已经有好几个月，我甚至连想都没想起过徐平。每当脑子里突然蹦出达克特画廊，我都试图将注意力选择性地聚集到一些简单的回忆上：步行前往第八十六街地铁站的漫长路程，开往联合广场的特快列车，跨越城区的"L"线列车，顺着第八大道向北步行并在第二十三街左转，我穿着高跟鞋在古老的鹅卵石上蹒跚而行。回想起曼哈顿的大街小巷，这似乎还值得留恋。不过我宁愿忘记自己在切尔西碰到的那些人的名字和各种细节。艺术界已经变得如同股票市场，是各种政治潮流和资本主义信念的反映，贪婪、八卦和可卡因为它提供了动力。我还不如到华尔街工作。投机买卖和各种观点不单驱动了市场，也驱动了产品。可悲的是，艺术品作为神圣的人类仪式，其产品价值并非取决于它那种难以衡量的品质——不管怎样，这种价值也是无法估量的——而是取决于一帮富有的王八蛋认为的什么艺术作品会"提升"其资产价值并激起他人的嫉妒与敬佩，尽管这全都是他们的错觉。我非常高兴从自己脑子里清除所有那些垃圾。

我从未参加过宝丽来照片里的那种派对，但我远远地见过：漂亮又迷人的年轻人叫住一辆出租车，轻轻晃动香烟、睫毛膏，为到市区去玩一个晚上而戴上小颗钻石，只需要一个简单的手势就在卫生间的小隔间里随意交媾，一度费劲地挤进舞池，然后再次挤出来，在吧台上扯着嗓子点饮品，每个人都朝着明日梦想中的狂喜而拼命，以为自己会找到更多乐子，感觉自己更漂亮，周围都是更有趣的人。我一直更倾向于去肮脏的饭店酒吧，也许因为特雷弗喜欢带我去那里。他和我一致认为，当人们"尽情玩乐"时，他们看起来很愚蠢。

画廊的实习生给我讲述他们周末去"隧道""生命""声音工厂""水疗院""莲花""中心—飞翔"和"卢克＋勒罗伊"夜店玩的经历。因此我对城里的夜生活还算有些了解。作为娜塔莎的助理，我负责维护和那些在艺术派对上最具社会价值的人的关系——具体而言，就是那些年轻的制作人及其跟班。她邀请他们参加展览开幕式，还让我研究他们的履历。玛吉·卡赫普尔的父亲曾经拥有全球最大的毕加索涂鸦私人收藏，在他去世后，她把它们捐给了法国南部的一家修道院。那些修士用她的名字命名一种奶酪。格温·埃尔巴茨-伯克是表演艺术家肯·伯克的侄孙女，肯被自己养在游泳池里的那条鲨鱼吃掉了，她也是叙利亚公主扎拉·阿里·埃尔巴茨之女，扎拉因为跟自己的德国男友——海因里希·希姆莱的一个后裔——拍了一部色情艺术片而遭到流放。斯泰茜·布卢姆创办了一份有关"艺术界女性"的杂志 *Kun(s)t*，其中大部分都是那些参加艺术派对的富家女的人物简介，她们正在开创自己的时装生产线，开办画廊或夜店，或者主演一些独立电影。布鲁姆的父亲是花旗银行的董事长。扎扎·纳卡萨娃是一名十九岁的女继承人，她写了一本书，讲述她跟自己的姨妈即画家伊莱恩·米克斯之间的不伦关系。尤金妮·普拉特是纪录片制片人兼建筑师埃米利奥·沃尔福德同母异父的姐妹，埃米利奥因在尤金妮十二岁时用摄像机拍摄了一部她生吃羊羔心脏的片子而闻名。此外还有克劳迪娅·玛蒂妮-理查兹、简·斯沃罗夫斯基-卡恩、佩珀·雅科宾-西尔斯、凯莉·詹森、内尔·"妮基塔"·帕特里克、帕齐·温伯格。也许她们就是照片中的那些女孩，但出了画廊我根本就认不出她们来。伊莫金·贝尔曼、奥黛特·昆茜·亚当斯、姬蒂·卡瓦利也在名单上。我记得她们的名字。如果徐平也在"黎明尚早"鬼混，很可能就在他那些信徒中间，那么那里肯定是为下一代富家子弟和艺术巫婆们新开的一家夜店，供他们下班后前去玩乐。我隐隐约约记得娜塔莎说过，徐平曾经跟一对来自普鲁士皇室的男同孪生兄弟在同一所寄宿学校上学。不过我是怎么找到他的呢？或者，也许是他找到了我？

我收起那些照片，将它们塞进沙发垫下面，然后站起来朝我的卧室瞥了一眼，确保里面没人。我的所有寝具都堆在地板上，床垫上什么都没有。我走近几步，确保那里没有一块跟人体大小相当的血渍，没有人裹在那些床单里面，床底下没有塞着一具尸体。我打开衣橱，发现里面没有人被堵住嘴五花大绑，只有维多利亚的秘密牌女式贴身内衣的小包装袋乱七八糟地散落着。什么东西都没有丢失。我是独自一人。

回到起居室，我的手机放在窗台上，已经关机，旁边是单独一只被我当作烟灰缸的运动鞋。我把百叶窗上的一根板条往下拽了拽，看看窗外。雪已经开始下起来。那就好，我想，我会待在家里度过这场暴风雪，狠狠地睡上一觉。我将恢复以前的节奏，我每天的仪式。我需要让自己熟悉的日常事务保持稳定，而且我不会再服用"因服迷多"了，至少暂时不会。它对我无所事事的生活目标是一个障碍。我插上手机充电，将那只运动鞋扔进厨房。垃圾桶里装满了克莱门式小柑橘易碎的果皮和单块出售的奶酪半透明的塑料包装，我都不记得自己买过或吃过它们。冰箱里只有装那些小柑橘的轻质木头小板条箱，以及另一壶近八升的蒸馏水。

我脱下那件白色的裘皮大衣、紧身连体衣和网眼丝袜，到浴室里打开淋浴间的热水。我的脚指甲上抹着丁香紫的指甲油，以前长着老茧、容易脱皮的脚底如今变得光滑、柔软。我坐在马桶上，望着大腿上有一条悸动的静脉。我做了什么？到水疗院待了一天，然后去夜店？这似乎有些反常。难道雷娃说服我去"找了找乐子"或者做了其他同样白痴的事情？我撒了泡尿，当我擦拭自己的私处时，发现那里很光滑。似乎我最近被激起过性欲。是谁激起了我的性欲？我什么都记不起了。一阵恶心袭来，我步履艰难地走过去，呕出一团苦涩的黏痰，吐进水槽里。我感觉嘴里仿佛有沙子，还以为会看到自己吐出来一些粘在唾沫里的泥沙或药丸粉末，结果看到的却是一些粉红色的亮粉。

我打开药品橱，取出两片安定和两片安定文锭，从水龙头狂饮了一通水。在我恢复正常后，一个身影就像从某个舷窗里钻出来一般赫然出现在镜子里，把我吓了一跳。我被自己那张受到惊吓的脸吓了一跳。睫毛膏顺着我的面颊往下流,我就像戴着化妆舞会的面具一般。我的嘴唇外缘和嘴角沾着鲜艳的粉色唇膏的残迹。我刷了刷牙,竭尽全力地擦掉脸上的妆。我又看着镜子里面。我额头上的皱纹和嘴巴周围的一条条线看起来就像用铅笔画上去的。我面颊松弛,皮肤苍白。什么东西在我的眼球表面闪烁,我靠近镜子,非常仔细地看了看。那是我,在我的右眼瞳孔深处,映出了我阴暗的小小影子。曾经有人说过,瞳孔只是空荡荡的空间,是黑色的小孔,两个装着无尽虚空的洞穴。"如果什么东西消失了,那里往往就是它们消失的地方——消失在我们眼睛里的黑色小孔中了。"我不记得这话是谁说的。我望着自己在镜中的影子消失在蒸汽里。

在淋浴间,我回想起中学时的一段往事。一名警察来到我们七年级的课堂上,警告我们当心吸毒的危害。他挂出一张图,描述了每种非法毒品,并挨个儿指出它们的小样品图——一堆白色的粉末、不透明的黄色晶体、蓝色的药片、粉红色的药片、黄色的药片、黑色的鸦片。每幅图下面都注明了毒品的名称和绰号。"这个感觉是这样的。那个感觉是那样的。"那名警察患有某种紊乱症,因此很难调节自己说话的音量。他开始大叫,然后突然降低音量,声音低到几乎听不到。然后他再次大叫起来:"这就是为什么你们不要接受陌生人的饮料!姑娘们!在派对上千万别把某个朋友单独留下!好处是受害者会忘掉这些经历!"他停下来喘了口气。他是一位爱出汗的金发男子，有超人那样的"V"形体格。"但它不会让人上瘾。"他漫不经心地说道，然后回过头去继续讲解那些挂图。

我既然能够非常清晰地回忆起自己青春期的那个时刻，就说明我的记忆力似乎完好无损，不过我回忆不起自己在"因服迷多"的影响下遭遇了什么。我的记忆中是否有其他孔洞？我希望有。我做了个自我测试：《大宪章》是谁签署的？自由女神像有多高？拿撒勒运动[1]发生在什么时候？朝安迪·沃霍尔开枪的是谁？单是提出这些问题就可以证明，我的脑子仍然相当健康。我知道自己的社保卡号码。比尔·克林顿是现在的美国总统，不过他当不了多久了。实际上，我感觉自己的头脑更加敏锐了，思路比以前更直接。我能够记起自己很多年都没想起过的事情。我能够记起自己大四时在去上"二十世纪六十至九十年代女权主义理论与艺术实践"课的路上扭断了高跟鞋鞋跟，当我一瘸一拐、心情恶劣地走进教室时，我已经迟到，而那位教授指着我说："我们正好在讨论作为艺术界政治解构的女权主义表演艺术成为一种商业产业的问题。"然后她让我站在教室前面，我照做了，我的左脚就像芭比娃娃的脚一样拱起，那节课就把我作为一件表演艺术作品来加以分析。

---

[1] 拿撒勒运动是19世纪时一群德国浪漫主义画家发起的改革运动，旨在恢复基督教艺术中的灵性。——编者注

"我无法忽视艺术史教室的背景。"一名巴纳德学院的女孩说。

"这里头存在这么多层彼此冲突的含义，真是太棒了。"那个留着胡子的助教说。

然后，纯粹是为了羞辱我，那名教授，一个留着柔软长发、戴着天然白银珠宝的女人，问我为那双鞋子支付了多少钱。那是一双山羊皮的细高跟靴子，花了我差不多五百美元，是我为减轻失去双亲的痛苦，或者我当时感觉到的其他什么痛苦而购买的一大堆东西中的一件。我能够回忆起所有这些，那间教室里每一张吸着鼻涕、嗫着嘴的面孔。有个白痴说我被"男性的注视弄得崩溃了"。我记得他们瞪着我时那只时钟的"嘀嗒"声。那个教授终于说了句："我认为这就足够了。"她准许我坐下。在教室的窗户外面，一些扁平、宽阔的黄叶从一棵孤零零的树上落到灰色的水泥地上。我放弃了那门课，不得不对指导老师说，我想把更多的精力集中到新古典主义上，然后转而去上"雅克-路易·大卫：艺术、美德与革命"这门课。《马拉之死》是我最爱的绘画作品之一。它描绘一个男人在浴缸里被刺死了。

我从淋浴间里出来，服用了一片安必恩和两片苯那君，在肩膀上裹了一条发霉的浴巾，重新回到起居室去查看我的手机。它已经充满了电，可以开机了。浏览自己的通话记录时，我看到自己拨过特雷弗的号码，还有一个陌生的号码，区号为六四六，我不得不认为那是徐平的电话。我删掉这个号码，吃了一片利培酮，从走廊上一堆待洗的脏衣服里，抽出一件织成麻花花样的灰色毛衣和一条打底裤,重新穿上那件裘皮外套,将我的脚伸进一双拖鞋里,然后寻找我的钥匙。我发现它们仍然插在门上的锁孔内。

头顶上飘着几片云,就像皱巴巴的被单,据此判断,现在已是下午三点左右。在门厅里,门卫跟我打招呼,并提醒我风暴将至,我没有理睬他,有气无力地拖着步子走出门外。一条小道蜿蜒穿过人行道和路边堆得高高的积雪,它即将在暴风雪中消失,但我还是顺着它一路走去。四周一片寂静,但空气寒冷刺骨而潮湿。再继续下雪,整个城市都会被积雪覆盖住了。我从街角一条瑟瑟缩缩、穿着毛衣的小博美狗及其保姆身边经过,望着它抬起腿,在人行道上一块如玻璃板一般平坦的冰块上撒尿,听见热乎乎的尿液融化冰块时发出的"咝咝"声。转瞬之间,一团蒸汽升腾而起,形成一个泡泡,然后就消散了。

当我走进那家杂货店时,那些埃及人没有向我表示特殊的问候。他们只是像往常那样点点头,就继续玩手机了。那是个好迹象,我想。不管我在服用了"因服迷多"之后做过什么,不管我曾经跟谁放荡地嬉闹玩乐,或者在派对上玩得多疯狂,至少在这家杂货店里,我的行为举止还不算太糟,没有招来什么特殊的关注。俗话说,"不要在吃饭的地方拉屎"。我在自动取款机上取了些钱,给自己倒了两杯咖啡,放了些奶油和糖在里面搅拌,然后挑选了一块预先包装好的香蕉面包、一杯有机酸奶和一个硬得像石头一样的梨。三个布里尔利女校的女孩穿着田径运动服,在柜台前排队。我在等着付钱时瞥了一眼那些报纸，看起来没有发生什么惊天动地的事情。斯托姆·瑟蒙德给了希拉里·克林顿一个拥抱。在华盛顿高地，有人看见一群狼。那些偷渡进入利比亚的尼日利亚人，有一天或许会在你最爱的闹市区小酒店里洗盘子。朱利亚尼说，咒骂警察应该被定为犯罪。今天是二〇〇一年一月三日。

在上楼回公寓的电梯中，我想出将不同的药组合起来服用的方法，希望能让我大睡一场——安必恩加助眠药乙氯维诺加感冒药右美沙芬；苯巴比妥加安必恩加感冒药得敏脱。我需要一种鸡尾酒式的混合药物来阻止自己发挥想象力，让自己进入无聊而迟钝的深层睡眠。我需要处理掉那些照片。宁眠泰尔加安定文锭加苯那君。在家里，我服用了剂量很大的一份苯那君，用我的第二杯咖啡将那些药冲进肚子。然后我吃了少量褪黑素和酸奶，看了电影《大玩家》和《肥皂拼盘》，但我无法入睡。那些放在沙发垫下面的宝丽来照片让我心烦意乱。我把电影《无罪的罪人》放进录像放映机，按了一下倒带键，抽出那些宝丽来照片，拿着它们，并把它们扔进垃圾道。感觉好多了，我想，然后回到屋里坐下。

夜幕降临，我感觉疲倦，昏昏欲睡，但又不完全是犯困。于是我又吃了一片宁眠泰尔，看《无罪的罪人》，吃了一点儿舒乐安定，喝第二瓶从葬礼上拿回来的葡萄酒，但酒精似乎抵消了那些安眠药的药效，我感觉比以前更清醒了。然后我不得不把吃掉的东西吐出来，于是就那么做了。我喝了太多的酒，重新躺到沙发上。这时我感觉肚子饿了，于是吃掉了那个香蕉面包，接连看了三遍《惊狂记》，大约每隔三十分钟就吃一点儿安定文锭。可是我仍然睡不着。我看了电影《辛德勒的名单》，希望它会让我变得消沉，但它只是激怒了我而已。然后太阳就出来了，于是我服用了一些助眠药拉莫三嗪，看了电影《最后的莫西干人》和《爱国者游戏》，但这些也没什么效果，于是我服用了少量乙氯维诺，重新把《大玩家》放进盒式磁带录像机。等它结束时，我查看了一下录像机上的电子钟。已经是中午了。

我从那家泰国餐厅点了一份泰式炒河粉，吃掉了一半，观看了一九九五年重拍并由哈里森·福特主演的《新龙凤配》，又冲了一次澡，吃下最后一片安必恩，再次找到那个成人片频道。我将音量调小，把身体背对着屏幕，这样那些哼哼声和呻吟声就能给我催眠了。可是我仍然睡不着。生活可能会永远这样持续下去，我想。如果我不采取行动，生活就会这样。我躺在沙发上的毯子下面用手自慰，高潮了两次，然后就把电视机关掉了。我站起来，打开百叶窗，茫然地坐了一会儿，望着太阳西沉——这可能吗？——然后我把电影《新龙凤配》倒带，又看了一遍，吃掉了剩余的泰式炒河粉。我观看了电影《为黛西小姐开车》和《弹簧刀》，吃下一片宁眠泰尔，喝掉了半瓶诺比舒咳。我观看了电影《普盖眼中的世界》《星际之门》《猛鬼街3》《月色撩人》和《闪电舞》，接着是《辣身舞》和《人鬼情未了》，然后是《风月俏佳人》。

我毫无睡意，连个呵欠都没有。我能够感觉到自己失去了平衡感——当试图站起来时，我差点儿摔倒，但我挣扎着站了起来，收拾了一会儿房间，将那些录像带收进各自的盒子，放回架子上。我想适当的活动也许会让我筋疲力尽。我服用了一片再普乐和更多的安定文锭。我吃掉了少量褪黑素，就像牛反刍那样咀嚼一通再咽下。什么都没用。

于是我给特雷弗打电话。

"现在是凌晨五点。"他说。他听起来有些恼怒、迷迷糊糊，但他接了电话。我的名字肯定出现在来电显示上，但他接了电话。

"我被强奸了。"我撒谎说。到那时，我已经好几天没有大声说过话了。我的嗓音有一种性感的粗粝。我觉得自己可能会再次呕吐。"你能过来一下吗？我需要你过来看看我的那里。你是我唯一信得过的人，"我说，"拜托了？"

"是谁打的电话？"我听见远处传来一个女人咕哝的声音。

"不认识。"特雷弗对她说，然后又对我说："你打错电话了。"然后他就挂断了电话。

我吃了三片苯巴比妥和六片苯那君，把电影《惊狂记》的录像带放进机器里倒带，把起居室的窗户打开一条缝来让空气流通。我发现暴风雪在外面咆哮，然后想起自己买了香烟，于是就在窗外吸了一支，按了一下录像机上的播放键，重新躺到沙发上。我感觉脑袋昏昏沉沉的。哈里森·福特是我的梦中情人。我的心脏跳动速度放慢了，可是我仍然睡不着。我拿着那壶杜松子酒喝起来。它似乎让我的胃平静了一些。

到了早上八点钟,我又给特雷弗打了个电话。这次他没有接。

"只是问候一下,"我在给他的语音信息中说,"已经有一阵子没联系了。想知道你过得怎么样、在做些什么。一会儿我们来叙叙旧吧。"

十五分钟后我又打了一次电话。

"瞧,我不知道该怎么说。我查出自己艾滋病病毒抗体呈阳性,很可能是在健身房里被人传染的。"

八点半,我打过去说:"我一直在考虑,我也许应该做做胸部手术,把它们彻底清除掉。你怎么看?我能成功变成平胸的样子吗?"

八点四十五,我打过去说:"我需要一些财务建议。真的,我是认真的。我陷入了困境。"

九点,我又打了过去。这次他接了。

"你想干吗?"他问。

"我希望听你说你想我。"

"我想你,"他说,"行了吗?"

我挂掉了电话。

我从父亲那里继承了一套完整的科幻系列电视剧《星际迷航:下一代》录像带。我父亲很可能是通过拨打一个以 1-800 开头的免费服务电话订购的这些盒式磁带。在青春期观看《星际迷航》之"舰长峰会",是我第一次对乌比·戈德堡产生敬意,这是她应得的。在美国"企业"号宇宙飞船上,乌比看起来就像个可笑的闯入者。每次她出现在屏幕上,我都能感觉到她在嘲笑整个制片过程。她的出现使得整场演出变得完全荒谬起来。她在自己参演的所有电影中都是这样:乌比穿着修女袍子,乌比打扮成二十世纪三十年代去教堂做礼拜的佐治亚人,戴着她在礼拜天戴的帽子,抱着《圣经》。乌比跟面无血色的伊丽莎白·珀金斯在电影《月光情圣》中。无论她走到哪里,她周围的一切都会变成对自身的拙劣模仿,显得笨拙而可笑。看到那些就是一种安慰。为了乌比,感谢上帝。没有什么是神圣的。乌比就是证明。

　　看了几集之后,我站起来吃了少量宁眠泰尔和乙氯维诺,狂饮了另外半瓶给儿童喝的诺比舒咳止咳糖浆,又坐下来看乌比。她穿着一件矢车菊蓝的束腰外衣,戴着一顶上下颠倒的圆锥形帽子,就像一个未来主义的主教,跟玛丽娜·赛提斯做一次开诚布公的谈话。全都是胡说八道。可是我睡不着。我继续看下去,一连看了三季。我服用苯巴比妥,我服用安必恩。我甚至为自己泡了一杯菊花茶,那种令人作呕的甜香气味就像一块热乎乎的尿布一样,从我那只带有缺口的咖啡杯上冉冉升起。居然有人说这会让人放松?我泡了个澡,穿上一套光滑的新缎子睡衣裤,是我从衣橱里找到的。我仍然睡意全无。什么都不起作用。我想我应该再看一遍电影《勇敢的心》,于是我将录像带放进录像机中,摁了一下倒带键。

　　然后我的录像机就坏掉了。

我听见磁带轮转动着,随后发出"呜呜"声,然后是刺耳的尖锐声音,接着就停了下来。我敲了一下弹出键,可是机器没有反应。我戳着所有的按键。我拔掉电源线又重新插上。我把它拿起来摇晃了几下。我用拳头敲打它,然后用鞋子敲打。什么反应都没有。外面,天已经黑了。我的手机显示现在是一月六日夜里十一点五十二分。

于是现在我只好黏着电视了。我浏览了各个频道。猫咪食品广告,家庭桑拿浴广告,低脂黄油广告;织物柔顺剂,独立包装的马铃薯片,巧克力酸奶;到希腊去,文明的诞生之地;能让你精力充沛的饮料;能让你显得年轻的面霜;给小猫咪吃的鱼;可口可乐的意思是"我爱你";睡在世界上最舒服的床上;冰激凌不仅是给孩子吃的,女士们,你们的丈夫也喜欢它!如果你的房子闻起来有股粪臭味,点上这种蜡烛,它闻起来就会像新鲜出炉的果仁巧克力。

我母亲过去常常说,如果我睡不着,应该数一些重要的东西,除了绵羊之外的任何东西。数数星星,数数奔驰车,数数美国总统,数数你还能活多少年。我想,如果我睡不着的话,我会跳窗自杀的。我把毯子拉到胸口。我数了数各个州的首府。我数了数不同种类的花。我数了各种不同色度的蓝色:蔚蓝、深蓝、铁蓝、凫蓝、蒂芙尼蓝、埃及蓝、普鲁士蓝、牛津蓝。我没有睡着。我不会睡着。我无法睡着。我数了数自己能够想到的鸟的种类。我数了数二十世纪八十年代拍的电视剧。我数了数以纽约市为背景的电影。我数了数自杀的名人：戴安娜·阿勃丝、海明威父子、玛丽莲·梦露、西尔维亚·普拉思、凡·高、弗吉尼亚·伍尔夫、可怜的科特·柯本。我数了数我在父母去世后哭过的次数。我数了数过去了多少秒钟。我又想到，时间可以永远这样不断流逝下去。时间会这样。不管有没有我，无穷无尽的时间会始终如一又突然地、永远地不断迫近。阿门。

我掀开身上的毯子。在电视上，一对年轻夫妇在新西兰的一个洞穴里探险，下降到一道黑暗的巨大裂隙中，摇晃着钻过一条狭窄的石缝，一条条黏液像是无数巨大的鼻涕，从洞顶垂落下来，构成一道帘幕，他们从那下面穿过，然后进入一个由发光的蓝色蠕虫照亮的空间。我尝试着想象雷娃为了安慰我会说些什么愚蠢的话，可是脑子里却一片空白。我疲惫不堪，真的觉得自己或许再也无法入睡了。我感到喉咙一阵发紧，于是就哭了起来。我真哭了。就像在运动场上擦伤了膝盖一样，一股气息从我嘴里喷射而出。这实在是愚蠢。我从一千开始倒计时，用手指弹掉脸上的泪水。我的肌肉"嗒嗒"跳动，就像一辆行驶了漫漫长途后停在阴凉处的车子一样。

我换了个台。现在播放的是一部英国自然类电视片。在一个阳光明媚得令人炫目的日子，一只白色的小狐狸在雪地上挖掘。"虽然很多哺乳动物都以冬眠的方式度过冬天，北极狐却不这样。它矮壮的身体上覆盖着特殊的皮毛和脂肪，低温并不会减慢这只小狐狸的生活节奏！它对寒冷气候有着超强的抵抗力，这要归功于它非凡的新陈代谢。要等到气温低至零下五十摄氏度，它才会加快新陈代谢。这意味着在气温下降到零下七十摄氏度及以下之前，它甚至都不会哆嗦一下。哇！"

我数了数皮货的种类：貂皮、栗鼠皮、紫貂皮、兔皮、麝鼠皮、浣熊皮、白鼬皮、臭鼬皮、负鼠皮。雷娃穿上了她母亲的河狸皮大衣。它的款式四四方方，让我想起一个持枪歹徒藏身于一片白雪皑皑的森林中，然后借着月光，顺着铁路线向西逃窜，在刺骨的寒风中，他的河狸皮大衣让他保持了温暖。这个形象给我留下深刻印象。这很不寻常，颇有些创意。也许我在做梦，我想。我想象这个穿着河狸皮大衣的男人，将他破旧的裤子的裤腿卷到脚踝上面，从一条冰冷的小溪涉水而过，他的脚那么白，就像水中的鱼一样。瞧吧，我想。我开始做梦了。我闭着眼睛，感觉自己开始飘飘忽忽。

就在这时，雷娃开始"砰砰砰"地敲门，就仿佛她掐准了时间，就仿佛她听见了我脑子里的想法。我睁开眼睛。白雪在光秃秃的地板上映照出一道道白光，感觉就像曙光初现。

"哈喽？是我，雷娃。"

我到底有没有睡着？

"让我进去。"

我慢慢爬起来，顺着大厅摸索着往前走。

"我在**睡觉**。"我隔着门气哼哼地说，凑到窥视孔上瞥了一眼，雷娃一副失魂落魄、精神错乱的模样。

"我能进来吗？"她问，"我真的需要聊聊。"

"可以让我稍后给你打电话吗？现在几点了？"

"一点一刻。我试过给你打电话，"她说，"瞧，门卫让我把你的信件带上来了。我需要聊聊，问题有点儿严重。"

也许在我服用"因服迷多"后，雷娃不知怎么卷入了我前往市中心的逃亡之旅。也许关于我的所作所为她有一些独家信息。我在乎吗？我在乎，有那么一点点。我打开门锁让她进来。正如我想象的那样，她穿着她母亲那件巨大的河狸皮大衣。

"毛衣挺好看。"说着，她灵活地从我身边挤进公寓，带来一股冷风和樟脑球的气味，"阴郁的天气来了，春天就快到了。"

"这才一月，对吧？"我问，我仍然待在过道里，浑身麻木。我等待着雷娃的确认，可她只是把一大包信件扔到餐桌上，然后脱下大衣，把它搁在沙发背上我那件狐皮大衣旁边。两种皮毛。我又想起徐平那些死掉的狗，回忆起自己在达克特画廊的最后一段日子中的某天，一名富有且放荡的巴西人抚摸着那只狮子狗的剥制标本，告诉娜塔莎他想要"一件跟这个一模一样的大衣，带兜帽的"。我觉得头痛。

"我渴了。"我说，可是这几个词听起来含含糊糊，就好像我只是清了一下喉咙。

"啊？"

我觉得脚下的地板微微摇晃。我用手轻轻扶着冰冷的墙壁，摸索着走进起居室。雷娃已经舒舒服服地坐到那张扶手椅上了。

我站稳脚跟，放下手，然后才跌跌撞撞地朝沙发走去。

"唉，结束了，"雷娃说，"正儿八经地结束了。"

"什么结束了？"

"我和肯的事呗！"她的下嘴唇颤抖着。她屈起一根指头放到鼻子下，屏住呼吸，然后站起身朝我走来，把我挤进沙发末端。我动弹不得，看到她忍住抽泣，脸因为缺氧而涨得通红，我感觉略微有点儿恶心，这才意识到自己也屏住了呼吸。我猛吸一口气，雷娃误以为这是出于怜悯而发出的悲叹，便伸出双臂抱住我。她身上有股洗发露和香水的气味，有股龙舌兰酒的气味，还隐约有股法式炸薯条的气味。她抱着我，颤抖着，哭着，流着鼻涕，足足有一分钟之久。

"你这么瘦。"她抽泣着说，"不公平。"

"我需要坐下，"我告诉她，"放开我。"她松开了双臂。

"抱歉。"她说，然后走进浴室去擤鼻涕。我躺下，将头转向沙发靠背的方向，偎依着狐皮和河狸皮大衣。也许现在我能够睡着了，我想。我闭上眼睛，想象那只狐狸和那只河狸，在一道瀑布前的小洞穴里温暖舒适地待在一起。那只河狸的龅牙，它焦躁的呼噜声，对雷娃来说，这简直就是她完美的动物化身。而我，也就是那只白色的小狐狸，张开四肢仰卧在地上，从毛茸茸、干干净净的鼻子懒洋洋地伸出泡泡糖那样粉红色的舌头，丝毫不受寒冷天气的影响。我听见冲马桶的声音。

"你的厕纸用完了。"雷娃打断了我的幻想。有好几个星期，我都用一些从杂货店拿的餐巾纸当厕纸用,她以前肯定意识到了这一点。"我真的可以借酒浇浇愁。"她气喘吁吁地说。她的鞋跟"咔嗒咔嗒"地敲击着厨房的地砖。"这么狼狈地来你这里,我很抱歉。现在我都乱成一团了。"

"怎么回事,雷娃?"我呻吟着说,"一吐为快吧。我感觉不舒服。"

我听见她打开又关上了几个壁橱,然后带着一个杯子回来,在那张扶手椅上坐下,给自己倒了满满一杯杜松子酒。她不再哭了,愁眉苦脸地叹息了一声,又长叹一声,喝起酒来。

"肯把我调走了。他说他再也不想见到我。一切就这么结束了。经历了这么多事。我今天过得糟透了,我都没法跟你说。"可她就在这里,跟我倾诉着。她花了整整五分钟,讲述自己出去吃了顿午餐回来,就在办公桌上找到一张字条的情形。"就像你可以通过一纸便笺跟别人分手似的。就好像他压根儿不在乎我。就好像我是某种类型的秘书。就好像这是个生意问题。可这不是!"

"那这是什么问题,雷娃?"

"这是心灵问题!"

"哦。"

"于是我走进他的办公室,他说了句'把门开着'。我的心怦怦直跳,因为,你知道吗,怎么能用一张便笺就打发了我呢?于是我径直把门关上,说:'这是什么?你怎么能这么做?'而他回答说:'结束了。我再也不能和你见面了。'就像电影里面那样!"

"那张便笺上写着什么?"

"上面说我获得升职,他们打算调我去双子塔工作。在我妈妈去世后,我回来上班的第一天,就发生了这种事。肯还**参加葬礼**来着。他**看见**我当时的状态了。而现在突然就结束了?就那样?"

"你升职了?"

"马什新开了一家危机咨询公司。业务涉及恐怖主义风险,诸如此类的东西。可是你听见我说的话没有?他再也不想见到我了,甚至在办公室也不想。"

"真是个王八蛋。"我机械地说。

"我知道。他是个懦夫。我的意思是,我们**相爱**了,完全相爱了!"

"你们是当真的?"

"你怎么就能把这些都一笔勾销呢?"

我继续闭着眼睛。雷娃仍在喋喋不休地说着,把这段故事重复了六七遍,每个版本都突出了这场经历中一个新的侧面,并做出相应的分析。我试着对她的话充耳不闻,只让她单调沉闷的嗓音钻进我耳朵里。不得不承认,雷娃待在这里对我来说是个安慰。她就像一台盒式磁带录像机那么好,我想。她说话时的抑扬顿挫,就像一部我看了上百遍的电影对白一样熟悉,每句话都在我的意料之中。这就是我跟她的友谊维持这么久的原因,我躺在那里想着这些,根本没听她在说些什么。从我认识她的那一天起,她那些单调沉闷的假设，那些产生于妄想的罗曼蒂克幻象，她似乎总在没完没了地描述个不停，这些都成了我的催眠曲。对我的焦虑而言，雷娃就像一块磁铁，她一下子就把它从我这里吸走了。当她在我周围时，我如同一位禅宗僧侣，超越了恐惧，超越了欲望，超越了通常的尘世忧虑。有她陪伴，我能够活在**当下**，没有过去或现在，没有思想。我已经进化到不受她所有的唠唠叨叨影响；而且也过于冷静，雷娃会变得怒气冲冲、热情洋溢、情绪低落、心醉神迷。而我不会。我拒绝那样。我什么都感觉不到，就像一块白板。特雷弗曾告诉我，他认为我性冷淡，我对此无所谓。无所谓。就让我做一个冷漠的婊子吧。让我做一个冰雪皇后。有人曾说过，当你死于低温症时，你会觉得寒冷而困乏，一切都减慢了速度，然后你就慢慢进入了梦乡和死亡，你什么都感觉不到。这听起来倒不赖。那是最好的死法——醒着但又在做梦，什么也感觉不到。我想，我可以坐火车到科尼岛，迎着冰冷刺骨的寒风，顺着海滩漫步，向大海深处游去。然后我就仰卧着漂浮在海上，望着天上的星星，变得麻木，变得困乏，漂啊，漂啊。我应该选择这么个死法，这样不是很公平吗？我可不愿意像我父亲那么死，被动而沉默地任凭癌症将他活活吞噬掉。至少我母亲按照自己的方式行事了。我以前从未想过为此而崇拜她。至少她有胆量。至少她掌控了自己的命运。

　　我睁开眼睛。天花板的角落里有一张蜘蛛网，就像一块被蛾子幼虫蛀过的丝绸一般在微风中颤动。我把注意力转向雷娃听了一会儿。她说的话将我如调色板一样斑驳杂乱的脑子清洗干净。为了她,我要感谢上帝,我想。对我而言,她就像一种爱发牢骚而又鲁钝的止痛药。

"于是我大概就说了句:'我厌倦了被你耍弄。'而他开始强调,他是我老板什么什么的。这样很有男子气概,对吧?其实我跟你说的是逃避真正的问题,现在我甚至都没法思考这件事。"我想不起她跟我说过任何事。我听到她继续喝杜松子酒的声音。"我的意思是,我不打算留着它,显而易见,现在尤其不会!可是,肯才不会为此烦恼呢。逃避现实完全是他的**做法**。"

我扭过头瞥了她一眼。

"如果他以为自己能够这么轻松地摆脱我……"她摇了摇手指说,"如果他以为自己能够逃脱惩罚……"

"能怎么样,雷娃?你打算怎么对付他?去把他杀掉?还是把他的房子烧掉?"

"如果他以为我受尽屈辱后只会灰溜溜地滚蛋……"

她无法说完这个句子。她没有做出任何威胁。她对自己的愤怒感到如此恐惧,甚至都无法想象事情以任何暴力的方式收尾。她绝不会实施报复。于是我给她提出建议:"告诉他老婆,他一直在跟你睡觉,或者起诉他性骚扰。"

雷娃皱着鼻子,吮吸了一下自己的牙齿,她的愤怒逐渐转化为精心算计的实用主义。"不过我不想让别人知道这事。那我的处境就尴尬了。而且我确实升职了,所以那样也好。此外,我一直想到世贸中心工作。所以我其实也没啥可抱怨的。我只是想让肯难受一下。"

"男人不会像你希望的那样感觉难受,"我告诉她,"当他们无法得到自己想要的东西时,他们只会变得脾气暴躁、情绪低落。所以你才被炒了。你现在情绪低落。如果你需要,就把这当作一种恭维吧。"

"调走了,不是炒了。"雷娃把杯子放到咖啡桌上,举起双手到自己面前,"看,我在哆嗦。"

"我看不出来。"我说。

"在轻轻颤抖。我能感觉到。"

"你要吃一粒阿普唑仑吗?"我语带讽刺地问。

让我惊讶的是,雷娃居然说"要"。我告诉她从药品橱里把那个瓶子拿来。她在浴室里"乒乒乓乓"地翻来翻去,然后把那瓶药递给我。

"那里得有二十种处方药,"她说,"所有这些你都在服用吗?"

我给了雷娃一粒阿普唑仑,我吃了两粒。

"我只是打算闭着眼睛躺在这里,雷娃。如果你愿意,可以留下来,不过我可能会睡过去。我真的好疲惫。"

"好的,没问题。"她说,"不过,我可以继续说下去吗?"

"当然可以。"

"我可以抽一支烟吗?"

我挥挥手。我从未见过雷娃如此不知羞耻地肆意妄为。往常哪怕喝得酩酊大醉时，她也保持着极端的拘谨。我听见她打燃打火机，然后咳嗽了一会儿。

"也许这样最好，"她说，听起来现在稍微平静一些了，"也许我可以继续过自己的日子，碰到某个新的男人。也许我会再次网恋。或者，也许市中心的办公室里就有合适的人。我还是比较喜欢双子塔的，待在那上面很宁静。而且我认为，如果我有一个好的开端，跟一个全新的团队在一起，他们就不会把我当奴隶使唤了。在肯的办公室，从来没有人会听取我的意见。我们曾经开过一些战略会议，他们都不让我说话，只让我做记录，就仿佛我是某个十九岁的实习生。而且肯在工作上待我如粪土，因为他不想让人们知道我们俩有关系。**过去**有关系。他居然带着他老婆参加我母亲的葬礼，也太奇怪了吧，谁会那么做啊？他那是想干吗？"

"他是个白痴，雷娃。"我对着枕头喃喃自语。

"不管怎样，现在一切都不一样了。"雷娃说着，在杯子里灭掉了香烟，"我已经预感到会发生这种事。我跟他说我爱他，你知道吗？当然，那成了骆驼背上最后那棵稻草。真是个懦夫。"

"也许你会碰到特雷弗。"

"在哪里？"

"在世贸中心。"

"我都不知道他长什么样。"

"他看起来就跟其他在公司里上班的浑蛋一个样。"

"你仍然爱着他吗？"

"讨厌啊,雷娃。"

"你觉得他仍然爱你吗?"

"我不知道。"

"你希望他仍然爱你吗?"

答案是肯定的,但我这么想只是为了让特雷弗感觉到被我拒绝的痛苦。

"我有没有跟你说过我父亲有婚外情?"雷娃说,"他的某个客户,叫芭芭拉。一个离婚女人,没有孩子。他打算带她去博卡玩。显然他是用年假去的。他为此已经计划了几个月。现在我知道他为什么这么抠门儿了。火葬?然后去佛罗里达?妈妈死了,而他突然喜欢起温暖天气来?我搞不懂他。我希望死掉的是他而不是我妈妈。"

"你只需要等待。"我说。

"我可以再吃一粒阿普唑仑吗?"雷娃问。

"我没法再分一粒给你,雷娃,抱歉。"

她沉默了一会儿。气氛变得紧张起来。

"要让肯为这样耍我付出代价,我能想到的唯一办法是留下这个东西。可是我不会。不管怎么说,谢谢你听我倾诉。"她朝躺在沙发上的我弯下腰来,吻了吻我的脸蛋,说:**我爱你**。"然后就离开了。

因此我推测雷娃怀孕了。我躺在沙发上思索了一会儿。她的子宫里有个活着的小东西,一次意外的产物,错觉与马虎的副作用。我为它感到难过，它孤零零地漂浮在雷娃子宫内的羊水中，我想象那里面满是无糖汽水，在她歇斯底里的有氧健身训练中被推来撞去，当她在自己的普拉提课上拼命拉紧自己的躯干时，它又受到挤压和刺戳。也许她**应该**留着胎儿，我想，也许孩子会让她醒悟过来。

我从沙发上爬起来，吃了一片苯巴比妥和阿普唑仑。现在，一部电影会比往常更有助于我放松。我打开电视，是美国广播公司七台的新闻，于是又将它关掉了。我不想听主播说那些诸如发生在布朗克斯的枪击案、下东区发生的汽油爆炸、警察抓住了几个跳过地铁旋转门逃票的高中生、哥伦布环岛的冰雕外观受到损坏。我爬起来又吃了一片宁眠泰尔。

我又给特雷弗打了个电话。

刚说出"是我"两个字，他就开始说起来。这不过是无数次的老生常谈：他现在另有新欢，不能再跟我见面了。

"就算是作为朋友也不行，"他说，"克劳迪娅不相信两性之间存在柏拉图式的关系，我也开始认识到她是对的。而且她就要离婚了，这时候很敏感。而且我真的喜欢这个女人。她好得无法言喻。她的儿子是**孤独症儿童**。"

"我打电话只是问问你能否借点儿钱给我。"我告诉他，"我的盒式磁带录像机坏了。而且我正欲求不满。"

我知道自己听起来很疯狂。我能够想象特雷弗仰靠着椅背，松了松领带，尽管他现在判断力更好了。我听见他叹了口气："你需要钱？这就是你打电话的原因？"

"我生病了，无法离开自己的公寓。你能帮我买一台新的盒式磁带录像机，然后送过来吗？我真的需要它。我要吃一大堆药，几乎没法走到屋角，连起床都很难办到。"我了解特雷弗。当我脆弱的时候，他无法拒绝我。在他身上那些具有讽刺意味的特质中，这是最有趣的一个。大多数男人都会厌恶别人有求于己，但在特雷弗身上，欲望与怜悯是彼此相连的。

"你瞧，我现在没法处理你的事情。我得走了。"说着他挂掉了电话。

那倒也公平。他可以留着他的老女人和她那个智力发育迟缓的孩子。我知道这场新的风流韵事会怎样结束。在信誓旦旦地宣布"我想在这里陪伴你。求你了，靠在我身上吧。**我爱你！**"几个月后，他赢得她的欢心，但真要是碰到什么艰难的事情——例如，她的前夫为监护权而起诉她——那时特雷弗就会开始产生疑虑了。"你在要求我为了你的需求而牺牲我的需要，你不觉得这很自私吗？"他们会争论。他会逃之夭夭。他甚至有可能打电话给我道歉，因为"上一次我们在电话里交谈时太冷淡。当时我的压力很大。我希望我们能够忘掉这个继续交往。你的友谊对我来说意义重大。如果失去你，我会追悔莫及的"。就算他现在不过来，我想，在几天之内他也会来的。我起来吃了几片曲唑酮，又躺回沙发上。

我又给特雷弗打了个电话。这次他刚一接电话，我没等他开口就滔滔不绝地说开了。

"如果在接下来四十五分钟之内你不过来，那你就叫一辆救护车吧，因为我会在这里流血，直到死掉，我不会像普通人那样在浴缸里割开自己的手腕。如果你不在四十五分钟之内到达这里，我会直接在这张沙发上割开自己的喉咙。与此同时，我会打电话给我的律师，告诉他我把这所公寓里的一切都留给你，尤其是这张沙发。那样，当你来处理这一切时，你就可以靠在克劳迪娅或谁身上了。她或许还认识不错的装修工。"

我挂掉电话，感觉好些了。我又打电话给门卫："我朋友特雷弗就要过来了。等他到了之后让他上来。"我打开公寓门锁，关掉手机，用包装胶带把它封在特百惠塑料盒里，塞进水槽上方那个壁橱的最高一层架子深处。我又服用了几片安必恩，吃掉了那个梨，看了一会儿埃克森美孚石油公司的广告，试着不去想特雷弗。

等待期间，我拨开百叶窗上的一根板条，看到现在已经是深更半夜，又黑又冷，冰天雪地。我想到外面所有残酷的人都在呼呼大睡，就像刚刚出生的婴儿裹在毯子里，被疼爱他们的母亲抱在胸前。我想起母亲突出的锁骨，她胸罩上的白色蕾丝边，她穿在所有外衣里面的丝绸背心和吊带裙的白色蕾丝边；想起她挂在浴室房门后面的毛圈布袍子的白色，厚厚的袍子就像高级酒店里的袍子那样奢华；想起那件灰色的缎子睡衣，它的腰带总是从挂环里掉出来，虽然它是光滑的丝绸缎子，但是会像一幅日本浮世绘里的河水那样起皱；想起我母亲苍白的双腿，绷得紧紧的，就像阳光下闪烁的锦鲤的白肚子一样闪亮,它们那扇子一般的尾巴在池水里搅起串串涟漪,就像魔术表演中的一团烟雾那样,把水弄得朦朦胧胧;还有我母亲的粉底,当她用自己肥大浑圆的化妆笔在里面蘸上粉,然后刷到她苍白又有点儿发黄的脸上——那张脸因为涂上了保湿霜而发亮——那些粉底也腾起一股烟雾;我记得自己望着她"戴上自己的脸"——她是这么形容自己化妆的——想知道有一天我是否也会像她那样,变成一个人造水池里的一条漂亮的鱼,不断地转圈,能够在这种冗长乏味的生活中生存下来,仅仅因为我只能记住那些在自己生命中最近几分钟里留下烙印的东西,因为我随时会忘掉自己的想法。

在那一刻,那样的生活听起来倒也不坏,于是我从沙发上爬起来,吃了一颗"因服迷多",刷了刷牙,走进房间,脱下所有的衣服,钻到床上,将羽绒被往上拉盖住脑袋。等我后来——我觉得过了好几天——在窒息与咳嗽中醒来时,特雷弗的睾丸在我眼前晃动。"我的老天。"他在咕哝着。我仍然飘飘忽忽的,头昏脑涨。我闭上眼睛,就那么一直闭着,然后感觉有液体落在胸前。有一滴滑进了我两条肋骨之间的褶皱里。我背转过身去,感觉他坐在床边,听他喘息着。

"我该走了。"过了一分钟后他说,"我在这里待得太久,克劳迪娅会担心的。"

我试图举起手向他竖中指,可是我没有力气。我试图说话,却只发出呻吟声。

"盒式磁带录像机过一两年就会被淘汰，你知道的。"他说。然后我听见他去了浴室，马桶圈"哐啷"一声撞到水箱上，尿液喷溅的声音，冲马桶的声音，接着水槽里的水流淌了很长一段时间。他很可能是在清洗下体。他回到房间里，穿上衣服，在我身后的床上躺下，爱抚了我二十秒钟。他的手放在我的胸部，感觉冷冰冰的，他的气息喷到我脖子上，感觉热乎乎的。"这是最后一次了。"他说，仿佛受到了什么困扰，仿佛他帮了我一个大忙。然后他突然从床上站起来，弄得我的身体跳了几下，就像空阔渺茫大海上的一只浮标。我听见门"砰"的一声关上了。

我从床上起来，穿上衣服，服用了少量布洛芬，把羽绒被从卧室里拖到沙发上。咖啡桌上放着一台 DVD 播放机，还装在包装盒里。一看到它我就觉得讨厌，收据塞在了盖子下面。是用现金付的款。特雷弗应该知道我没有 DVD 光盘。

我打开家庭购物网的网页。在稀里糊涂中，我从网站订购了一台电饭煲、一只氧化锆手链、两件带有硅化脂填充物的丰胸文胸，还有七个描绘婴儿酣睡的手绘瓷器小雕像。我合计着把它们送给雷娃，去"吊慰"她。最后，我精疲力竭，我的意识飘离大脑，停在离它一厘米远的地方，在断断续续的半梦半醒中，我在沙发上度过了那个晚上，骨头深深地扎进松弛凹陷的垫子中。我的喉咙发痒、酸痛，我的心脏时而飞快跳动，时而放慢速度，我的眼睛不时飞快地睁开，看看自己是不是真的独自待在这个房间里。

# 六

到了早上,我给塔特尔医生打了个电话。

"我的失眠症又突然发作了。"我说,这次它终于变成了事实。

"我能从你的声音里听出来。"她说。

"我的药剩得不多了。"

"嗯,**那**可不妙。失陪一下,我要把电话放下来一会儿。"我听见马桶里流水的"哗哗"声,接着像是喉咙发出的"咕噜"声,我想那是塔特尔医生拉起裤袜时弄出来的声音,然后是水流进水槽里的"叮叮咚咚"声。她重新拿起电话,咳嗽了一下。"我不在乎食品药品监督管理局说的那一套:噩梦只是吸引你重新连接上自己神经回路的邀请。这真的是听从自己本能的问题。如果人们按照冲动而非理性来行动,他们会轻松得多。所以毒品在治疗精神疾病时效果才那么好,因为它们削弱了我们的判断力。别去想太多。这些天我经常听自己这么说。你一直在服用思瑞康吗?"

"每天都吃。"我撒谎了。思瑞康对我根本不起作用。

"停止服用安必恩会很危险。作为一名专业人士,我必须阻止你操作任何重型装置——拖拉机或学校的校车、放古董的架子。你试过'因服迷多'吗?"

"还没有呢。"我又撒谎了。

我想,要想通过告诉塔特尔医生真相来换取其他药物,告诉她"因服迷多"让我一连几天做一些脱离自己本性的事情，而自己还不知道，这东西把我害苦了，那未免风险太大。"失去记忆可能是羞耻感导致的疾病的一个症状。"我想象她这么说，"也许你受到了悔恨的影响。或者是莱姆关节炎？梅毒？糖尿病？我需要你去找一位真正的医学博士看看，做一次彻底的检查。"那会毁掉一切的。我需要塔特尔医生毫不动摇的信任。纽约市不缺少精神科医生，但要再找到一个像塔特尔医生这么不负责任又古怪的，我可做不到。

"似乎什么药都不管用。"我在电话里告诉她，"我甚至对苯巴比妥也失去了信心。"

"别那么说。"塔特尔医生咕哝说，同时漫不经心地吸了口气。我希望她能给我开一些药效更强的东西，为了获得这样的处方，我得让它看起来像是塔特尔医生的主意。

"你有什么建议？"

"我曾经听一些可敬的巴西同行说，定期服用'因服迷多'可激活复杂的构造发生位移。事实证明，如果在服用它之后，再复杂细致地使用少量阿司匹林和星体投射[1]来加强效果，它对治疗唯我恐惧症相当有效。如果那不起作用，我们再重新评估。我们可能需要重新考虑你的整体治疗方法。"她说，"虽然也有一些替代药物的治疗法，但它们倾向于产生更具破坏性的副作用。"

---

[1] 星体投射是让清醒的意识离开肉体的一种体验，也译作"灵体投射"。——编者注

"比如说?"

"你有没有谈过恋爱?"

"在何种意义上说?"

"车到山前必有路。就药物而言,家用大剂量镇定麻醉药的下一个更高的层次是一种叫作"普洛格诺斯地康"[1]的药。我曾经见证过它产生奇迹,但它的已知副作用之一是嘴里会有泡沫。不过,我们仍然不排除你被误诊的可能性——现在这种情况其实罕见,在我的职业生涯中前所未有。你患的有可能是其他疾病,我该怎么说呢……受心理影响的疾病。冒着那样的风险,我认为我们应该保守一些。"

"我会尝试'因服迷多'的。"我敷衍了事地说。

"很好。并且每天要吃一些含有大量乳制品的饮食。你知道吗,牛能够选择是站着睡觉还是躺着睡觉。从这两个选择来看,我可知道自己会选择哪一种。你有没有在炉子上做过酸奶?别回答这个问题。我们把烹饪课留到下次见面吧。现在用笔把下面这个日子记录下来,因为我感觉你的精神疾病已经严重到影响记忆力了:一月二十日,星期六,两点钟。还有,试试'因服迷多'。再见。"

"等一下。"我说,"还有安必恩。"

"我会立刻打电话给你订购的。"

---

[1] 作者杜撰的药名。

我挂上电话，看看手机。今天才是一月七日，星期天。

我走进浴室，取出药品橱里剩余的所有药物，在肮脏的瓷砖地板上数了数它们的数量。我总共还有两片安必恩，不过还有三十片即将送来，雷美替胺十二片，曲唑酮十六片，安定文锭、阿普唑仑、地西泮、宁眠泰尔和苯巴比妥每种大概有十片，外加塔特尔医生仅随机开过一次的另外十二种药物，每种的数量为个位数。她只开了一次，"因为重新补充这么特殊的药有可能会引起保险公司那些'巫师'的怀疑"。在过去，这些药足够我服用一个月来帮助我进入中度睡眠，如果我服用安必恩的剂量比较保守，睡眠不会太深。不过我心里明白，现在它们全都没有作用了——就像一堆外国货币，一支没有子弹的枪。"因服迷多"让其他所有药物都失去了实际意义。也许它朝架子上的每一种药都辐射出了中和能量，我想。尽管我知道这是无稽之谈，但我还是把"因服迷多"的瓶子留在餐桌上，把其他所有药片都放回了药品橱。当我隔着那堆信件看这个瓶子时，它蓝色的塑料盖子就像霓虹灯一样闪烁。我吃下少量宁眠泰尔，把一瓶得敏脱的剩余的少量药片又放了回去。

在那堆信件中，我找到一封来自失业管理处的通知；我忘记给他们打电话了。反正那笔微不足道的救济金已经过期，因此这也不算多么大的损失。我将这份通知扔进垃圾桶。信件中有我的牙医寄来的一张明信片，提醒我去做每年一次的洗牙。垃圾。然后是塔特尔医生为我错过的那次预约而寄来的账单——是在一张索引卡背面手写的明信片。"十一月十二日，未如约到场诊疗的费用：三百美元。"她很可能到现在已经把这事忘得一干二净了。我把它放在一旁。我扔掉了第二大道新开张的一家中东餐厅提供的一份优惠券，扔掉了来自维多利亚的秘密、杰·克鲁、巴尼百货的春季产品目录，扔掉了来自物业管理处的一份旧的停水通知。更多的垃圾。我打开上个月的借记卡详细账目，浏览了一遍所有收费，并没有什么异常支出——大多数都是在那家杂货店的自动取款机上支取的现金。在博洛茗百货店只花掉了几百美元。我想，那件白色的狐皮大衣也许是我偷来的。

然后是雷娃寄来的一张圣诞卡："在这段艰难的日子里，你一直在那里支持我。如果没有一个像你这样的朋友来帮我平安渡过人生的兴衰沉浮，我都不知道自己该怎么办……"就跟她为她母亲写的那篇中途放弃的悼词一样糟糕。我把它扔掉了。

我为要不要打开一封来自房地产律师的信而犹豫不决，担心里面是一张我必须支付的账单，那就需要我找出支票簿，跑到外面的世界去买一张邮票。我深深地吸了口气，眼前直冒金星，还是打开了那封信。那是一张手写的简短字条。

"我几次试图通过电话联系你，但你的语音信箱似乎满了。我希望你度过了一个愉快的节日。那位教授即将搬出去。我觉得你应该把那所房子放到市场上出售，而不是寻找新的租客。从财务的角度说，卖掉房子，再把钱投入股票市场，你的收益会更高。如若不然，它只会空荡荡地矗立在那里。"

他说，那是浪费空间。

可是在那一刻，当我闭上眼睛想象那所房子时，它并不是空荡荡的。在我母亲那个挤得满满登登的衣橱深处，一抹柔和的色调引诱我回去。我仿佛走进了衣橱，从她悬挂的丝绸宽松上衣之间，向外窥视她卧室里粗糙的米黄色地毯，以及她床头柜上乳白色的陶瓷台灯。还有我的母亲。然后我顺着大厅走去，穿过那些法式玻璃门，进入我父亲的书房：一只洋李干放在一个茶托上，他那台巨大的灰色电脑闪烁着霓虹灯般的绿光，一摞他用红色自动铅笔做了标记的论文、自动铅笔，一些黄色的拍纸簿就像黄水仙一样开着，期刊、报纸和浅黄褐色的文件夹，还有粉色的树胶橡皮。几个低矮粗大的加拿大汽水瓶，里面只剩下四分之一的饮料。一只边缘带有缺口的水晶玻璃盘子，里面装着正在氧化的回形针、若干零钱、一张揉皱的糖锭包装纸，以及一颗他打算缝到衬衣上却没有缝的纽扣。还有我父亲。

自从那位教授搬进去之后，我父母的头发、眼睫毛、皮肤细胞、被剪掉的指甲碎屑有多少夹在地板中保存了下来呢？如果我卖掉那所房子，新房主或许会在硬木地板上铺油毡布，或者将地板掀掉。他们或许会把墙壁刷成鲜艳的色彩，在后面修建一个露台，在草坪上种植野花。我想，到了春天，这个地方看起来就会跟隔壁的"嬉皮之家"差不多了。我父母会痛恨把房子弄成那样的。

我把律师的信放在一旁，然后躺在沙发上。我应该感觉到点儿什么——一阵剧烈的悲伤，一股怀旧的刺痛。我确实感受到一种特殊的感觉，就像无边无际的绝望，如果我是在一部电影中，这种感觉会被肤浅地描绘成我慢慢摇摇头，流出一滴眼泪。镜头拉近，将我这个孤儿悲伤而漂亮的脸放大。然后跳剪到一个蒙太奇镜头，描绘了我生命中某些最有意义的时刻：我在蹒跚学步中迈开的头几个步伐；爸爸在夕阳西下时推着我荡秋千；妈妈在浴缸里给我洗澡；很有颗粒感且有些摇晃的家庭录像带镜头，拍摄的是我在后院花园里度过的六岁生日，我被蒙上了眼睛，转着圈，将驴尾巴钉到那匹假驴子身上。但我没有产生这样的怀旧之情。这些回忆不属于我。我只感觉到双手有麻刺感，一种怪异的麻刺感，就像你差点儿失手将某种珍贵的东西掉落到阳台外的感觉一样。我的心脏稍微加快了跳动速度。我可以彻底抛开它，我告诉自己——不管是那所房子，还是这种感觉。我已经没有剩下什么可失去的东西了。于是我给那名房地产律师打了个电话。

"哪样赚的钱更多？"我问他，"是将那所房子卖掉，还是将它一把火烧掉？"电话另一端是透不过气来的片刻停顿，"你好？"

"当然是卖掉。"那名律师说。

"阁楼和地下室里还有一些东西，"我开始说，"我是否必须——"

"你可以在我们交给你文件时把它们拿走。时机恰好。那位教授将在二月中旬搬出去，然后我们会看看有没有买家。我会把结果告诉你的。"

我挂上电话，穿上外套，朝来德爱药店走去。

外面很冷，狂风呼啸，停泊的汽车被雪花擦拭得干干净净，就像彩虹一样在正午的光线中闪烁。当我从那家杂货店门口路过时，我能够闻到烤咖啡豆的气味，差点儿禁不住诱惑，进去买上一些在步行去药店时喝。不过我知道最好别那样。现在咖啡因对我不会有帮助。我已经颤颤悠悠、紧张不安了。我对安必恩抱有很高的期望。四片安必恩再加一瓶得敏脱冲淡嘴里的药味，能让我昏睡上至少四个钟头，我想。"朝积极的一面想。"雷娃喜欢这么告诉我。

在来德爱药店，我浏览了一下那些录像带：《保镖》《野鸭变凤凰》《龙威小子3》《子弹横飞百老汇》和《爱玛》，然后再次伤心地想起来，我的盒式磁带录像机仍然是坏的。事实是残酷的。

在药店柜台旁工作的是一个长得像鸟的老女人。我以前从未见过她。她的姓名标签上写着她的名字"塔米"。世界上最差劲的名字。她用一种富有医疗职业精神的口吻跟我说话，让我对她感到厌恶。

"你的出生日期？以前来过这里吗？"

"你们有盒式磁带录像机卖吗？"

"我想没有，女士。"

我本来可以跋涉到第八十六街的百思买超市去拿药。我本来可以坐出租车去再回来。我就是太懒惰了，我告诉自己。不过说真的，事情发展到这个程度，我想我只能听天由命了。什么愚蠢的电影都无法拯救我。我已经能够听到喷气式飞机在头顶上轰鸣，这"嗡嗡"声弥漫了我脑子周围的空气，它会把各种东西都撕开，然后用烟雾和眼泪遮蔽它造成的破坏。我不知道那看起来会是什么样子。那倒也好。我给自己买了得敏脱、安必恩、一小罐欧托滋牌薄荷糖。付完钱，我就迈开大步，冒着严寒回家了——虽然被冻得不停地哆嗦，但感觉如释重负。现在，我每迈出一步，那些药品和薄荷糖就像摇着尾巴的响尾蛇一样"咔嗒咔嗒"响，我想，很快我将再次回到家。很快，如果天从人愿，我就会呼呼大睡。

　　一个遛狗人用鞭子一样的牵引绳拴着一群吠叫的茶杯犬和巴儿犬从我身边经过。那些狗就像蟑螂一样安静地从湿漉漉的柏油路上滑过。它们每一只都那么小，让我感到惊讶的是，它们居然没有被人踩到脚下，然后压得粉身碎骨。人们很容易喜欢它们，也很容易杀掉它们。我再次想起徐平那些剥制的狗标本，以及他用来杀狗的工业冰柜的反常传闻。一阵大风猛烈地扑打在我脸上，我把那件皮大衣的领子竖起来围住脖子，把自己想象成一只白色的狐狸，蜷缩在徐平那个冰柜的角落里，一阵阵朦胧的雾气在周围的空间里盘旋，在冷气的"嗡嗡"声中摇晃着一块块牛肋肉。我的大脑活动逐渐减慢，直到将各种念头的单个音节从它们的含义中抽离，我听见它们伸展开来，仿佛是一些拖得很长的音符，就像灯火管制的宵禁或空袭中的雾号声或汽笛声。"这是一次测试。"我感觉自己的牙齿被冻得"咯咯"打战，脸却被冻得麻木。

快了。那个冰柜感觉真的不错。

"有人刚给你送来一些花。"当我走进公寓大楼时门卫告诉我。他指着一大捧红玫瑰,就放在门厅内那个装饰性壁炉的壁炉架上。

"给我的?"

这些玫瑰是特雷弗送的吗?对他那位又胖又老的女朋友,他已经改变了主意?这是一个好迹象吗?这是否意味着新生活的开始?破镜重圆的浪漫爱情?那是我想要的吗?就像一匹受惊的马,一个白痴,我的心开始猛烈地跳动起来。我走过去看看那些花。壁炉架上方的墙上悬挂着一面镜子,里面映出一具冷冻的尸体,它仍然很漂亮。

然后我注意到那只花瓶是骷髅形状的。特雷弗不会送我那个,不会。

"你看到这些花是谁送来的吗?"我问门卫。

"一个快递员。"

"什么样的人?"我问。

"一个年老的黑人。步行的送信人。"

那些花朵之间塞着一张小字条,上面用少女般幼稚的圆珠笔写着:"献给我的缪斯。给我打电话,然后我们就可以开始了。"

我把它翻过来,这是徐平的名片,上面有他的姓名、电话号码、电子邮箱,以及我读过的最陈腐的引语:"每一次创造都是一次破坏。——巴勃罗·毕加索"。

我从壁炉架上取下那捧花，走进电梯，这些玫瑰闻起来就像下水道里一只死猫散发出的臭气。来到我住的那层楼上，我打开走廊里的垃圾道，将这些玫瑰扔了下去，但我留下了那张名片。不管徐平多让人讨厌——我对他或他的艺术都毫无敬意，我不想认识他，我也不想让他认识我——但他还是奉承我了，并让我想起自己的愚蠢和虚荣仍然完好无损。一个很好的教训。"哦，特雷弗！"

回到家，我把徐平的名片粘到起居室那面镜子的镜框里，就在雷娃那张宝丽来照片旁边。我吃了四片安必恩，又喝了一些得敏脱。"你会变得很想睡觉的。"我在脑子里告诉自己。我从存放床上用品的橱子里"挖"出一些干净的被单，铺好床，钻进被窝。我闭上眼睛，想象四周一片黑暗，我想象一片片玉米田，想象沙漠中的沙子在沙丘之间不断变换的图案，想象中央公园水池旁一棵轻轻摇摆的柳树，想象自己从巴黎一家饭店的窗户向外眺望，看着平坦的灰色天空，弯曲的绿色铜屋顶和板岩屋顶，黑色铁艺阳台栏杆的卷须，以及楼下湿漉漉的人行道。我仿佛置身于电影《惊狂记》中，闻到了柴油的气味，人们穿着防水雨衣，雨衣像斗篷一样在他们肩上飘舞。他们用手按着帽子，远处传来钟声，有两个音调的法国汽笛鸣响了一声，一辆摩托车发出不可饶恕的猛烈轰隆声，棕色的小鸟突然飞掠而过。也许哈里森·福特会出现。也许我是伊曼纽尔·塞尼耶，坐在一辆飞驰的轿车里，往自己的口香糖上抹可卡因，像一条没有骨头的蛇一样在夜店里跳舞，用我的身体对每个人实施催眠术。"睡觉吧，马上！"我想象在医院里一条长长的走廊上，一个穿着蓝色消毒服和厚裤子的护士一脸严肃地向我冲来。她即将对我说："我真的、真的很难过。"我转过身去。我想象乌比·戈德堡在《星际迷航》中穿着一件紫色的袍子，站在那面巨大的窗户前面，透过它，外太空朝着无边无际的神秘空间延伸。她看着我说："这是不是很美？"脸上露出那样的微笑。"嗯，乌比，它确实很美。"我朝那块玻璃迈出一步。被单轻轻摩擦着我的脚。我并非完全清醒，却无法跨过这道线进入睡眠。"去吧，继续。深渊就在眼前。只须再走几步就跳进去了。"可是我过于疲惫，根本无法穿过那块玻璃。"乌比，你能帮帮我吗？"没有回答。我把耳朵转向房间里的声音，转向那些顺着我所在的街区缓缓行驶的汽车，一扇门"砰"的一声关上，一双高跟鞋"咔嗒咔嗒"地顺着人行道走来。也许那是雷娃，我想。雷娃。"雷娃？"这个念头一下子将我唤醒了。

我突然感觉非常奇怪，就仿佛我的脑袋脱离了身体，飘浮在脖子残桩上方八厘米高的地方。我从床上爬起来，来到窗户边，拨开百叶窗上的一块板条，向外窥视。我将目光冲着东方，锁定那条河流上方暗淡的地平线，透过卡尔·舒尔茨公园的那些树枝已经变得光秃秃的黑色树木，那条河清晰可见。在午后苍白的光线衬托下，那些树枝嘲弄般地上下起伏着，然后停下来，被冻得微微颤抖。它们为什么会那样摇摆？它们这是怎么啦？看起来就像快进中的录像带。我的盒式磁带录像机。我的脑袋朝着左侧飘浮了几厘米。

我服用了三片宁眠泰尔和最后一片安定文锭，然后猛地躺到沙发上。我脑袋里那种奇怪的感觉似乎沉入躯干。我的体内只有空气而非内脏。我不记得上一次排泄是什么时候了。如果入睡的唯一方式是死亡该怎么办？我想，我是否应该咨询一位牧师？哦，荒谬。我开始翻滚。真希望自己从未服用该死的"因服迷多"。我想恢复过去的那一半生活，那时我的盒式磁带录像机仍然是好的，雷娃会带着她那些小小的苦恼来到这里，而我能够迷失在她那个肤浅的世界里几个小时，然后消失在酣睡中。如今雷娃已经升职，而肯已经与她不相干，我想知道那些日子是否也结束了。她会突然之间变得成熟，把我当作往昔一段失败生活的遗迹而抛弃掉吗？就像我在自己呼呼大睡的一年生活结束后希望将她抛弃一样。雷娃真的会醒悟吗？她现在是否意识到我是一个可怕的朋友？她真的会那么轻易地忘掉我吗？不，不会。她是个懒虫。她已经无可救药。如果那台盒式磁带录像机仍可以运转，我会一边把音量开得很大观看电影《上班女郎》，一边大嚼褪黑素和动物形状的饼干，如果我还有一些剩余的饼干该多好。我为什么就不再买这种饼干了呢？我忘记自己曾经是人类的孩子了吗？那是不是好事呢？

我打开电视机。

我看了《法律与秩序》，看了《吸血鬼猎人巴菲》，看了《老友记》《辛普森一家》《宋飞正传》《白宫风云》《威尔和格蕾丝》。

以半个小时为一段，几个小时"嘀嗒嘀嗒"地过去了。感觉我似乎已经看了好几天，而我没有睡觉。偶尔，我会把眩晕和恶心误当作瞌睡，可是当我闭上眼睛，我的心脏就飞快地跳动起来。我看了《后中之王》，我看了《奥普拉脱口秀》《多纳休脱口秀》《里基·莱克脱口秀》《萨莉·杰西·拉斐尔脱口秀》。我想知道自己会不会死掉，而我感觉不到丝毫悲伤，只有对来世的忧虑；我想知道它是否就跟今生一个样子，也同样无聊。我想，如果我死了，就让这变成结尾吧，这种愚蠢。

　　有那么一刻，我爬起来到厨房的水龙头狂饮自来水。当我直起腰时，我忽然开始失去视觉。荧光灯就在头顶上，而我视野的边缘却变黑了。那种黑暗就像一片云，飘过来挡在我眼前。我可以上上下下地移动自己的眼睛，可是那朵黑云却一动不动。然后它开始扩散，变得更宽。我膝盖一弯，倒在厨房地板上，四肢张开趴在冰冷的瓷砖上。我希望自己即将入睡。我试着屈服。可我就是睡不着。我的身体拒绝入睡。我的心脏战栗着，我透不过气来。也许那一刻到了，我想：我可以立马倒下一命呜呼。或者现在。现在。可是我的心脏继续单调地"梆梆梆"跳动，就像雷娃捶我的门一样重重地撞击着我的胸腔。我气喘吁吁。我吸了一口气。我在这里，我想。我还醒着。我想我听到了什么，门上传来一下抓挠的声音。然后是一下回声。然后是那一下回声的回声。我坐起来，一股冷风向我脖子上袭来。"嗖！"空气说。这是血液涌入我大脑的声音。我的视觉变得清晰了。我回到沙发上。

我看完了《珍妮·琼斯秀》《莫里·波维奇秀》和《夜间新闻》。

到了二十号那天,我到市中心去拜访塔特尔医生。当我穿上衣服、从衣橱里翻出一双橡胶底的靴子——我都不记得自己买过——并系好鞋带时,我感觉自己醉醺醺的,还很疯狂。在电梯里,我感觉醉醺醺的;步行穿过纽约城时,我感觉醉醺醺的;在出租车里,我感觉醉醺醺的。我趔趔趄趄地登上一级级台阶,通往塔特尔医生那栋赤褐色砂岩建筑,靠在门铃上等待了足足一分钟,她才来开门。白雪覆盖的大街晃得我眼花。我闭上眼睛。我要死了。我会告诉塔特尔医生这个。我是一具行尸走肉。

"你看起来心烦意乱。"她隔着玻璃门就事论事地说。我望着她站在大厅里。她穿着长长的红色内衣,外面披着一块羊毛披肩。她的头发耷拉在额头上,盖住了她眼镜的上半截镜片。她又戴上了那个颈托。

"我重新布置了一下屋子,"她打开门说道,"你一会儿就会看到。"

我有一个多月没到她的办公室了。候诊室的暖气顶上,整整一架大烛台在一个烤盘里燃烧、融化。一棵假圣诞树被塞到墙角,它上面的三分之一被修剪掉,放在它旁边一个装牛奶的板条箱里。这棵树的主体部分装饰着一串串紫色的金属箔和一些看起来像服饰珠宝的东西——人造的珍珠项链、金银手镯、镶着假钻石的儿童皇冠、花哨的耳夹。

她的办公室闻起来有股碘酒和鼠尾草的气味，以前放那张不能坐的贵妃椅的地方，如今放着一张创可贴颜色的巨大按摩台。

"我刚获得萨满巫师的执照，如果你愿意，也可以叫我巫婆。"塔特尔医生说，"如果你不愿意站着，可以跳到那张按摩台上。你看起来疲惫得像头快累死的驴。那句话是这么说的吗？"我小心翼翼地靠在书架上。

"你拿那张按摩台来做什么？"我听见自己问道。

"主要是在一些秘密仪式中做重新校准。我用铜榫来在敏感的身体磁场中确定悲伤所在的位置。这是一种古老的治疗形式——确定位置然后通过外科手术去除致癌能量。"

"我明白了。"

"我说的手术是比喻意义上的手术，例如用磁铁来吸。如果你感兴趣，我可以给你看那台磁疗机。小得可以放进手提包里，不过价格不菲。它非常有用，非常。它对失眠症不是那么有效，但对具有强迫症的赌徒和偷窥者，换言之，也就是肾上腺素分泌过多的瘾君子，是非常有效的。纽约城里到处是那样的人，因此我预测自己今年会变得更忙了。不过别担心，我不会抛弃自己的精神疾病客户。而且你们也只有几个。那么这就是我的新执照了。昂贵但物有所值。坐到那上面去吧。"在她的坚持要求下，我照做了，抓住那张按摩台冰冷的人造革边缘，拉着自己跳了上去。我的腿就像小孩子的腿那样朝着医生的腿晃悠。"你确实看起来心烦意乱。这些日子你的睡眠如何?"

"就像我说过的那样,我碰到一些严重的问题。"我开始说道。

"别告诉我那些,我知道你要说什么。"塔特尔医生说。她从办公桌上捡起一截铜线,把顶端伸向她的脖子,戳进柔软的肌肉里。她的皮肤看起来比我印象中的更柔韧,我忽然想到塔特尔医生很可能比我以为的更年轻。她可能才四十出头。"是'因服迷多'的缘故,它根本没用。对吧?"

"不完全是……"

"我很清楚哪里出错了。"她说,然后放下那根铜线,"我给你的样品是儿童剂量的。可以说,那点儿药只够把水弄浑。大脑必须跨过某道门槛,然后才会异常运转。这就像给浴缸装满水。在里面的水溢出来之前,它对你楼下的邻居们来说无关紧要。"

"我要说的是,这个'因服迷多'……"

"因为漏水。"塔特尔医生澄清道。

"我明白你的意思。不过我认为'因服迷多'……"

"现在稍等一会儿,我把你的病历拿出来。"她在办公桌上翻来翻去,"自从十二月以来我就没见过你。节日过得快乐吗?"

"还好吧。"

"圣诞老人今年是不是给你带来好东西了?"

"这件裘皮大衣。"我告诉她。

"家庭聚会会让精神紊乱的人感到紧张。"她的舌头发出"啧啧"声,仿佛是出于同情。为什么?她舔了舔一根手指,开始慢慢翻阅我文件夹里的一页页记录,那么慢。慢得让人发疯。"问道于盲,"她若有所思地说,"数百年来,这个成语都被误用了。它说的根本不是无知,而是**直觉**——第六感,也就是**心理**意识。盲人还能给**其他**什么人引路呢?这个问题的答案跟科学密切相关,比你以为的密切得多。见过医生们试图让心脏停止跳动的人苏醒吗?人们不了解电击疗法。这可不像坐在电椅上。**电击**。精神病学走了很远的路,才进入精神领域,进入能量。当然,一些人否认这些,但他们全都是为大型石油公司工作的。现在跟我说说你最近做的梦。"

"我不知道。我总是记不得那些梦。而且我根本睡不着觉。我觉得睡不着。"

"我们不会记不得东西,好吗?我们只是选择忽视它们。你能为自己的记忆失效承担责任然后继续吗?"

"可以。"

"那我问你一个技术问题:有什么人被你视为英雄吗?"

"我想乌比·戈德堡是我的英雄。"

"你们家的一个朋友?"

"她在我母亲死后照顾我。"我说。竟然还有没听说过乌比·戈德堡的人。

"你母亲是怎么死的?是突发事件吗?是暴力事件吗?"

到现在,我回答这个问题足有六次了。

于是我就说:"我把她杀掉了。"

塔特尔医生露出一丝假笑,扶了扶眼镜。"你是怎么做到的,从隐喻的角度说?"

我绞尽脑汁:"我把药放进她的伏特加里面。"

"那样确实可以达到目的。"塔特尔医生一边说,一边用一支圆珠笔狂躁地涂写着,好让里面的油墨流动起来。我看不下去了。塔特尔医生从未如此焦躁。我闭上眼睛。

我父亲确实在书房里放了一个白色的大理石乳钵和碾槌——一件古董。我试着想象自己拿起他剩下的一瓶药,在那里把药片碾碎。我能够看见自己的手在碾磨,然后舀起那些碾碎的粉末,放进我母亲的一瓶结霜的雪树伏特加瓶子里。我摇晃着那只瓶子。

"现在一动不动地坐一分钟。"塔特尔医生对我的供认不予考虑。我睁开眼睛。"我要评估你的性格变化。我今天注意到你的脸略有点儿偏离中心。有谁向你指出过这一点吗?你的**整张脸**。"她举起自己的笔,眯着眼,对我加以测量,"大约歪了负十度,从我这个角度看是朝逆时针方向歪的,不过等你回家照镜子时看到的就是顺时针方向。非常细微的倾斜。真的只有受过训练的眼睛才能看出来。不过,跟我们开始治疗你的那会儿相比,这个偏差就很大了。难怪你现在睡眠格外困难。仅仅为了让自己的脑袋处于正中央,你就得费**那么**大的力气。恐怕这是浪费精力。如果你让自己的脑袋随意改变位置,你会发现自己能够相当轻松地适应脱离正轨的现实。不过自我矫正的本能十分强大。哦,它确实很强大。服用合适的药物应该会缓解这种冲动。你不知道自己的面部偏移吗？"

"是的。"我回答，然后抬起手摸了摸眼睛。

她把手伸进下面的一个纸购物袋里，摸出四瓶"因服迷多"样品。"把你的剂量增加一倍。这些药每颗十毫克。每次吃两颗。"她说着从桌子上将那些盒子向我推来，"如果空虚让你夜里难以入眠，那我只会说，这是一种**非常**微小的偏差。"

在回家的出租车上，我看着自己映在有色车窗玻璃上的模样。我的脸非常端正：塔特尔医生显然是疯了。

当我坐电梯回我公寓时，我映在那两扇金色电梯门里的模样看起来仍然很好。我看起来就像仍在宿醉中的年轻的劳伦·巴考尔，就像衣冠不整的琼·芳登，我想。打开公寓门，我就像金·诺瓦克。"你比莎朗·斯通更漂亮。"雷娃如果看见我就会这么说。她说得对。我走向沙发，打开电视机。乔治·沃克·布什正在宣誓就职。我望着他半眯着眼睛，说出他那段独白："鼓励人们负起责任并不是寻找替罪羊，而是对良知的召唤。"这他妈到底是什么意思？难道是说美国人应该为这个世界的所有罪恶负责？或者只是为我们自己的世界负责？谁在乎呢？

接着，就仿佛我用自己世俗的玩世不恭召唤了雷娃，她再次敲响我的门。我有些感激地去给她开门。

"好了，我已经预约了做流产的时间。"说着，她就从我身边冲进起居室，"我需要你告诉我，我**做得对**。"

"我要求你们成为公民：公民而非旁观者；公民而非臣民；成为负责任的公民，建起有益的社区，建设一个**有个性**的国家。"

"这个布什比上一个酷多了，不是吗？就像一只淘气的小狗。"

"雷娃，我感觉不舒服。"

"唉，我也是。"她说，"我只希望一觉醒来后，一切都结束了，我再也不用想这件事了。我不打算告诉肯。除非我觉得自己应该告诉他。但也要等到流产之后。你认为他会感到难受吗？哦，我觉得恶心。哦，我觉得可怕。"

"你想要一点儿减轻痛苦的东西吗？"

"老天爷啊，当然要。"

我从皮大衣口袋里摸出塔特尔医生给我的"因服迷多"样品之一。我想知道雷娃服药后是否也会产生我那样的反应。

"这是什么？"

"药物样品。"

"样品？这合法吗？"

"是的，雷娃，这当然合法。"

"可这是什么东西啊，'因服迷多'？"她看着那个盒子，把它打开了。

"这是一种帮助睡眠的药。"我回答。

"听起来不错。我会尝试任何东西。你认为肯会不会仍然爱着我？"

"不会。"

我望着她的脸因为愤怒而变得通红,然后又冷静下来。她摇出一颗药,放在手掌心里。她的脸是不是有点儿歪?是不是每个人的脸都这样?我的眼睛是不是扭曲了?雷娃弯下腰,从地板上捡起一根扎头发的橡皮筋。

"这个可以借给我吗?"我点点头。她放下那颗药,扎起自己的头发。"也许回家后我可以查查这种药。'因服迷'……"

"老天。它没事的,雷娃。而且你查不到它的资料。"我说,尽管自己从未去查过,"它还没有上市。精神科医生一直都有样品。医药公司送给他们的。他们就是这么做的。"

"她有'妥泰(托吡酯)'的样品吗?有减肥药吗?"

"雷娃,别问了。"

"那么你说它是安全的。"

"它当然是安全的。我的医生给我的。"

"吃了以后有什么感觉?"

"我也说不出个究竟来。"我说。这是实情。

"哼。"

我没法跟雷娃实话实说。如果我承认自己服药后失去记忆,她就会没完没了地讨论这件事。一想到自己望着她惊恐地摇摇头,然后她试图抓住我的手,我就受不了。"把一切都告诉我!"她会哭着说,还滴答着口水。可怜的雷娃。她可能真的以为我会跟她分享什么。"永远是朋友?"她会希望我们做出神圣的约定。她一直都想跟我约好去做什么事情。"我们说好至少每个月吃两次早午餐。我们发誓每个周六要漫步穿过中央公园。我们约定一个每天打电话的时间吧。你愿意发誓今年一定要去滑雪吗？它会燃烧掉那么多卡路里。"

"雷娃，"我说，"这是安眠药。吃了它，然后去睡上一觉。让自己从对肯的痴迷中走出来休息一下。"

"这不是痴迷。这是一个**医疗过程**。我以前从没有流过产。你呢？"

"你到底想不想让自己感觉舒服点儿？"

"好吧，想。"

"你吃过药后别离开这所房子，也别跟任何人说起这件事。"

"为什么？因为你认为它们是非法的？因为你觉得自己的医生是某种毒品贩子？"

"我的天，不是的。因为塔特尔医生是把'因服迷多'开给**我**的，不是开给你的。人们不应该分享药物。如果你犯了心脏病，有人就会追查到她。我可不想因为什么官司而搞砸我跟她的关系。也许你不应该吃这个药。"

"如果我吃了，你觉得它会伤害我吗？或者伤害胎儿？"

"你担心会伤害胎儿？"

"当它还在我肚子里的时候，我可不想害死它。"她说。

我翻了个白眼，从咖啡桌上把她放下的药拿起来，倒出一颗。"我也要吃一颗。"我张开嘴，将那颗药扔进嘴里，咽了下去。

"好吧。"雷娃说，她从手袋里取出一瓶七喜牌低糖饮料。就像举行圣餐礼[1]那样,将那颗"因服迷多"放到舌头上,然后喝下半罐饮料。

"现在我们干吗?"

我没有回答。我只是坐在沙发上,翻着一个个频道,直到找到一个没有报道总统就职仪式的台。雷娃从那张扶手椅上站起来,坐到我旁边看电视。

"终于得救了!"雷娃说。

我们坐下来一起看,雷娃时不时地聊上一两句:"我什么感觉都没有,你呢?"然后又说:"反正这个世界无论怎样都会下地狱,那又何必生孩子呢?"然后是"我讨厌蒂法妮-安伯·蒂森。她就像个活动房屋。你知道她身高只有一米六五吗?我上初中的时候认识一个看起来像她的女孩——乔斯琳。她在所有人面前都戴着一副摇摇晃晃的耳坠。"然后,"我可以问你一件事吗?我已经忍了好一阵子了。千万别生气。不过我需要问你。否则我就不算好朋友了"。

"问吧,雷娃。问我什么都行。"

当我在三天后苏醒过来时,我仍然待在家里,在沙发上,穿着我的皮大衣。电视机已经关掉了,雷娃已经离开。我站起身,从厨房水槽的水龙头上喝了点儿水。不知道是雷娃还是我把垃圾

---

[1] 圣餐礼是基督教的重要仪式之一,被认为是基督亲自设立的圣礼。——编者注

倒掉了。公寓安静，又干净得出奇。冰箱上有一张留给我的黄色报事贴。

"今天是你余生的第一天！亲亲抱抱。"

我不知道自己说了什么，致使雷娃给我留下这么一张神气十足、鼓舞人心的字条。也许我在失忆状态中跟她做出了什么约定："让我们过得快快乐乐！让我们把每一天都当作自己生命中的最后一天来过！"令人作呕。我站起来，从冰箱上扯掉那张字条，握在拳头里将它揉成一团。那让我感觉稍微好了点儿。我吃了一杯香草味的石原农场牌酸奶，但我不记得自己买过。

我决定服用少量阿普唑仑，仅仅为了让自己平静下来。可是，当我打开浴室里的药品橱时，却发现我的药片不见了踪影。所有药瓶都消失了。

我心里一沉，有点蒙了。

"哈喽？"

当然是雷娃拿走了我的药片。我毫不怀疑。她给我留下的只有单次剂量的苯那君，在一板两三厘米的正方形铝箔气泡包装里面，放着两片微不足道的抗组胺药。我难以置信地将它拿起来，关上药品橱的门。我映在镜子里的脸让我大吃一惊。我向前靠了靠，看看它在塔特尔医生那次古怪的评估之后是否有所变化。我**确实**看起来不一样了。到底怎么不一样，我也说不出个所以然，不过我脸上有一些以前没有的东西。那是什么呢？难道我进入新的维度了？荒谬。我再次打开药品橱。那些药片并没有如魔法一般重新出现。

没想到雷娃这么胆大妄为。也许是我自己把那些药片藏起来，不让自己找到，我想。我开始在走廊和厨房里打开一个个抽屉和橱子。我撑起身体爬到柜台上，朝那些架子后面窥看。那里什么都没有。我到卧室里去找，查看了我床头柜的抽屉里面和我的床底下。我把那个橱子里的所有东西都拿出来，一无所获，然后又把所有东西都重新堆进去。我仔细搜索了那些抽屉。我回到起居室，拉开沙发垫套子的拉链。也许我把那些药塞进镜框里了，我想。可是我为什么要那么做呢？我发现自己的手机在卧室里充着电，于是给雷娃打了个电话。她没有接。

"雷娃！"我开始给她留言。她是个懦夫，我想。她是个白痴。

"你是医生吗？你是什么专家吗？如果在今晚之前，我那些东西没有回到那个药品橱里，我们就玩儿完了。我们的友谊就结束了。我再也不想见到你了。当然，如果到时我还活着的话。你有没有想过，你或许不了解我目前的处境背后隐藏的所有故事，我如果突然停止服药，可能会造成有害的结果，如果我不吃药，我会出现痉挛的，雷娃，会长动脉瘤，出现神经性休克。懂吗？全部细胞崩溃！如果我因为你而死掉，你会追悔莫及的。到那时，我都不知道你自个儿怎么活下去。要克服**我因你而死**的内疚，你得呕吐多少回，练多少班霸单车，啊？你知道杀死自己爱的人是终极的自我毁灭行为吗？成熟点儿吧，雷娃。这是求助的呼声吗？如果是的话，那么这可真他妈的悲惨。不管怎样，给我回个电话。我等着。而且，说实话吧，我感觉很不舒服。"

我吃下那两片苯那君，重新坐到沙发上，打开电视机。

"在有一百票支持、零票反对的一次压倒性的投票中，参议院确认米奇·丹尼尔斯在刚刚就职的布什政府中担任白宫管理与预算办公室主任。五十一岁的丹尼尔斯曾经在总部位于印第安纳波利斯的医药巨头礼来医药公司担任高级副总裁。"

我换了个频道。

"本周好莱坞的编剧们将与制作部门的主管开始磋商，试图阻止一场潜在的罢工，它会导致电视电影停播，并导致数千名编剧在娱乐界**无事可做**。这样一场罢工带来的巨大冲击将对电视行业影响至深，观众将看不到几乎任何需要事先编写剧本的节目。"

这听起来倒也不坏。苯那君产生作用了吗？

然后我注意到，那台报废的盒式磁带录像机顶上还贴着另一张报事贴。那个可怕的东西！我预计那很可能是另一条来自雷娃的陈腐信息，鼓励我"活出人生的全部精彩"。我站起身，将它撕下来。确实陈腐："你能想象的一切都是真实的。——巴勃罗·毕加索"。可是字迹不是雷娃的。我过了一阵子才明白过来，这是徐平的字迹。

我朝马桶跑去。

我的呕吐物是一些酸酸的、带有牛奶味的糖浆。其中一点儿溅到了我的脸上。当我吞下的两片苯那君"砰"的一下掉进水里时，我看见一个霓虹粉色的旋涡。换作几天之前，我或许还会试图将它们捞出来,可是它们大部分都已经溶解了。就让它们去吧,我告诉自己。此外,两片苯那君不过是个玩笑,就像朝着一片森林大火发射一枚鼻涕火箭,就像试图通过寄送一张明信片来驯服一头雄狮。我冲了马桶,坐在冰冷的瓷砖上。有那么一会儿,我感觉有些天旋地转,地板就像一条在巨浪中行驶的船只的甲板那样上下摇晃。我感觉恶心。我需要吃点儿什么药。如果没有药,我会疯掉的。我相信自己会死掉。我把手机的铃声开到最大,这样当雷娃打来电话时,它就会非常响。我慢慢站起来,刷了刷牙。在镜子里,我因为流汗而满脸通红、湿漉漉的。这是愤怒。这是极度的恐惧。

我重新坐到沙发上,瞪着电视屏幕,把脚搁到咖啡桌上。我把徐平留给我的白痴报事贴揉成一团,然后放到舌头上,让它在我满是唾液的嘴里慢慢溶解。"特纳经典电影"频道正在播放《心魔劫》。我决定保持冷静。我一点点地咀嚼并咽下那团浸透的纸。"萨莉·菲尔德也食欲过盛。"如果雷娃在屋里,她会告诉我,"她对这一点很坦率。简·方达也是同样。不过所有人都知道这事。记得她在那些健身录像带里露出的大腿吗?它们**不自然**。"

"哦,闭嘴,雷娃。"

"**我爱你。**"

也许她确实爱我,而那正是我痛恨她的原因。

我想知道,如果我像雷娃对我做的那样,偷走我母亲的全部药片,我母亲是否会好起来?雷娃仅仅被她母亲尸体火化的情景折磨，算她幸运，放在"特制的金属盘子"里焚化。至少她母亲的尸体已经被烧毁，没了。我死去的母亲却躺在一口棺材里，变成一具干枯的骷髅。我仍然觉得她在那下面搞事，随着她身上的肉逐渐萎缩并从她的骨头上脱落，在那里难受、痛苦。她会责怪我吗？我们让她穿着一套康乃馨粉的蒂埃里·穆勒牌套装下葬。她的头发做得很完美。她的唇膏抹得很完美，血红色的，是迪奥999系列。如果我现在把她挖出来，那些唇膏是否已经褪色？不管怎样，她都已经是一具僵硬的躯壳了，就像一只巨型昆虫褪下的外骨骼。那就是我母亲的样子。如果我在回校之前把所有处方药都扔进马桶里冲掉，将她所有的酒都倒进水槽里，那会怎么样呢？她会暗地里希望我那么做吗？那会让她至少快乐一次吗？或者，那会不会把她推得更远？"这就是我的女儿！"我感觉自己心里有一点点懊悔。在这间屋里，它闻起来就像分币那么没有价值，我想。空气的味道就像你用舌头测试一节电池一样，冰冷而刺激。"我不适合占据空间。抱歉我还活着。"也许我产生幻觉了。也许我中风了。我需要吃阿普唑仑，我需要吃氯硝安定。雷娃甚至拿走了我那个可咀嚼的椒薄荷味褪黑素的空瓶子。她怎么能那样？

　　在脑子里，我列出了自己想要服用的药品名单，然后想象自己正在将它们吃掉。我把手拢成杯状，将那些看不见的药片倒进手掌中。我将它们一颗一颗地咽下去。这根本不管用。我开始流汗。我回到厨房，从水龙头里喝了些自来水，然后把脑袋探进冰柜，找到一瓶裹在皱巴巴的白色塑料袋里的"豪帅快活"。我很高兴那不是一颗人头。我喝掉了那瓶龙舌兰酒，瞪着雷娃那张宝丽来照片。然后我想起自己有她公寓的备用钥匙。

　　我已经好几年没去过上西区了，自从我上次去雷娃住处之后就再没去过。在这个地区我感觉安全，这里令人清醒。这里的建筑更笨重，街道更宽阔。自打我从哥伦比亚大学毕业后，这里就没多大变化。西区市场，河畔公园，一〇二〇酒吧，西点，切成一片片出售的便宜比萨。也许那就是雷娃热爱它的原因，我想。廉价的狂欢作乐。如果你有良好的品位，贪食症会让你花销比较高。雷娃大学毕业后选择住在这里，我一直觉得她可怜。不过，当我处于狂乱的绝望状态中，坐着出租车从这里经过时，我理解了她的选择：生活在过去当中会有一种稳定感。

　　来到雷娃位于西九十八街的住所大楼，我摁了好几次门铃。如果有安定文锭就好了，我想。奇怪的是，我也渴望碳酸锂片，还有思瑞康。几个小时的流涎和恶心，听起来就像是呼呼大睡——通过服用安必恩、扑热息痛进入睡眠，我还一直随意服用止痛药维柯丁以观察其效果——之前那种消除紧张情绪的折磨。我在想，我会从雷娃这里拿走我的药片，回到家里，然后我就可以一下子呼呼大睡上十个小时，接着起床喝杯水，吃点儿零食，然后再一连睡个十小时。拜托了！

　　我又摁了一次门铃，然后等待着，想象雷娃拎着十二袋从食品店购买的食物杂货，吃力地顺着这个街区朝她住的大楼走来，怀里抱着一堆巧克力糕饼预拌粉、冰激凌、薯条、蛋糕，或者雷娃喜欢吃掉然后再呕吐出来的任何东西，看见我在等她，她的脸上露出惊讶和羞愧的表情。她的紧张。她的伪善。我在她可怜的小门廊里转着圈踱步，疯狂地捶打门铃。我不能再等下去了。我有她的备用钥匙，于是我就自己打开门进去了。

顺着楼梯往上爬，我闻到了醋味，闻到了清洁剂的气味。我想我闻到了小便的气味。一只淡灰紫色的猫像猫头鹰一样坐在二楼的栏杆上。"梦见自己手忙脚乱地与动物在一起，会引发原始而暴力的后果。"塔特尔医生曾经抚摸着自己那只打着呼噜的肥猫对我这么说。我有点儿想在到达二楼的楼梯平台上之后，把那只猫推到下面的楼梯间去。它眼睛里的表情是那么的自鸣得意。我敲了敲雷娃公寓的房门。除了风的呼啸声，我什么都没听到。我以为会在雷娃的公寓里找到她，她穿着带有卡通兔子图案的粉红色法兰绒睡衣，以及粉红色的绒毛拖鞋，很可能处于某种怪异而甜蜜的昏迷中，或者因为"不知道如何应对现实"或其他什么无用的情绪，而在歇斯底里地大哭着。我用那把银色的钥匙打开了她公寓的大门。我走了进去。

"哈喽？"

我发誓自己在黑暗中闻到了呕吐物的气味。

"雷娃，是我，"我说，"你**最好的朋友**。"

我轻轻打开门旁的电灯开关，屋子笼罩在胭红色的闷热光线里。粉红色的灯？这个地方乱七八糟的，一片寂静，空气沉闷，就跟我印象中的一样。"雷娃？你在这里吗？"起居室里的一扇窗户用一个四斤半重的哑铃撑开着，可是空气不流通。窗帘杆上挂着一个美腿器，一张带有花朵图案的窗帘折到一起，用一只夹子夹在边上。

"我来取我那堆东西。"我对着几堵墙壁说。

一堆堆的《时尚》《嘉人》和《美国周刊》杂志，起居室里唯一在活动的东西是雷娃那台巨大的戴尔电脑旋转的屏保程序。电脑位于屋角一张靠墙的小桌子上，大部分被一只晾衣架遮住了，那上面挂着几套安·泰勒牌针织衫、香蕉共和国牌礼服衬衣及与之搭配的胸罩和内裤。还有六件褪色的白色运动胸罩，好几双肉色尼龙袜。"雷娃！"我大叫着，跌跌撞撞地穿过起居室里一堆色彩鲜艳的运动鞋。

厨房里，灶台上放着一块干掉的方形大蛋糕，上面有用手指挖过的痕迹。蛋糕旁边是一桶我不敢相信这不是黄油牌的人造奶油和无糖枫糖浆。水槽里有成堆的脏盘子。一只小小的垃圾桶里，垃圾食品包装和苹果核已经满溢出来。半块烤制的华夫饼干上抹着花生酱，还有一只装着小胡萝卜的不透明袋子。在垃圾桶旁边，一只纸板箱里装满了踩扁的七喜牌无糖饮料罐。到处都是这样的饮料罐。一个玻璃杯里装着橘子汁，表面漂着几只果蝇。

她橱柜里装的东西都在我意料之中。草药减肥茶、美达施纤维素、纤而乐低卡代糖、成堆的健康选择汤罐头、金枪鱼罐头、多堤士玉米片、金鱼饼干、四季宝低脂花生酱、无糖果冻、好时无糖糖浆、米饼、微波炉烤制的低脂爆米花，一盒接一盒的黄色预拌蛋糕粉。当我打开冰柜，一团雾气冒了出来。里面结了厚厚的冰霜，塞满了冷冻的脱脂酸奶、无糖的冰棒、一瓶雾气蒙蒙的雪树伏特加。一切看起来似曾相识。雷娃曾经告诉我，她新近最爱的鸡尾酒——我是服用"因服迷多"了吗？——是低能量的佳得乐牌饮料和伏特加。

"你可以一整天都喝这个，绝不会脱水。"

"雷娃，如果你躲起来不想见我，我会找到你的。"我大声叫道。

她的卧室比她那张巨大的双人床垫大不了多少，她跟我说过，那是她在母亲生病后从父母那里继承的，"这样他们就可以买两张双人床了，因为她那么烦躁不安，我爸爸晚上睡不着"。在床头柜上的几罐七喜牌无糖饮料之间，一只数码闹钟的绿色数字闪着微光。现在是下午四点三十七分。我闻到了花生酱的气味，又再次闻到了呕吐物浓烈的苦味。床罩是罗兰爱思牌的，从床上向后叠了起来。被单上沾着食品污迹。我朝床底下看了看，只找到一些鞋子、更多的杂志、装过酸奶的小空盒，一些汉堡王快餐店纸袋就像瘪掉的足球一样被压得扁平。床头柜的抽屉里，有一只紫色的按摩器、一本带有光滑的绿色封面的日记本、一个紫色的眼罩、一包樱桃红的救生员牌糖果、一张宝丽来照片，照片里她母亲穿着跳跳虎服装，腼腆地微笑着，半眯着眼睛，坐在法明代尔他们家那张覆盖着塑料膜的沙发上,而五岁大的雷娃装扮成小熊维尼,跪在地上,雷娃母亲的手搂住了女儿那个毛茸茸的黄色大肚子。我拿起那本日记,打开看了看。里面不过是每天记录的一些数字和算术符号,最终的结果被圈了起来,加有微笑或皱眉的表情符号。最后一笔标注的日期是十二月二十三日。雷娃似乎在她母亲去世后就放弃了每天的数字游戏。

我想象雷娃每晚睡在那张床上,很可能喝醉了,肚子里填满了阿斯巴甜代糖和胃药法莫替丁。到了早上,她梳妆打扮好之后,就会带着一副沉着的面孔,出发进入外面的世界。还说**我**有问题?谁才是真正的大笨蛋呢,雷娃?我越来越恨她了。

雷娃的浴室看起来就像属于一对准备参加选美大赛的双胞胎青少年的一样。我能够闻到霉菌、呕吐物和来苏尔消毒液的气味。一只膨胀的粉红色工具箱已经爆满,里面装着各种形状和大小的化妆刷和其他上妆工具、药店出售的化妆品、指甲油、偷来的试用品、一打不同色号的美宝莲润唇膏。架子上有两个吹风机、一个卷发烫发钳、一个直发烫发钳、一碗装饰着珠宝的发卡和塑料束发带。一些从时尚杂志上挖剪下来的图画贴在低矮的化妆台和水槽上方的镜子边缘:克劳迪娅·希弗为盖尔斯牌牛仔服拍的广告,穿着卡尔文·克莱恩牌服装的凯特·摩丝,*Runaway*杂志上的线条画人物,琳达·伊万杰莉丝塔,凯特·摩丝,凯特·摩丝,凯特·摩丝。架子上面还有一碗棉球和棉签,一碗扁平发卡,两瓶巨大的李施德林漱口水。一只茶杯里肯定放着很多牙刷,每一支牙刷头的毛都已磨损、发黄，杯子的旁边是一瓶处方维柯丁。维柯丁！是牙医给开的，这个瓶子里还剩十二颗药片。我吃掉一颗，把其余的放进口袋里。我在水槽下面发现一个用粉红色缎带系着盖子的柳条筐，我猜是复活节留下的纪念物，并从里面找到更多的药片。也许在雷娃买下那个柳条筐时，里面装满了巧克力蛋。清仓大甩卖。筐子里面有：德瑞克斯利尿剂、布洛芬、胃能达、乐可舒便秘药、代您瘦减肥药、美多痛经药、阿司匹林、芬芬减肥药。橱子后面的角落里塞了一个维多利亚的秘密牌礼品袋，里面装的正是我的安必恩，太棒了！我的雷美替胺，我的安定文锭，我的阿普唑仑，我的曲唑酮，我的碳酸锂片，还有思瑞康、舒乐安定、地西泮。我大笑起来，眼泪都笑出来了。终于，我的心跳速度放慢了。我的手开始微微颤抖，或者，也许它们一直都在颤抖。"感谢上帝。"我大声说道。一阵风将浴室的门往外一吸，仿佛表示庆祝一般，"砰"的一声关上了。

我点了一下，里面有三颗碳酸锂片、两颗安定文锭、五颗安必恩。这听起来像是不错的大杂烩，仿佛一次奢华的自由落体，坠入天鹅绒般柔软的黑暗中。还有两片曲唑酮，因为曲唑酮比安必恩更沉，所以，如果我做梦，我会梦见自己掉到地板上。那样就安稳了，我想。也许再来一片安定文锭。对我来说，我感觉安定文锭就像新鲜空气，一阵凉爽的微风，稍微有点儿兴奋。这样很好，我想。真正的休息。我的嘴里开始流口水。美国式的黑甜一梦。那些药片会刮除我脑子里残留的"因服迷多"淤泥。然后我就会感觉更舒服,再然后我就安生了,我就会轻松地活着,轻松地思考了。我的大脑会轻快地滑翔。我看着自己手掌中的这堆杂七杂八的药片,如同一张快照。拜拜了,噩梦。我希望自己能拿着那台宝丽来相机记录这个场面。"忘掉我,雷娃。"我会说,然后将这张照片摔到她脸上,"你再也见不到我了。"不过我在乎吗?我想我不在乎。如果雷娃脖子上绑着绳子挂在浴帘后面,我会直接回家。但这一刻值得纪念。我找回了自己的魔法。现在这属于我了,我告诉自己。我要去睡觉了。

　　水龙头流出的水是橘黄色的,尝起来就像血液的味道。我不想用什么马尿臭水将我这些美妙的药片冲进肚子里。我会从厨房的水槽上接一些水,我想。于是我朝浴室的门走去,试图把它打开。它没有开。我摆弄门锁,将那个圆形把手拧来拧去。"雷娃?"门锁里有什么东西被卡住或坏掉了。我将那一把药片倒进外衣口袋里,又拧了拧门把手,猛地拉了拉,扭了几下。可它就是不转。我被反锁在里面了。我用力捶击这扇门。

　　"雷娃!"我又叫了一声。

　　没有人回答。我坐在那个覆盖着细绒毛的粉红色马桶盖上,摆弄起圆形把手来,感觉好像过去了二十分钟。我想,我只能破门而出,要么就等雷娃下班回家。不管是哪种方式,结果都会与她对峙。我已经知道她要说的每一句话了。

　　"我已经冷眼旁观很久了。**你有问题**。当你把自己杀死的时候,我不能仅仅扭过头去,视而不见。"

而我会怎样反唇相讥呢？

"我很感激你的关心。"我大发雷霆，只想杀了她，"我有医生的指导，雷娃。我没有什么可担心的。如果这不合适，她就不会允许我这么做。这一切都是安全的！"

或者，也许她会走悲情路线。

"我几个星期之前才刚刚把我母亲埋掉。我不想把你也埋掉。"

"你没有埋掉你母亲。"

"无论怎么说，那也是火葬的。"

"我希望海葬。"我会告诉她，"用一块黑布把我包起来，从船上扔出去，就像海盗一样。"

我拉上发霉的浴帘，把外套挂在毛巾架上，在浴缸里躺下，然后等待着。在雷娃回到家再放我出去之前的几个小时里，我没有睡觉。我知道我会睡不着。我需要一条出路——从这个浴室中出去，从这些药片、失眠，以及我失败而愚蠢的人生中找到一条出路。

当我想出这些问题的解决办法时，它就像一只鹰落到悬崖上一般落入我的脑子。就仿佛它一直在那里，就在上空盘旋，研究我生活中的每一个细节，将所有碎片拼到一起。"这就是出路。"我知道自己到底该怎么做了：我需要将自己锁起来。

如果一片"因服迷多"就能让我在空虚的无意识状态中消磨三天，那我就有足够的药片让我在黑暗中待到六月。我只需要一名狱卒即可，我可以在连续的睡眠中生存，不用担心自己跑到外面卷入任何事情。这一切似乎都是切合实际的。"因服迷多"会对我产生效果。我如释重负，差不多有些快乐了。当雷娃终于回到家，她使出吃奶的劲儿拧开浴室房门，发出尖叫，并对我的健康表示严重担忧，与此同时又将我赶出浴室，我猜那是因为，她有满满一个胃的垃圾食品需要呕吐出来。这时候，我对这些已经满不在乎了。

除了"因服迷多"外，我把其余的所有药片都留给她了。

回到家，我叫来一个锁匠，又安排好第二天下午跟徐平见面，然后打电话告诉塔特尔医生，告诉她我在随后的四个月将不再去就诊。

"但愿我以后再也不用找你看病了。"我告诉她。

"人们一直都对我这么说。"她说。

那是我们最后一次说话。

# 七

"你确定自己不想穿这些东西了吗？如果我把哪件改大一些，然后你又想把它要回去，那该怎么办？"

我已经打电话给雷娃说，我要清理自己的衣橱。她带来一堆巨型纸质购物袋，是她从曼哈顿的多家百货商店收集的，显然存下它们是以备不时之需，万一自己不得不转移什么东西，并且需要一个容器来显示自己具有良好品位，证明自己花了钱因此是个可敬的人，这些袋子就用得上了。我见过管家和保姆们做同样的事情：将自己的午餐放在来自蒂芙尼或萨克斯第五大道牌的那些皱巴巴的小礼品袋里，在上东区招摇过市。

"我再也不想看到这些衣服中的任何一件了。"雷娃到了后我告诉她，"我想把它们全部忘得一干二净。你不想要的我就捐出去或者扔掉。"

"**所有**这些吗？"

她就像一个来到糖果店的小孩子，有条不紊而又贪婪地拖出每一套正装，每一条裙子，每一件衬衣，连同衣架一起，全拿了出来。每一条带有设计师标签的牛仔裤，每一件包装完好的贴身内衣裤，每一双鞋子——除了我脚上穿的这双脏兮兮的拖鞋。

"它们**还算**合身，"她一边试穿一双没有磨损的莫罗·伯拉尼克牌鞋子，一边说道，"而且也很好。"

她把所有衣物都打包装进那些购物袋里，急不可耐，就像一个在黄昏时不顾涨潮忙着修建沙堡的人。就像你知道一个梦即将结束，但你如果动作够快，就不会惊醒那些神灵。大多数衣服上面仍然带有标签。

"这样我就有足够的动力来坚持节食了。"说着，她吃力地把那些袋子拖进起居室，"有阿特金斯减肥法，我觉得可以。在接下来的六个月里就吃火腿加鸡蛋。如果我真的下定决心，我想我是能够做到的。医生说流产不会让体重减轻多少，不过我还是会做。不管碰到什么我都会忍受。尤其是现在。二号大的衣服对我的臀部来说是一个挑战，你知道的。你**确定**自己不想把这些衣服中的任何一件要回去吗？"她兴高采烈，满面红光。

"把首饰也带走。"我说，然后回到卧室，现在感觉这里面空洞而凉爽。感谢上帝，有雷娃在。她的贪婪会卸下我自己身上那些虚荣的重负。我开始整理我的首饰，然后决定把整盒都给她。她没有问为什么。也许她觉得我此刻处于失忆状态，如果她向我提出问题，我就会苏醒过来。别打扰那只熟睡的野兽，那只放在肉类冷藏柜里的白色狐狸。

我跟她一起坐电梯下楼，我们拎在手里的那些袋子沉甸甸的，但又松软如云，电梯里的空气不断改变气压，就仿佛我们在飞行穿过一场风暴。不过我几乎什么感觉都没有。当我们走出门时，门卫帮我们扶着门。

"哦，太谢谢你了，你太好了。"雷娃说，她突然变成了彬彬有礼的淑女,优雅而啰唆,"你真是太贴心了,曼努埃尔。谢谢你。"

那是门卫的名字,我从来都懒得去问。我给了雷娃四十美元现金,让她打车穿过这座城市。门卫吹口哨叫来一辆出租车。

"我要去旅行,雷娃。"我说。

"康复治疗?"

"差不多吧。"

"要去多久?"她的眼睛只有最微不足道的颤动,在这个含含糊糊因此显而易见的谎言面前,几乎没有畏缩。可她还能说什么呢?我已经用高级时装把她打发走,好让我能够独处。

"我会在六月一日回来,"我说,"或者,也许我会待得更久一点儿。他们不让我打电话。他们告诉我最好不要联系我以前认识的人。"

"连我也不联系?"她只是在客气。我看得出来她已经盘算好,她寻找的是友爱和崇拜,却收获了这个全新的衣橱、浮华的盔甲、最鲜艳的伪装。她朝自己的手心吹气,想让它们暖和起来,朝那辆向她驶来的出租车伸长脖子。

"祝你顺利流产。"

雷娃真诚地点点头。在那一刻,我觉得我们的友谊结束了。以后回想起来的,只有她过去给我的这种被她称为"**爱**"的轻快回忆。那天看着雷娃离开,我感觉心里很平静。我从她那里夺走了那么多的尊严,但她现在塞进出租车后备箱里的施舍似乎可以做出补偿。我获得了赦免。她给了我一个拥抱，又亲了一下我的面颊。

"我为你感到自豪，"她说，"我知道你能迈过这道坎。"当她坐着车子缓缓离开时，她的眼睛里含着泪水，也许只是因为天气冷吧。"我感觉自己就像中了彩票！"她很快乐。我透过有色车窗玻璃望着她，在她的车子驶离时微笑着向她挥手。

来到那家杂货店，我要了两杯咖啡和一个预先包装好的胡萝卜蛋糕，买下了那些埃及人库存的所有垃圾袋，然后回到楼上，把所有东西都打包好。每本书，每个花瓶，每个盘子、碗和刀叉。我的所有录像带，甚至收藏的那套《星际迷航》。我知道自己不得不这么做。如果我打算面目一新地从我即将进入的深层睡眠中出现，那我就必须变成完全的白板。除了空荡荡的白墙、光秃秃的地板和微温的自来水，我什么都不需要。我打包好自己的所有录像带和 CD，我的笔记本电脑，那些没有点过的蜡烛，我的所有钢笔和铅笔，我的所有电线和预防强暴的口哨，以及那些我从未去过的地方的"福多尔旅行指南"。[1]

我给犹太妇女委员会旧货店打了个电话，告诉他们我姨妈死了。一小时后，两个家伙开着一辆小货车过来了，将那些垃圾袋

---

[1] 福多尔是匈牙利人尤金·福多尔创立的一家旅游指南和旅游信息公司，其出版的旅游指南涵盖了 300 多个目的地。——编者注

每次四个搬到走廊里，永远搬出我的生活。他们也搬走了我的大部分家具，包括咖啡桌和床架。我还让他们把那张沙发和扶手椅搬了出去，放在路边。我的家具只剩下床垫、餐桌，还有一把带有垫子的铝质单人折叠椅，那个垫子表面的灰色亚麻布上已经沾有污迹。我把它扔进了垃圾道。永别了！

我留给自己的不过是一套毛巾、两套被单、那床鸭绒被、三套睡衣裤、三条棉质内裤、三个胸罩、三双短袜、一把梳子、一盒汰渍牌洗衣液、一大瓶露比黎登牌润肤乳。我在来德爱药店买了一把新牙刷和够用四个月的牙膏、象牙香皂和厕纸。一批够吃四个月的补铁药，一瓶供女性每天服用的维生素，还有阿司匹林。我还买了几包塑料杯子、盘子和塑料刀、叉、勺。

我已经嘱咐徐平，每个周日的下午给我带一个额外多加奶酪的大份辣味蘑菇香肠比萨。每当我醒来时，我都会喝水，吃掉一片比萨，做一些仰卧起坐、俯卧撑、深蹲和弓步，将身上的衣服放进洗衣机，把已经洗好的那套放进烘干机，再穿上那套干净的，然后再吃一颗"因服迷多"。如此一来，我就能待在黑暗中，直到我用来休息的这一年结束。

等锁匠来了之后，我让他把新的门锁装在门外侧，这样待在这套公寓里的任何人，都需要用钥匙打开门才能出去。他没有问为什么。把自己锁到屋里，要出去就只能翻窗户了。我琢磨着，如果在"因服迷多"的影响下跳出去，那将是一次没有痛苦的死亡，一次无意识状态下的死亡。我要么平平安安地在公寓里醒来，要么不会醒来。我要每三天冒一次这样的风险，总共四十次。当我在六月醒来的时候，如果我的生活仍然不值得那么麻烦，我将结束自己的生命。我会跳楼。这就是我给自己立下的协议。

在徐平一月三十一日过来之前，我去外面散步，最后一次。天空雾蒙蒙的，狂风接连不断地狠狠吹打着我的耳朵，盖住了这座城市的各种声音。我并不怀旧。但我有些害怕。我想通过睡觉获得新生，这个想法简直是疯了。荒谬反常。我却在这里，依然故我地朝我的旅程深处靠近。我想，到目前为止，我一直在森林中徘徊，不过现在我即将到达那个洞口。我闻到了洞穴深处烈火燃烧冒出的烟味。有些东西必须烧掉并献作牺牲。然后火堆会慢慢烧尽、灭掉，烟雾也会散尽。我想，我的眼睛将会适应那种黑暗。我会找到自己的立足之处。当我从那个洞穴里出来，重新回到光明之中，当我最后一次醒来，一切的一切——整个世界——都会焕然一新。

我穿过东端大道，有气无力地拖着脚步穿过撒了盐的人行道，经过卡尔·舒尔茨公园，朝河边走去，宽阔的河流如同破裂的黑曜石沟峡。皮大衣的领子弄得我下巴发痒。我记得这个。一对男女在栏杆边互相拍照。

"你能给我们俩拍一张吗？"

我从口袋里抽出自己虚弱无力、粉红色的手，麻木地举着相机。

"靠近一点儿。"我说，冷得牙齿直打战。那个女孩用自己戴着手套的手指擦掉了嘴唇上的水汽。那个男的穿着自己僵硬的羊毛大衣突然向前倾斜。我想起特雷弗。在取景器上，背光让他们的面部显得阴暗，但照亮了他们脑袋周围在风中飘舞的头发，就像光环一样。

"茄子。"我说。他们重复了一遍。

等他们离开之后，我把手机扔进河里，回到我住的大楼，告诉门卫说，一个亚裔男人将定期拜访我。"他不是我的男友，不过可以把他当作我男友。他有我的钥匙，全权使用。"我说完后来到楼上，泡了个澡，穿上第一套睡衣裤，躺在卧室的那张床垫上，等着敲门声响起。


"我带来一份合同给你签字。"徐平站在门口说，手里拿着一台手持摄像机，他打开机器，举到齐胸高的位置，"以防万一出了什么意外，或者，万一你改变了主意。介意我把这录下来吗？"

"我不会改变主意的。"

"我知道你会那么说。"

然后，他鼓动我烧掉自己的出生证明，这样他就能够在录像带上记录这个过程。他对我的兴趣，就跟他对那些狗的兴趣差不多。他是个机会主义者和自成流派的人，是制造娱乐的人，而非艺术家。不过，就像一位艺术家那样，他非常清楚，我们一起待在屋里的处境——他作为我"休眠"时的看守人，已经获得全面授权，在我处于失忆状态时，把我当作"模特"来使用——是出自他自身天才的投射，仿佛宇宙就是如此协调地组织起来的，为的是将他引向自己多年前无意中为自己预测的一些项目，实现命运的错觉。他没兴趣了解他自己或发展进化，他只是想让人们感到震惊，希望人们因此而热爱他和厌恶他。他的观众当然从未真正感到震惊。人们只是为他的观念感到欣喜。他是艺术界的雇佣工。但他很成功，他知道如何运作。我注意到他的下巴抹了什么东西，油乎乎的。我仔细一看，在一片凡士林下面，有一簇巨大的红色丘疹文身。

"我想我会拍摄大量镜头。"他说，"大多数是用这个东西拍的手持数码录像镜头。它们看起来很有颗粒感，我喜欢这种。"

"我不在乎。只要我服过药，我就不记得了。"

他答应把我锁起来，为我的睡眠监牢保密，不会让任何人陪他走进我的公寓，他的助手不行，甚至清洁工也不行。如果他打算带进来一些道具、家具或素材，他必须亲自把这些东西搬进来，最重要的是，每次他离开后，都不能留下他活动的痕迹。一点点都不行。当我在每次服用"因服迷多"后处于无意识状态的第三天醒来时，这里绝不能有我上次醒后发生的事情留下的任何证据。没有任何可让我追忆的叙述，没有任何可让我拼拢的碎片。哪怕只有一丝好奇，那都有可能破坏我的任务：清理我的大脑，清除我的各种关系，更新和恢复我大脑、眼睛、神经和心脏里的细胞。

"但是我也不想让你知道我要干什么。这会破坏我的工作，你时时保持……不知情的状态,就是我的创作动机。"

我没有恳求他告诉我这件作品涉及什么内容,我想,这让他有点儿失望。我不用担心他会拍摄性爱镜头。他显然是同性恋,不会对我构成威胁。

"只要这个地方干干净净又空空荡荡,而且每次我在服药三天后醒来之前你都要离开,而且我也不会被饿死,或弄得自己哪根骨头骨折,我就不关心你的艺术作品。你拥有绝对权威。只要别让我从这里跑出去即可。我也在创作自己的重要作品。和你的针锋相对。"

"针锋相对毫无意义。"他说,"烧掉自己的护照或者剪掉自己的驾照,你看如何?"他提出建议。我知道他在想什么。他在想象批评家们会怎样描述这部录像。他需要用于分析的素材。但这个项目超越了"身份""社会"和"制度"的问题。我的目标是追求一种焕然一新的精神。我不会向徐平解释这个。他以为自己理解我,但他无法理解我。他不应该理解我。而且不管怎样,我还需要自己的出生证明、护照和驾照。我想象着,在"休眠"结束的那一天,我会醒来,过去的生活有如一笔遗产。到那时,我需要自己那些旧的身份证明来登录银行账户,前往一些地方。我并不会带着一副不同的面孔、身体和名字醒来。我的外表跟从前的自己是一样的。

"可那是作弊。"他说,"如果你计划从这里走出去,然后作为一个跟现在相同的人回来,那有什么意义呢?"

"这是个人秘密。"我说,"这不是有关身份证件的问题。这有关内在。你想要我干吗?走出去,钻进丛林,修建一个堡垒,猎杀松鼠为食?"

"嗯,那才是更正宗的重获新生。你看过塔科夫斯基的电影没有?你没读过卢梭的书吗?"

"我出生在特权阶层,"我告诉徐平,"我不打算浪费这个。我不是白痴。"

"那要是这样,我可能不得不,比如说,把设备降级到'超8'胶片。我可以把卧室里的那道百叶窗拉下来吗?"他从自己的邮差包里抽出一份手写的文档。

"把那份合同收起来吧,"我说,"我不会起诉你的。只是你千万别把这件事给我搞砸了。"

徐平耸耸肩。

我把新门锁的钥匙给了他。

"如果我需要什么,我会在这里贴一张报事贴。"说着,我指指餐桌,"你看到那支红笔了吗?"

每次徐平过来,他都要从我挂在卧室房门后的一张日历上划掉刚刚过去的几个日子。我每三天醒来一次,看看日历,吃点儿东西,喝点儿水,泡个澡,等等。每次我只会醒一个小时。我算过了:在接下来的四个月,总共一百二十天,我将只有四十个小时处于清醒状态。

"祝你做个好梦。"徐平说。

他的脸苍白、多肉，有点儿模糊不清，也许是因为他下巴上抹的凡士林润肤乳，但他目光锐利，戴着兜帽，黑色的眼睛十分清澈。尽管我知道他很愚蠢，但我信任他的决心。他不会让我从这里跑出去。他太自以为是，不会不信守诺言，他也太野心勃勃，不会放弃利用我主动献上的机会。一个疯狂的女人，把自己锁在一套公寓里。我当着他的面关上门，听见他转动钥匙，把门锁上。

我服用了那四十颗"因服迷多"中的第一颗，走进卧室，拍拍枕头，在床垫上躺下。

过了三个晚上，我在一团漆黑中醒来，从床垫上爬起来，打开灯，走进起居室，以为自己会在房门上找到一些抓痕，一头野兽在违背自己意愿的情况下被监禁起来的证据。可是我什么都没发现。徐平甚至都没划掉日历上的几个日子。我的公寓一片空白，干干净净，空空荡荡，几乎让我认不出来。我可以想象某个衣着考究的房地产经纪人突然闯进来，当她向一对新婚夫妇吹嘘这套房子的优点时，一张带有花朵图案的围巾在她高举的胳膊上，像船帆一样飘荡。"天花板很高，地板是硬木的，所有装饰都是原来的样子，而且非常非常安静。透过那些窗户，你们甚至可以看到东河。"那名经纪人穿的套装是金丝雀那样的淡黄色。而那对夫妇，我想象着，就是几天前我在海滨散步道上帮他们拍过照片的那两个人。我的记忆闯入我的想象，但我知道它们的区别。我知道，在我无知无觉的情况下，三个日子已经过去，而后面还有很长的路要走。

我没有看到徐平留下的痕迹，直到我走进厨房：蓝带啤酒罐，沾着墨西哥玉米卷残渣的锡纸，二月二日的《纽约时报》。我在报事贴上写下我需要的物品清单，将它贴到桌上：姜汁啤酒，动物形状的饼干，水杨酸铋胃药。然后加了几句："每次造访之后请扔掉所有垃圾！划掉已经过去的几个日子！"我猜徐平曾经过来做一些测量、交谈或为某个录像项目草拟计划，但还没有真正开始工作。我只是有那种感觉。

我从冰箱里取出一片比萨，没加热就吃掉了，闭上眼睛，在从头上倾泄而下，又从厨房地板上反射回来的荧光灯光线中轻轻摇摆。我应该买一盏太阳灯。我脑子里忽然冒出这个念头，然后从大脑中一个单调无趣的角落响起一声警告，提醒自己服用几片维生素。我从水龙头下吞下几口略带灰色的水。当我站直身体，想起门上的那个锁时，我感到一股小小的恐慌。如果徐平发生了什么意外，我可能会在这里死掉，我想。不过，等我一关上厨房的灯，这种恐慌就消失了。

我很快洗了个澡，把脏衣服放进洗衣机里，做了做锻炼，刷了刷牙齿，服用了一颗"因服迷多"，又回到卧室里。现在还感觉不到什么深刻的东西。一切都平凡而实际。在等待自己失去意识的那段时间里，我想象特雷弗单膝下跪，向他现在那位女朋友求婚。这种自我满足，这种渴望某种"永恒"之物的愚蠢。我几乎有些可怜他,以及她。当我飘飘悠悠地变得迷迷糊糊,重新进入冰冷的无意识状态时,我听见自己"咯咯"地笑出声来,然后叹了口气。

第二次苏醒过来是在中午。我嘴里含着大拇指醒来。取出大拇指,我发现上面的皮肤已经发白、起皱,我的下颌抽了一下筋,让我想起自己以前出现过的肌肉痉挛。这并未让我感到惊慌。我爬起来,有些警觉和饥饿,然后走进厨房。徐平已经从日历上划去六个日子,在冰箱上贴了一张报事贴,上面写着:"抱歉!"我打开冰箱,吃掉一片比萨,服用了一些维生素,"嘎嚓"一声打开一罐舒味思牌汽水。这次垃圾桶是空的了,但没有换上新的垃圾袋。我将那只空汽水罐放在厨房料理台上,仅仅在那么一瞬间,我想起了雷娃和她装满龙舌兰酒的七喜牌无糖饮料罐,然后洗了个澡,梳了梳头发,做了几次开合跳之类的锻炼。我在脑子里提醒自己,下次醒来要更换被单,然后服用了一颗"因服迷多"躺下,用手指按摩了几下下颌,就失去了意识。

第三次醒来,意味着我已经被锁在自己的公寓里九天。当我起床时,我能够在自己的眼睛里感觉到它,我猜,我过去用来对远处的物体进行聚焦的肌肉有些萎缩。我把电灯的光线调暗了些。在冲澡时,我读了一下洗发露的标签,在读到"月桂基硫酸钠"这几个字时被它们迷住了。每个字都带着一连串似乎无穷无尽的相关词语。"钠"：盐、白色、云、薄纱、沙子、天空、云雀、线、猫咪、爪子、伤口、铁、欧米伽。

第四次醒来，那些字再次吸引了我的注意力。"月桂"：莎士比亚、奥菲莉娅、画家米莱斯、痛苦、彩绘玻璃、教区长、酒桶塞子、感觉、猪舍、蛇眼、火钳。我关掉水，勤勤快快地洗衣服，打理完其他杂事，服用一颗"因服迷多"，重新躺到床垫上。"硫酸盐"：撒旦、酸、莱姆病、沙丘、住所、驼背、混血儿、日本武士、妇女参政论者、迷宫。

于是我的时间就以三天为一段逐渐流逝了。徐平对划掉日历上的日期和扔垃圾都尽职尽责。有一次，我写了一张报事贴要求他给我送来加拿大汽水，而非舒味思牌汽水饮料。另一次，我写了一张报事贴要烘干机用纸。我对窗台上的灰尘几乎没怎么注意，一圈圈的棉绒和头发被卡在了一块块地板之间。我写了一张报事贴："打扫一下，或者在我处于失忆状态时叫我打扫。"我忘记了徐平的名字，然后又想起来。我穿过走廊朝公寓被锁上的门走去，茫然地对这个锁的想法点点头，就仿佛它**只是**一个想法，那道门本身只是门的概念。"柏拉图"：粉笔、锁链、好莱坞、黑格尔、**明信片**、香蕉代基里酒、微风、音乐、公路、地平线。我能够感觉到某种现实的确定性从我这里被冲走，就像钙从骨头里游离出来一样。我在让自己的头脑挨饿。我感觉到的东西越来越少。一些词语冒了出来，我在脑子里把它们说出来，然后就依偎在它们的发音里，在那美妙的声音中茫然若失。

"姜"：浓啤酒、烟、中国、绸缎、月季、污点、高音部、巴布卡蛋糕、拳头。

二月十九日，我注视着镜子里面。我的嘴唇皴裂了，但我在微笑。我脑子里响起双音节的词，我把它们写在一张给徐平的报事贴上："唇膏。"

"筷子"：草莓、油布、薪酬级别、圣代冰激凌、贵宾犬。

然后是另一张报事贴："谢谢你。"

. . .

二月二十五日，我醒来后立刻感觉到有些东西出现了变化。我醒来时没有趴在卧室里的床垫上，而是盖着一条浴巾，蜷缩在起居室东北角的地板上，那是以前放书桌的地方。

我以为自己闻到了煤气味，一联想到火灾，我就警觉起来，于是我爬起来，朝炉子走去，然后才想起来它是电炉。也许，我想，我闻到的是自己的汗臭味儿。我放松下来。

我打开冰箱，站在黄色的光线里，大嚼着自己的那片比萨。我的唾液腺起初有点儿迟钝，但随后就勉强屈服了，那片比萨尝起来比我印象中的更好吃。我从烘干机里拖出干净的睡衣裤，在走廊里将它们穿上。我再次嗅了嗅空气，辨认出了松节油独特的浓烈气味。它是从卧室里散发出来的。可是卧室的门被锁上了。

我敲敲门。

"有人吗？"

我把耳朵贴到门上听了一会儿，却只听到自己浅浅的呼吸声、眨巴眼睛的声音、嘴里充满唾液的声音，以及咽下唾液时喉咙里发出的回响。

我吃了几片维生素，但没有洗澡。

那天当我服用"因服迷多"时，我想象徐平的绘画是什么样子。它们就像记忆一样在我脑子里闪现，全都是"沉睡的裸体"，弄得乱糟糟的床铺、纷乱交缠的苍白四肢和金发、白色被单褶皱里的蓝色影子、映射在白色墙壁背景上的夕阳。在每一幅画中，我的脸都隐藏了起来。我在自己的想象中看见它们——在预先绷好的廉价画布或预先涂上底色的小型画板上创作的小幅油画。它们显得很纯真，画得不是很好。这没关系。他能够以数十万美元的价格将它们卖掉，说它们是对绘画制度化的自觉批评，甚至还有可能涉及女性身体在艺术史上遭到的物化。"学校不适合艺术家，"我仿佛听见他在说，"艺术史就是法西斯主义化的历史。这些绘画涉及的是，我们在阅读老师给的书时长睡不醒。我们全都睡着了，被一个丝毫不在乎我们到底是谁的系统洗脑了。这些绘画是**刻意**画得这么无聊的。"他是否认为这是一个新颖的想法？我根本记不起自己曾经为这些绘画摆好姿势当模特，但我知道，如果我沉醉于"因服迷多",那我就肯定只是一直在装睡。

我服用了一颗"因服迷多",躺在起居室的地板上,把一条干净毛巾折叠起来放在脑袋下面当枕头,然后又继续睡起觉来。

在随后的这个月里,当我醒来时,我的脑子里充满了各种色彩。我开始觉得这套公寓不再那么空洞如洞穴了。有一次,我醒来发现自己的头发被剪掉了,就像一个男孩子,马桶里面沾着一些金色的长发。我想象自己坐在马桶上,肩膀上披着一条毛巾,徐平站在我旁边,"咔嚓咔嚓"地剪着头发。在镜子里,我显得无所畏惧、充满活力。我想自己看起来不错。我写了几张报事贴要求徐平给我带新鲜水果、矿泉水、来自"一家上等日本餐厅"的烤鲑鱼。我要一支在泡澡时点的蜡烛。在这个时期,我温柔而热情地度过了醒着的时间,逐渐习惯了一种安逸奢侈的感觉。我稍微长胖了一点儿,因此,当我躺在起居室的地板上时,我的骨头不再被硌得生疼。我的脸也不再棱角分明。我要求徐平送来鲜花。百合、鹤望兰、雏菊、一枝柔黄。我在屋里原地跑步,做抬腿动作、俯卧撑。度过起床和睡觉之间的时间变得越来越容易了。

可是到五月底,我意识到自己很快就会变得坐立不安。一个预兆。轮胎在湿漉漉的柏油路上驶过的声音。屋里有一扇窗户是开着的,所以我能听见它的声音。春天的甜蜜气息潜入屋里。外面的世界依旧,但我已经好几个月没看它一眼了。这一切都让人难以想象,延伸开来想,一颗圆圆的行星上布满生命,万事万物都在生长，而它们全都围绕一根地轴缓缓旋转。是被什么创造出来的呢——某种反常的偶发事件？这令人难以置信。世界可以是平的，正如它可以是圆的。谁能证明事物一定如何呢？有一天我会理解的，我告诉自己。

. . .

五月二十八日，我苏醒过来，知道这将是我最后一次举行习以为常的洗礼和服用"因服迷多"了。只剩下一颗"因服迷多"，我把它咽下去，祈求老天大发慈悲。

汽车从外面驶过，车灯的灯光滑过百叶窗，变成一条条黄色的光带，从起居室的墙壁上闪过，一次，两次。我翻了个身，面对着天花板。地板发出一声短促的尖叫，就像一条小船在暴风雨中突然掉转时发出的"嘎吱"一声。空气中传来一声"嗡嗡"声，预示着一个浪头即将卷来。睡眠即将降临到我身上，现在我已经知道它的声音，就像无信号区的雾号，当神志清醒的自我像一条金鱼那样漫游时，它让我转入自动驾驶。这声音越来越响，直到它变得震耳欲聋，然后戛然而止。在那种寂静中，我开始飘入下面的黑暗，一开始是非常缓慢而平稳地下降，我感觉自己仿佛被放在滑轮上往下沉——由一些天使用金子编成的绳子绑住身体。我想象着，然后用电动的灵柩下降装置，就像他们在我父母葬礼上使用的那种，一想到这里，我的心跳就加快了速度，想起自己曾经拥有父母,而我已经服用了最后一颗药,这将是某种东西的结束。然后那些绳索似乎松开了,我降落得更快了一些。我的胃里开始翻腾,因为流汗而阵阵发寒,我开始挣扎,先是抓住身体下面的毛巾来减缓自己的降落速度,然后我挣扎得更疯狂了,因为抓住毛巾根本没用,我像掉进兔子洞的爱丽丝或者电影《夺宝奇兵3:圣战奇兵》中跌入无边无际的迷宫内不见了踪影的埃尔莎·施耐德那样翻腾。灰色的迷雾模糊了我的视野。我穿过封印了吗?世界是否正在塌陷?冷静,冷静,我告诉自己。我能够感觉到重力把我吸向更深处,时间在加速,我周围的黑暗不断扩展,直到我来到了另一个地方,一个没有地平线的地方,这个区域因其空间的永恒性而让我心生敬畏,我感觉到平静,但仅有那么一瞬间。接着,我意识到自己是在未系绳索的情况下飘浮在空中。我想尖叫,但叫不出来。我感到恐惧,又感觉那种恐惧仿佛欲望一般:突然我想回去,回到我去过的每个地方、我走过的每一条街道、我待过的每一个房间。我想再看见那一切。我试着回忆自己的生活,在脑子里翻看一些宝丽来照片。"这里如此美丽。这真有趣!"但我知道,即使我能够回去,即使从严格意义上说,这样的事在生活中或者梦中是可能的,那也毫无意义。然后,我感觉孤独得令人绝望。于是我伸出胳膊,抓住了什么人——也许是徐平,也许是我的意识之外那个清醒的我——当我跌落并穿过整个星系的时候,那只手将我扶住,水银般的光波刺穿我的身体,一次次照得我目眩,我的脑袋因为那种压力而疼痛,我的眼睛像是漏水一般，就仿佛我每滴落一滴泪水，都会褪去往昔的一个幻影。我感觉湿漉漉的东西顺着我的脖子滴落。我在哭，我知道。我能够听见自己在抽泣。我把注意力集中到那种声音上，然后宇宙逐渐变得狭窄，化为一条细线。这让我感觉好多了，因为那里有一条更清晰的轨迹，于是我便能更平稳地穿过外太空，倾听自己呼吸的节奏，每一次呼吸都是对此前那次呼吸的回应，越来越轻柔，直到我飘得够远，周围没有任何声音，没有任何运动。我不需要反复确认或指引方向，因为我在永无之乡，什么都没做。我是虚无。我已经离去。

二〇〇一年的六月一日，我醒了过来，发现自己以打坐的姿势坐在起居室地板上。阳光如针一般穿过百叶窗，照亮了一条条交叉的黄色灰尘，当我半眯着眼睛时，它们变得模糊，逐渐退去。我听见一只鸟儿"吱吱啾啾"的鸣叫声。

我还活着。

按照我在一月提出的要求，徐平把一身行头摆放在餐桌上：运动鞋、运动裤、T恤衫、带有拉链的连帽衫。我的信用卡、驾照、护照、出生证明和一千美元的钞票也在这里，是我当初密封在一个信封里交给他保管的。此外还有一瓶依云牌矿泉水、一只放在杂货铺塑料袋里的苹果，以及一管跟试用品分量差不多的露得清牌防晒霜——想得真周到。桌子上的所有报事贴都已经被清理掉，我很感激，可是随后我就在垃圾桶里看到了那一堆字条，就像一束被扔掉的雏菊。我捡起一张读道："别忘记衣服、鞋子、那个信封、钥匙。给我买点儿防晒霜，拜托了。"然后另一张上写着："谢谢，祝你好运。"后面画着一张微笑的脸。

我以前那件白色的裘皮大衣挂在前门背后的钩子上。墙上贴的一张报事贴上写着："当时买这个送给你，纯粹是因为我希望你拥有它。我真的怀念与你共事的日子。徐平。"

门锁已经打开。

我穿好衣服，披上那件外套，走出门，坐电梯下楼，来到大堂里，灯光如同爆炸一般穿过玻璃门照射到大街上，我头晕目眩地朝那个方向走去。

"小姐？"我听见门卫说，"能听到我说话吗？"然后是他蹲下身用手捧起我头部时，他那条制服裤子发出的粗粝的摩擦声。我都没意识到自己倒在了地板上。

有人给我端来一杯水。一个女人抓住我的手，扶着我坐到大堂里的一把真皮扶手椅上。门卫从他装着午餐的棕色袋子里拿出一个鸡蛋沙拉三明治给我。

"需要我们打电话给你的亲人朋友吗？"

人们可真好。

"不，不用了。谢谢你们。我只是突然感到眩晕。"

又过了一个星期，我才攒足力气走到外面，在这个街区周围散步。第二天，我漫步到第二大道。第三天，我一直走到列克星敦大道。我在东八十七街的一家熟食店吃了些预先包装好的鸡蛋沙拉三明治，在卡尔·舒尔茨公园的一张长椅上坐了几个小时，望着那些巴儿犬在一片铺着瓷砖、围着栅栏的区域内摇摇晃晃地走动，而它们的主人们避开阳光，在一旁戳着自己的手机。一天，有人把一堆书放在了东七十七街的路边，我将它们带回家，把它们从头到尾读了一遍：一本有关美国醉驾历史的书，一本印度烹调书，《战争与和平》《意大利语傻瓜指南》，一本有关疯狂填词游戏的书，我用自己能够想到的最简单的词语把里面填得满满的。我就这样度过了四五个星期的时光。我没有买手机，扔掉了那张旧床垫。每天晚上九点钟，我躺在光滑的硬木地板上，伸个懒腰，打个呵欠，轻轻松松就睡着了。我没有做梦。我就像一只刚刚出生的动物，日出而起。我没有往第六十八街以南的地方走。

六月中旬时，穿着徐平留给我的那套运动服有点儿热，我从第一百零八街的那家"九十九美分商店"买了一包白色的棉质短裤和塑料懒人鞋。我喜欢到那里去，那地方跟哈勒姆差不多。我穿着红色或蓝色的健身短裤和肥大的运动T恤衫，在第二大道来来回回地慢慢踱步。我养成了每天早上从那些埃及人那里购买一盒玉米片的习惯，我在公园里把一小捧玉米片放到手上喂松鼠。我不再喝咖啡了。

我在第一百二十六街发现一家慈善超市。我喜欢看其他人扔掉的东西。也许我正在嗅闻的这个枕头套，曾经是一个老人临死前用过的。也许这盏台灯曾经在某套公寓的一张茶几上放了五十年。我能够想象出它曾经照亮过的所有场景：一对夫妻在沙发上做爱，无数次对着电视吃晚餐，一个大发脾气的婴儿，威士忌在一只驼鹿小屋牌圆底酒杯里闪着蜜黄色的微光。的确是挺慈善的。我就从这里买东西重新布置了公寓。有一天，我把我的白色裘皮大衣带到那家旧货商店，从店铺大门绕过墙角，穿过一道门，交给那个接收捐献物品的少年。他平静地接过大衣，问我是否需要开张收据。我望着他的手从那些皮毛上滑过，仿佛在评估它的价值。也许他会把大衣偷去送给他的女朋友，或者他的母亲。我希望他能这样做。可接下来，他只是把它扔进了一个巨大的蓝色箱子里。

八月，我买了一台使用电池的收音机，每天带着它到公园里去。我听着那些爵士乐电台的音乐，那些歌我一首都没听说过。我一打开玉米片袋子的封口，那些松鼠就朝我一拥而上。它们直接从我的手掌上吃东西，它们黑色的小手"嘎吱嘎吱"地伸进玉米片里，双颊渐渐鼓起。"你们这些坏蛋！"我告诉它们。我那台收音机里播放的音乐似乎让它们感到不安。于是，在给它们喂食时，我就把音量调低一些。

我没怎么想起徐平，直到我见到雷娃。八月十九日，我用门卫的手机给她打了个电话。尽管睡了那么久，忘掉了那么多东西，我仍然把她的电话号码记在了心里。我看到日历时，想起今天是她的生日。

她在随后那个周日来到我这里，有些紧张，喷了一款新的香水，那气味让我想起黏糊糊的蠕虫。对于我公寓里那些怪异的家具和装饰组合，以及我失踪六个月、没有手机，还有顺着起居室墙壁摆放的那堆发霉的书，她什么都没说。她只是说了一句："说起来，这可是过了好长一段时间，我想。"接着，她就在我指给她的地方坐下，那是一张我从慈善超市买来的阿富汗地毯，像野餐垫一样铺在地板上。然后她开始喋喋不休地说起自己在公司的新职位。她把自己的老板描绘成"中情局的工具"，翻了个白眼，在描述自己的工作时强调了某些技术术语。起初我无法分辨它们是不是有关性爱姿势的格言警句。她的一切都带有几分令人不安的色情倾向——她粗糙滞涩的粉底，勾出暗色轮廓的嘴唇，那款香水，她那双一动不动、镇定自若的手。"创新解决方案""对工作场所暴力的剖析""远大的目标"。她把头发绾成一个松散的发髻，我那对小巧的珍珠耳坠从她的耳垂上绽出，就像两滴牛奶，它们既执拗，又纯真。她也穿着我那件白色镂空宽松衬衣，以及我给她的一条裤子。我对那些衣服不再有渴望或怀旧之情。那条牛仔裤的裤脚有些磨损，比雷娃的腿长了两厘米多。我想建议她找专业裁缝把裤脚边往上褶一下，在第八十三街有一个地方接这种活儿。

"我刚在《纽约客》杂志上读到这个故事。"说着，她从自己巨大的手袋里抽出一期卷起的杂志。那个故事的标题是"数学太差"。它讲述的是克利夫兰的一个美籍华裔青少年在 PSAT 考试[1]中考砸了，然后就从自己初中那座两层的大楼上跳了下来，把两条腿都摔断了。在学校的指导老师催促男孩的家人参加一次集体心理咨询后，他的父母在一个超市的停车场告诉他他们爱他，然后跪在地上号啕大哭起来，而其他购物者都推着购物小车从他们身边经过，假装没看见旁边正在发生令人吃惊的事情。"听听这个开头，"雷娃说，"平生第一次，他们说出了那几个字，我想那几个字比我折断大腿骨和小腿骨更让他们痛苦。"

"继续往下读。"我说，这个故事写得很精彩。雷娃大声读起来。

听着她的朗读，徐平的模样出现在我脑子里。我想象他黑色的小眼睛凝视着我，然后歪着脑袋，紧紧闭上一只眼睛，伸出一只沾着颜料的手，握着一支画笔，测量我的身体比例。但我只能记起这么多。他让我想起一只爬行动物，小心眼的生灵。他被放到这颗行星上是为了在那些与自己臭味相投的人当中激起共鸣，这些人用金钱与交谈分散自己的注意力，而不是潜心关注周围的世界。他或许浅薄，但地球上还有比他更恶劣的人。

"我已经为 PSAT 考试学习了好几个月。"雷娃把这个故事完整地读了一遍，用了至少半个小时。我知道她只是想避免冷场，消磨时间，待到她能够告辞的时候，就会永远离开我。至少我感

---

[1] PSAT 考试指的是学术评估测试预考，常被视作 SAT 的预备考试，美国学生一般在十年级下学期或十一年级上学期参加。——编者注

觉是这样的。她跟我保持这样的距离，我不能说自己没受到伤害。可是为此而跟她针锋相对，又过于残酷。我没有权利提出任何要求。我感觉到，她并不真想听我讲述自己的"重整旗鼓"，或者在她想象中我经历的其他什么。我望着她嘴唇的一开一合，望着她嘴唇皮肤上每一条细小的褶皱、她左边面颊上那个若隐若现的酒窝，以及她如月亮般的眼睛里闪过的悲伤。

"那只垃圾桶的边缘挂着一片干枯的小油菜。"她读道。我不时点点头，希望让她感觉自在一点儿。读完后，她叹息一声，从手袋里掏出一片口香糖。

"真让人心碎，不是吗？"

"是的，的确让人心碎。"我说。

"我真的很同情那个华裔孩子。"雷娃说，同时重新卷起那本杂志。

我把手伸过她交叉盘起的双腿，从她紧握的手中用力拖着那本杂志，就像拔河一样。我不想让她离开。头顶上那盏电灯洒下的白光滑过她的锁骨。尽管她有些神经质，感情复杂而曲折，自相矛盾，心怀恐惧，但她仍然显得很美。这将是我最后一次和她见面。

"**我爱你**。"我说。

"我也爱你。"

徐平的录像和绘画于八月底在达克特画廊展出。这次展览的标题是"一个美丽女人的大头照"。他或者娜塔莎通过联邦快递把一些从报刊上撕下来的评论发给我。里面没有字条。展览中的影像跟我记忆中在卧室里和徐平在一起时想象的影像片段不一样。我以为那是一系列全都画得马马虎虎的裸体画。与之相反,徐平用喜多川歌麿版画的风格把我画了出来,穿着霓虹色彩的和服,上面印着热带花卉和唇膏留下的亲吻印迹,以及"可口可乐""彭泽尔""香奈儿"和"绝对伏特加"的品牌标识。在每一件作品中,我的脑袋都很大。在少数肖像画中,徐平用我的头发来做拼贴。罗纳德·琼斯在《艺术论坛》里把我称为一个"浮肿的宁芙,长着死人的眼睛"。菲莉丝·布拉福在《纽约时报》上谴责这次展览是"俄狄浦斯式欲望的产物"。《艺术评论》称这些作品"不出所料地令人失望"。除此之外,其他评论都是正面的。展出的录像带是我对着盒式磁带录像机说话,似乎在讲述一些个人经历——在其中一段录像里我还哭了——可是徐平把我的声音全部剪掉了,取而代之的,是徐平的母亲用粤语给他留下的冗长而又愤怒的语音邮件。没有字幕。

　　九月初的一天下午,我来到大都会美术馆。我猜自己是想看看其他人怎样度过自己的一生。这些人独自创作艺术,久久地专心凝视着一碗碗水果。我想知道他们是否望着葡萄干瘪,变得皱皱巴巴;他们是否会到市场上另买一些来代替它们,以及在将那串皱皱巴巴的葡萄扔掉之前,他们是否会吃掉几颗。我希望他们对自己正在描摹的这些东西怀着几分尊重。也许，一旦白昼的光线隐去，他们就会把那些腐烂的水果扔出一扇敞开的窗户，希望它会拯救一个从下面街道上经过的饥肠辘辘的乞丐。然后我想象那名乞丐，就像一个怪物，蠕虫在他缠结的头发中间爬过，他身上褴褛的衣衫就像鸟儿的翅膀一样在风中扇动，他因为走投无路且双目闪光，他的心脏就像笼子里一头恳求在屠夫手下一刀毙命的野兽，而当市民们在城市广场上转来转去时，他的手永远摆出祈祷的姿势。毕加索从那些情绪低落、垂头丧气的人开始创作绘画作品是对的。那也就是他在"蓝色时期"创作的作品。他望着窗外，望着自己的不幸。我尊重他这一点。但是这些画水果的画家只想着自己名垂青史，仿佛其作品之美会平息他们对死亡的恐惧似的。它们全都挂在这里，完美无瑕、不偏不倚，但毫无意义，描绘各种事物和物体的绘画，这些绘画本身也只是事物和物体而已，朝着自己不可避免的终结，逐渐变得干枯。

我产生一种感觉，如果我把这些装在画框里的作品搬到一旁，就会看到艺术家们望着我，仿佛透过一面双向镜子一般。他们把自己的指关节掰得"咯咯"响，想知道我对他们的哪一方面感到好奇，我是否看出他们的才华，或者，他们的人生是否毫无意义？是否只有上帝才能对他们加以评判？他们是否想要更多？从他们脚下那些涂了松节油的小地毯上，能否榨出更多的天赋？他们能不能画出更好的作品？他们能不能画得更加自由？更加明晰？他们是否会把更多的水果丢出窗外？他们是否知道荣耀原本世俗？他们是否希望用手指捏烂那些枯萎的葡萄，把自己的时间用来在草地上散步，或者谈一场恋爱，向一名牧师忏悔自己的错觉，或者像他们饥饿的灵魂那样让自己挨饿？哪怕就那么一次真诚地在城市广场上乞求施舍？也许他们选择了错误的人生道路。也许他们的伟大毒害了他们。他们会对这样的问题感到好奇吗？也许他们夜里会辗转难眠。他们会受到噩梦的困扰吗？也许他们其实很清楚，美与意义之间根本就没有关系。也许他们就像真正的艺术家那样生活，一直都知道世间并无天国之门。不管是创作还是牺牲，都无法将一个人带入天堂。或者，也许不是这样的。也许，到了清晨，他们会变得冷漠超然，很高兴用自己的画笔和油彩来自娱自乐，调着颜料，吸着烟斗，回到他们新鲜而宁静的生活中去，不用赶走更多的苍蝇。

"请往后退。"我听见一名警卫说。

我离那幅画太近了。

"往后站！"

我突然一下子看清了自己的未来：它还不存在呢。我正在创造它，站在那里，呼吸着，用静止将我周围的空气凝固起来，试图抓住什么——我猜是一个想法——仿佛这样一件事是可能发生的，仿佛我相信那些绘画所描绘的错觉，即时光能够被捕捉到并封装起来。我不知道什么是真实的。于是我没有后退。恰恰相反，我伸出手去，摸着这幅画的画框，然后将我的整个手掌放到画布干燥而粗糙的表面上，只是为了向自己证明没有上帝追踪我的灵魂，时间并非无法追忆，世间万物只是**俗物**。"女士！"那名警卫大叫一声，然后几只手抓住了我的肩膀，把我拖到一旁。但也就仅此而已。

"抱歉，我有点儿头晕。"我解释说。

就那样，他们放开了我。

第二天，位于州北部的房地产经纪人给我寄来一封手写的短笺，说有人向我父母的房子提出了报价。"比要价低一万，不过你还是接受的好。我们会把卖房的钱投入股市。你的手机似乎坏掉了，而且已经坏了相当长的一段时间。"

我带着这封短笺去中央公园散步。温暖的风里载着湿气，将这座都市的汗水、泥土、污垢与青草碧树那芳香醉人的繁茂搅混在一起。万事万物皆欣欣向荣。生命在深浅不一的绿色中忙碌，从墨绿的松树和色彩柔和的蕨类到酸橙绿的苔藓，这些苔藓生长在一块干燥的灰色巨石上。美国皂荚树和银杏树闪耀着金黄色的光芒。黄色跟懦弱有什么联系呢？根本没有。

"那是一只什么鸟？"我听见一个孩子指着一只看起来像迷幻乌鸦的鸟，向她年轻的母亲问道。它黑色的羽毛带有彩虹色的炫彩，就像一道彩虹映在微微闪光的黑暗中。它生机勃勃的眼睛呈现明亮的白色，透出警觉。

"是只鹩哥。"那位母亲说。

我吸了口气，走过去坐到一张长椅上，望着一只蜜蜂围着一群路过的少年头部飞舞。柳枝摇曳，它们摆动的姿态带有几分庄严与优雅。人间有善。痛苦并非成长的唯一试金石，我对自己说。我的睡眠产生了效果。我变得温柔、平静、有感情了。这很好。这就是我现在的生活。没有那所房子我也能活下去。我明白它很快会变成他人的记忆宝库，那是多么美好的事情。我可以继续前行了。

我在第二大道找到一个付费电话。

"好的，"我在那名房地产经纪人的电话答录机上留言说，"卖掉它吧。告诉他们把阁楼里的东西都扔出去。我不需要了。只须把我必须签字的文件寄给我就行。"

然后我给雷娃打了个电话。接电话的时候她正在跑第四圈，气喘吁吁，紧张不安。

"我在健身房里，"她说，"我们可以稍后再聊吗？"

我们再也没有聊过。

# 八

　　九月十一日，我出门去，在百思买超市买了一台新的电视兼盒式磁带录像机，这样我就能录下那些报道飞机撞上双子塔的新闻了。我后来得知，特雷弗当时正在巴巴多斯度蜜月，但雷娃失踪了。雷娃走了。那天我翻来覆去地观看那盘录像带安慰自己。后来我会继续看它，通常是在一个孤独的下午，或者在其他我怀疑人生是否值得一过的时刻，或者在我需要勇气时，或者在我感到无聊时。每次我看见那个从北楼七十八层一跃而下的女人——她的一只高跟鞋已经从脚上滑落，飘在她头顶上方，而另一只却贴在她脚上，仿佛这只鞋子太小；她那件宽松衬衣上的褶皱已经鼓起，她的头发上下摆动，她的四肢在她垂直降落时变得僵硬，一只胳膊高高举起，就像夏日往湖中纵身一跃的样子——我满怀敬畏，不是因为她看起来像雷娃，我认为她就是雷娃，几乎跟她一模一样，也不是因为雷娃和我曾经是朋友，或者因为我再也没见过她，而是因为她很美。她就在那里，一个活生生的人，跳进不可知的世界，而且她是完全清醒的。

## 图书在版编目（CIP）数据

我想睡上一整年 /（美）奥特莎·莫什费格著；娲蓄译. -- 北京：国文出版社，2024.10 -- ISBN 978-7-5125-1644-1

Ⅰ.I712.45

中国国家版本馆 CIP 数据核字第 2024EL7631 号

北京市版权局著作权合同登记号 图字 01-2024-3725 号

MY YEAR OF REST AND RELAXATION © 2018 by Ottessa Moshfegh
First published by Penguin Press
Translation rights arranged by The Grayhawk
Agency Ltd. and The Clegg Agency, Inc., USA.
Simplified Chinese edition copyright © 2024
by Beijing Xiron Culture Group Co., Ltd.
All rights reserved.

### 我想睡上一整年

| | |
|---|---|
| 作　　者 | ［美］奥特莎·莫什费格 |
| 译　　者 | 娲蓄 |
| 责任编辑 | 于慧晶 |
| 责任校对 | 崔敏 |
| 出版发行 | 国文出版社 |
| 经　　销 | 全国新华书店 |
| 印　　刷 | 三河市中晟雅豪印务有限公司 |
| 开　　本 | 880 毫米 × 1230 毫米　32 开<br>8.5 印张　168 千字 |
| 版　　次 | 2024 年 10 月第 1 版<br>2024 年 10 月第 1 次印刷 |
| 书　　号 | ISBN 978-7-5125-1644-1 |
| 定　　价 | 55.00 元 |

国文出版社
北京市朝阳区东土城路乙 9 号　邮编：100013
总编室：(010) 64270995　传真：(010) 64270995
销售热线：(010) 64271187
传真：(010) 64271187-800
E-mail：icpc@95777.sina.net